Pro Schule Verlag GmbH Düsseldorf
Gütersloher Verlagshaus Gerd Mohn

Religion:

Texte für thematische Schwerpunkte im Religionsunterricht der Sekundarstufe, Band 1

Herausgegeben von Hans-Dieter Bastian, Hans Rauschenberger, Dieter Stoodt und Klaus Wegenast

Beispiele + Texte

Dieser Band wurde verfaßt von
Hans Joachim Dörger,
Jürgen Lott und Helmut Essinger
zusammen mit Hans Rauschenberger
und der Verlagsredaktion Religion

pro
SCHULE
VERLAG

Bestellnummer 01013

Die Gestaltung übernahm Karlheinz Th. Hartung, der Umschlagentwurf stammt von Manfred Schulz. Gesetzt, gedruckt und eingebunden wurde der Band von Mohndruck Reinhard Mohn OHG, Gütersloh. Printed in Germany.

ISBN 3-572-**01013-6** 5 4 / 78 77

Inhalt

Vorwort

Von einem Religionsbuch erwarten viele, daß es biblische Geschichten behandelt und Lieder und Erzählungen aus Geschichte und Gegenwart der christlichen Gemeinde bringt. Der dazugehörige Religionsunterricht soll die Themen des Schülerbuches ausführlich ergänzen und vertiefen. Am Ende jeder Unterrichtsstunde ließe sich dann ein Liedvers oder ein Spruch als Hausaufgabe stellen.
Aber ein solcher Religionsunterricht ist heute sehr schwierig geworden; denn die Vorkenntnisse und Einstellungen der Kinder und ihrer Eltern gegenüber Kirche und Bibel sind derartig unterschiedlich, daß manche Lehrer kaum noch wissen, wie sie es anfangen sollen, die wichtigen Themen mit allen Schülern in der geeigneten Weise zu besprechen.
Das ist nicht die Schuld der Kinder. Nach wie vor haben sie Fragen und Probleme auf dem Gebiet der Religion und des Glaubens. Zum Teil haben sie Vorkenntnisse, und zum Teil haben sie Vorurteile. Aber sie finden nur selten eine Möglichkeit, mit anderen darüber zu sprechen und etwas zu lernen, was ihnen weiterhilft. Das kommt daher, daß jeder diese Fragen anders stellt und anders beantwortet.

Ein sich richtig verstehender Religionsunterricht muß versuchen, Gespräche zu ermöglichen, in denen die Kinder ihre Fragen und Vorstellungen äußern können. Der Unterricht kann dann auf die so geäußerten Probleme intensiv eingehen. Vorher muß aber dafür gesorgt werden, daß solche Gespräche überhaupt in Gang kommen.
Hierzu ist entscheidende Voraussetzung, daß Religionsbuch und Religionsunterricht die Fragen der Schüler so respektieren, wie sie sich ihnen stellen. Häufig geht es hierbei um Probleme, die ein einzelner Schüler nicht für sich allein lösen kann: um „Gott und die Welt", um das Ende des Lebens, um die Mitmenschen. Aber man muß wissen, daß die Schüler, auch wenn sie „Gott" sagen, nicht den Gottesbegriff von Theologie und Kirche meinen, und man muß außerdem wissen, daß sich den Zehnjährigen die Sinnfrage oft in eigenartiger Verschränkung mit ganz vordergründigen und praktischen Problemen stellt. So kann in einer

naturwissenschaftlich-technischen Frage mit einem Mal die religiöse Dimension sichtbar werden. Nichts wäre pädagogisch verkehrter, als nun die naturwissenschaftlich-technische Problematik beiseite zu lassen, nur deshalb, weil man im Religionsunterricht und nicht in der Physikstunde ist.

Was man greifen kann, und was man nicht begreift, das liegt beides im Fragehorizont der Schüler noch eng beisammen. Will man ihnen helfen, weiterzukommen, so muß man von den Themen ausgehen, die sie fesseln. Man darf auf keinen Fall dem verbreiteten Irrtum verfallen, man könne den Kindern dieser Altersstufe ruhig Lernstoffe zumuten, für die sie sich nicht interessieren, weil eben jetzt die Aufnahmefähigkeit noch größer sei als in späteren Jahren. Gerade der Religionsunterricht, der so verfährt, leistet sich und den Schülern einen Bärendienst, weil er die Voraussetzungen schaffen hilft, die hernach zum Austritt führen.

Dieses Buch soll dazu beitragen, daß Interessen an religiösen Fragen entstehen und gestärkt werden. Es bringt Fragen und Informationen über die Entstehung von Weltall und Mensch, über Rollenspiel und Erziehung, über Technik und über den Tod. Und es bringt phantastische Geschichten, in denen Jesus und die Kirche vorkommen oder sich die Frage des Überlebens nach einer Katastrophe stellt. Alle diese Geschichten haben drei Merkmale gemeinsam: Sie wecken bei den Schülern Neugier und Interesse, sie veranlassen sie zum Gespräch, und sie bereiten Lernwege des Religionsunterrichts vor.
So stellt dieses Schülerbuch einen ersten Versuch dar, die Zugänge zu erschließen, bevor die Inhalte behandelt werden. Es dient zur Einführung in den Religionsunterricht; es will ihn nicht ersetzen.
Wer in jedem Einzelthema des Schülerbuches bereits theologisch ausgewiesene Fragestellungen sucht, wird nicht auf seine Kosten kommen. Er möge aber folgendes bedenken: Hier wird der Versuch gemacht, den Schülern einen Begriff von Religion oder Glaube nicht vorab aufzunötigen – sie können ihn vielmehr an interessanten Themen entwickeln. Wer da einwendet, viele dieser Themen seien nicht Sache des Religionsunterrichtes, sondern der Gemeinschaftskunde, dem muß geantwortet werden: Religiöses Leben ist Leben in einer Gemeinschaft. Deshalb läßt sich der Fachaspekt der in Rede stehenden Fragen nicht im vorhinein isolieren. Er kann nur schrittweise aus komplexen Fragestellungen herausgearbeitet werden.
Dem Lehrer werden in einem besonderen Buch zu jedem Thema dieses Schülerbuches eine Reihe von Vorschlägen gemacht, welche Fragen er im Anschluß an die Schülertexte behandeln kann. Interessierten Eltern wird er diese Zusammenhänge sicher erklären.

Weltentstehung

Die Erde im Weltall

Vielleicht werden eines Tages die Menschen die Erde verlassen, weil sie im Weltraum schönere und bessere Plätze finden, wo man wohnen kann. Vielleicht gibt es andere Planeten, auf denen Menschen leben oder Lebewesen, die den Menschen ähnlich sind. Vielleicht ist die Erde aber nur ein einmaliger Zufall unter den unendlich vielen Himmelskörpern.

Hat jemand die Erde gemacht – oder ist sie einfach so entstanden?
Wenn die Erde gemacht wurde, ist dann auch die Sonne gemacht worden?
Vielleicht dazu, daß wir es auf der Erde hell und warm haben?
Und der Mond?
Sind die vielen Sterne da, damit die Wahrsager mit ihren Horoskopen etwas über unser Leben sagen können?

Ein riesiger, langgezogener Sternenhaufen sieht von der Erde wie ein milchiger Nebel aus. Wir nennen diesen Sternenhaufen „Milchstraße". Es gibt viele solcher Milchstraßensysteme im Weltall.

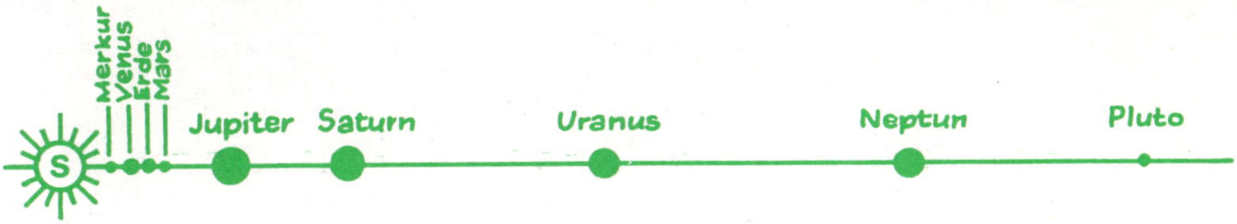

Die Sonne, die uns schon unvorstellbar weit entfernt scheint, ist ebenfalls einer der Milchstraßensterne.

Die Gestirne, die um die Sonne kreisen, nennt man Planeten.
Die Erde ist ein Planet.

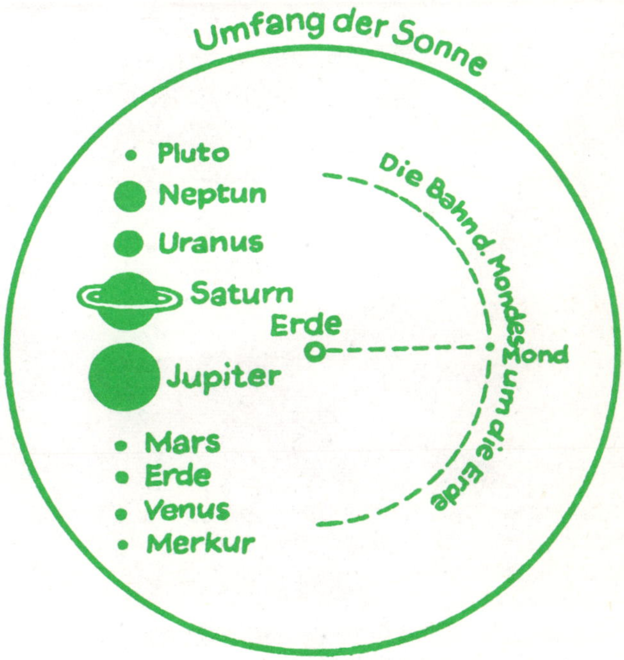

Die Erde leuchtet, wie der Mond, nicht von selbst. Sie wird von der Sonne angestrahlt. Vom Mond aus sieht die Erde wie ein größerer bunter Mond aus.
Auf dem Weg zum Mond fotografierten Astronauten die „Halberde". Deutlich sieht man Afrika, Arabien und Teile Europas. Die weißen Stellen sind Wolken. Auf der schwarzen Hälfte ist Nacht.
Die Raumfahrt *zeigt*, daß die Erde eine Kugel ist. Die Astronauten können *sehen*, wie sich die Erdkugel unter ihnen dreht.

Die Entstehung der Erde

Viele Wissenschaftler – mit ihren Mitarbeitern und Sekretärinnen – sind damit beschäftigt zu erklären, wie die Erde entstanden ist.
Sie können erklären, was eine versteinerte Muschel in den Alpen bedeutet: Da war einmal Meer.
Sie sehen an den „Falten" der Gebirge, daß ein gewaltiger Druck die Oberfläche der Erde geformt und verändert hat. Sie messen die Temperaturen in Bergwerken oder Bohrlöchern und stellen fest: Je tiefer man kommt, desto wärmer wird es im Erdinnern (alle 33 Meter ein Grad).
Sie können aus der radioaktiven Strahlung einzelner Gesteine das Alter der Steine – und damit der Erde – errechnen.
Aus dem, was alle Wissenschaftler zusammentragen, kann man Behauptungen über das Aussehen im Innern der Erde, über die Entstehung der Erde und über ihre Zukunft aufstellen.
Man nennt solche Erklärungsversuche Theorien.
Immer, wenn etwas Neues entdeckt wird, wird geprüft, ob das auch zu der Theorie paßt, die man bisher hatte.
Wenn es nicht paßt, stellt man eine neue Theorie auf – oder man streitet sich.
Die Astronomie ist die Wissenschaft von den Himmelskörpern. Sie stellt Theorien über die Entstehung der Erde auf. Eine Theorie der Astronomie nimmt an, daß die Erde aus einem

solchen Nebel aus Gas und Staub entstand; danach geriet ein solcher Nebel vor Milliarden von Jahren in eine spiralig kreisende Bewegung,

die alles nach innen saugte und zusammenballte.

In der Mitte des Bildes auf dieser Seite ist der Spiralnebel zu sehen, aus dem die Erde als glühender Feuerball hervorgeht. Langsam kühlt sie sich ab, dabei entstehen Land, Wasser und Luft. Nach vier oder mehr Milliarden Jahren hat sie ihre heutige Gestalt.
In vielen weiteren Milliarden Jahren wird die Erde – abwechselnd kälter und wärmer werdend – wahrscheinlich wieder verglühen und dann als lebloser Klumpen um die Sonne kreisen. Oder, so sagt eine andere Theorie, die Wärme der Sonne läßt nach, und die Erde wird kälter und kälter – bis alles stirbt. Aber bis dahin können die Menschen sicher (oder vielleicht?) schon auf andere Planeten auswandern – *wenn es bis dahin noch Menschen gibt.*

„Mond und Sonne müssen dienen,
dienen muß der Sterne Schein.
Dienten nicht die braunen Bienen,
oh, wie sollte Honig sein?
Dienten nicht die Wasserwogen,
käme nie ein Schiff gezogen."

Bilder von der Welt

Die Erde ist eine Kugel. Die Dinge auf ihr können nicht herunterfallen, weil sie von ihr angezogen werden.

Heute kann man mit Raketen um die Erde fliegen und sie dabei fotografieren. Auf solchen Aufnahmen ist zu sehen, daß die Erde eine Kugel ist.

Vor einigen hundert Jahren konnte man sich nicht vorstellen, daß die Erde und die anderen Himmelskörper kugelförmig sind. Die Leute machten sich andere Vorstellungen. Wenn sie am Meer wohnten, stellten sie sich vor, die Erde sei eine Scheibe, von Wasser umgeben. Wenn sie das Meer nicht kannten, machten sie sich ein anderes Bild von der Welt.

1. Das Weltbild der Tungusen

Die Tungusen lebten in der Mitte Sibiriens, umgeben von hohen Gebirgen, am Mittellauf eines Flusses. Sie wohnten in Zelten am Fluß, der ihnen ihren Lebensunterhalt gab und so eine wichtige Bedeutung für sie hatte.

Der Fluß bestimmte gleichzeitig ihr Bild, das sie sich von der ganzen Welt machten, denn außer ihm und seiner engsten Umgebung kannten sie nichts anderes.

Sie stellten sich vor, daß ihre noch ungeborenen Kinder in der Nähe der Quelle dieses Flusses auf einem hohen Berg in einem großen Zelt wohnen, während ihre Toten sich dort aufhalten, wo der Fluß hingeht und wo noch niemand war.

Der Fluß bestimmt also nicht nur ihre Vorstellungen, wie die Erde, ihre „Welt", aussieht, sondern auch die Gedanken, die sie sich über Leben und Tod machen.

2. Das Weltbild der Babylonier

Ein anderes Weltbild hatten die Babylonier. Sie lebten in Vorderasien in den fruchtbaren Gebieten zwischen den beiden großen Flüssen Euphrat und Tigris. Sie schützten ihr Land durch kunstvolle Deichbauten gegen Überschwemmungen und hatten es mit vielen Bewässerungskanälen durchzogen.

Sie lebten in beständiger Furcht vor Überschwemmungen, und diese Furcht spiegelt sich in ihrem Götterglauben:

Der Drache der Urfluten Tiamat muß erst besiegt werden, bevor die Welt, d.h. die bewohnbare Erde, geschaffen werden kann. Ihn

bezwingt der Gott Marduk, der oberste der babylonischen Götter, und sperrt ihn ein. Jedes Jahr feiern die Babylonier den Sieg Marduks über den Drachen Tiamat.

3. Das Weltbild der Israeliten

Wie schon die Babylonier dachten sich auch die Israeliten (das Volk der Bibel) die Welt als ein dreistöckiges Haus. Man stellte sich die Erde wie eine Scheibe vor.

Über die Erde spannt sich ein riesiges Gewölbe, der Himmel. An der Innenseite des Himmelsgewölbes sind die Sterne wie Deckenlampen befestigt. Unter der Erde ist eine Höhle: die Unterwelt, das Reich der Toten. Über den Rand der Erde gab es verschiedene Vorstellungen. Die einen meinten: Das Himmelsgewölbe wird von hohen Bergen rings um die Erde gestützt; die anderen nahmen an, rund um die Erde fließt ein Ozean.

Auf der folgenden Zeichnung ist beides zu sehen:

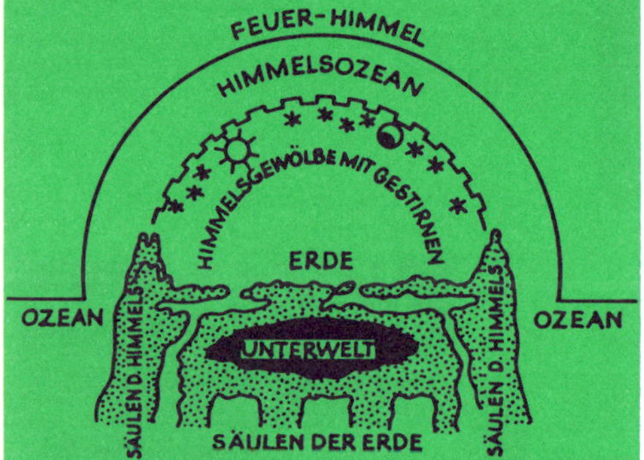

Das Weltbild der Bibel galt bis ins späte Mittelalter: Die Erde ist der Mittelpunkt der Schöpfung, eine runde flache Scheibe, über der sich die Halbkugel des Firmaments wölbt.

Aber es gab auch damals schon Leute, die die Erde für eine Kugel hielten, die sich um die Sonne dreht. Das hat man ihnen nicht geglaubt, und dann wurde es wieder vergessen.

4. Das Weltbild der Griechen

Heute sagt man immer noch: „Die Sonne geht auf." Dabei weiß jeder, daß sich die Erde der Sonne zudreht, wenn es Tag wird. Die Griechen hatten, wie die Israeliten, ein „dreistökkiges" Weltbild. Sie dachten sich die Sonne als einen Wagen, der am Himmel entlangfährt. Den Himmel stellten sie sich vor wie eine Glocke, die über die Erde gestülpt ist („Himmelsgewölbe"). Am Tage geht die Sonne, nachts gehen Mond und Sterne daran entlang. In der Mitte der Erde, so meinten sie, sei ein hoher Berg, auf dem die Götter wohnen. Unter der Erde ist das Totenreich.

5. Das ptolemäische Weltbild

Wie bei allen Vorstellungen von der Welt bisher steht auch beim Weltbild des Ptolemäus die Erde im Mittelpunkt der Welt.

Ptolemäus entwickelte sein Weltbild viel später als die Babylonier oder Israeliten, etwa um 150 nach Christus.

Er denkt sich die Erde als Mittelpunkt einer Kugel mit sieben Schalen. Die Schalen tragen je einen der damals bekannten Planeten und die Sonne, die alle nach Ptolemäus' Meinung um die Erde kreisen. Es sind dies: Mond, Sonne, Merkur, Venus, Mars, Jupiter und Saturn. Zwischen den einzelnen Schalen befinden sich verschiedene Himmel. Die Götter wohnen im obersten Himmel, auf der Erde die Menschen, unter der Erde die Dämonen.

Die Schöpfungsgeschichte der Azteken

„Bevor die beiden Götter Quetzalcouatl und Tezcatlipoca die Erdgöttin vom Himmel herunterbrachten, gab es schon das Wasser, von dem niemand weiß, wer es schuf. Auf diesem Wasser bewegte sich die Göttin, und als die Götter das sahen, sprachen sie zueinander: ‚Es ist nötig, daß wir die Erde schaffen.' Dann verwandelten sich beide in große Schlangen, deren eine die Göttin an der rechten Hand und dem linken Fuß packte, die andere an der linken Hand und dem rechten Fuß; sie zerrten derart, daß sie mitten durchriß. Aus der Hälfte hinter den Schultern machten sie die Erde; die andere Hälfte brachten sie zum

Himmel hinauf. Hierüber ergrimmten die übrigen Götter sehr. Um die Erdgöttin für den Verlust, den die beiden Götter ihr zugefügt hatten, zu entschädigen, stiegen alle Götter vom Himmel herab; sie trösteten sie und befahlen, daß aus ihr alle für die Erhaltung des Menschen notwendigen Lebensmittel hervorgehen sollten. Darum machten sie aus ihren Haaren Bäume, Blumen und Gräser, aus ihrer Haut die ganz zarten Kräuter und Blümchen, aus ihren Augen Brünnlein, Quellen und kleine Höhlen, aus den Nasenlöchern Bergtäler, aus den Schultern Berge. Zuweilen schrie die Erdgöttin in der Nacht und verlangte nach Menschenherzen. Dann wollte sie sich nicht eher beruhigen, bis man sie ihr gab, und wollte nicht wieder Frucht tragen, als bis sie mit Menschenblut getränkt wurde.''

Babylonier, Israeliten, die Griechen und Ptolemäus lebten in den Ländern um das Mittelmeer herum. Sie alle glaubten, daß die Erde von Wasser umgeben sei. Den seefahrenden Völkern des Mittelmeerraumes war damals schon der Atlantische Ozean bekannt und auch das Rote Meer und seine Mündung in den Indischen Ozean. Hinter Europa, Asien und Afrika, von denen man nur die Randgebiete kannte, stellte man sich auch wieder Wasser vor.
(Anders die Tungusen: Da sie das Meer nicht kennen, kommt es in ihrer Vorstellung von der Welt auch nicht vor.)

Vorstellungen von der Erde, von der Welt, von den Göttern, vom Leben und von dem, was nach dem Tod kommt, sind abhängig von den Ländern und Landschaften, in denen die Menschen leben.
Man kann sich daher ausmalen, wie das Weltbild anderer Völker ausgesehen haben mag, wenn man weiß, wie sie lebten.

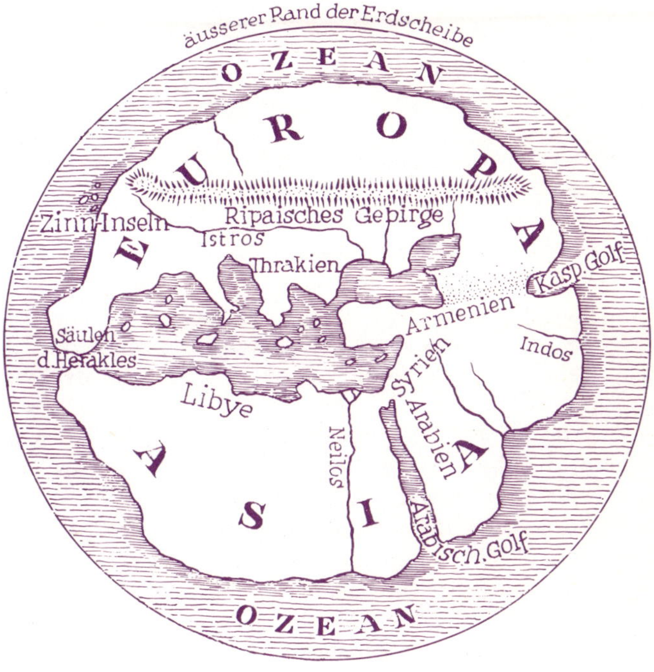

Darüber, wie z.B. die Eskimos lebten, kann man sich in einem Erdkundebuch oder im Lexikon leicht informieren.

Ein Schüler hat daraufhin einmal versucht, aufzuschreiben, wie das Weltbild der Eskimos ausgesehen haben könnte.

Die Eskimos denken sich die Welt in drei Stockwerken: überirdisch, irdisch und unterirdisch. Das Himmelsgewölbe stellen sie sich wie einen großen Iglu vor, ein halbrundes Schneehaus aus Schneeblöcken gebaut. Als Götter kennen sie den Jagdgott – und vielleicht einen Fischgott?

Der Aufsatz ist ganz nahe an die richtige Lösung herangekommen. In Wirklichkeit nämlich sieht das Weltbild der Eskimos so aus:

Es ist in drei Stockwerke gegliedert:
- Himmel;
- Erde und Meer;
- unterirdische und unterseeische Welt.

Das Himmelsgewölbe stellt man sich wie ein Zeltdach vor, das von einer Stange gestützt wird.

Als Götter kennen die Eskimos den Mondmann. Er ist der Gott für die Jagd auf dem Lande; die Meeresgöttin wird bei der Jagd zu Wasser angerufen. Daneben verehren die Eskimos auch die Tiere, denn sie meinen, daß alle Tiere eine Seele haben. Besondere Verehrung genießen der Wal und der Bär; für den Bären feiern sie jedes Jahr ein Bärenfest.

► Bedenke: Die Eskimos leben nur in Iglus, wenn sie unterwegs sind auf der Fahrt von einem Jagdplatz zum anderen. Sie wohnen sonst im Sommer im Zelt, im Winter in einer aus Rasenstücken und Steinen gebauten Erdhütte.

Genauso interessant wäre es, sich ein Volk zu denken, das auf einem Hochland lebt, umgeben von Hochgebirgen.
Zugang zu anderen Völkern wäre nicht vorhanden.
Die Menschen lebten als Hirten, die mit ihren Herden umherziehen.
Sie hätten also keine festen Häuser, sondern eine Art Zelte.

Wie könnte ihr Weltbild wohl aussehen?

Wie dächten sie sich die Entstehung der Welt?

Wie würden sie sich die Naturordnung, z.B. Tag und Nacht, Winter und Sommer, Wachsen und Reifen, Leben und Tod, erklären?

Es lohnt sich, über diese Fragen Vermutungen anzustellen. Man kann diese Vermutungen aufschreiben, auch zeichnen, und dann vergleichen mit dem, was andere sich überlegt haben.
Die moderne Forschung geht meist einen anderen Weg. Viele der alten Völker haben etwas über ihr Weltbild und ihre Religion aufgeschrieben. Bruchstücke dieser Schriften sind erhalten geblieben und entdeckt worden.
Unsere Wissenschaftler versuchen, diese Texte zu entziffern, um etwas über das Weltbild zu erfahren. Daraus kann man auch viel über die Lebensgewohnheiten entnehmen.
Umgekehrt kann man, wenn man das Weltbild und die Religion eines Volkes kennt, daraus schließen, wie es gelebt haben könnte.
Wie haben z. B. Leute gelebt, die sich die Welt so vorgestellt haben:
Über aller Welt steht der ,,Herr der Tiere'', der gleichzeitig ,,Herr des Waldes'' und ,,Herr der Berge'' ist, er wird auch ,,Großer Geist'' genannt.
Er lenkt das Schicksal der Welt vom ,,Weltenpfahl'' herab. Sein Priester ist der Medizinmann, der Regen herbeirufen und das Wild herbeilocken kann; durch Beschwörung kann er Krankheiten heilen und Feinde vernichten.
Die Toten gehen in die ,,Ewigen Jagdgründe'' ein.

In Europa wurde bis vor etwa 500 Jahren das ptolemäische Weltbild, wonach die Erde eine Scheibe auf dem Meer sei und der Himmel wie eine Käseglocke sich über sie spannte, für richtig gehalten. Erst um 1450 herum verbreitete sich die Theorie, daß die Erde eine Kugel sei.

Im Jahre 1492 wollte Christoph Kolumbus beweisen, daß die Erde eine Kugel ist. Er wollte auf Westkurs nach Indien segeln. (Warum ist er nicht so weit gekommen?)
Aber selbst seine Seeleute glaubten nicht an die Theorie, daß die Erde eine Kugel ist. Einige sagten: ,,Wir fahren geradewegs zum Rand der Welt!'' Und: ,,Dort stürzen wir mit den Wassermassen senkrecht hinab zur Hölle!''
Andere hielten es zwar für möglich, daß die Erde eine Kugel ist, sie hatten aber Angst, nie mehr zurückzukehren. Sie sagten: ,,Wenn die Erde eine Kugel ist, geht es abwärts gut, wie wir sehen. Wie aber sollen wir jemals bergauf fahren?''

Schöpfungsgeschichten

Jedes Weltbild soll die Welt erklären. Die Menschen versuchen zuerst zu erklären, warum die Welt so ist, wie sie ist. Dann fragen sie auch, wie sie entstanden ist und wer sie gemacht hat.

Wir können uns überlegen, ob die Erklärung richtig ist. Wir können das Weltbild aber auch anders betrachten, wenn wir fragen: Wie haben die Menschen gelebt, die sich das ausgedacht haben?

Aus den Gedanken, die man sich über das Aussehen der Welt, ihren Anfang und ihr Ende macht, läßt sich meist gleichzeitig ablesen, wie man sich Anfang und Ende des Lebens, also Geburt und Tod – und auch ein Leben nach dem Tode –, vorgestellt hat.

Wie andere alte Völker dachte auch das Volk der Israeliten zuerst darüber nach, wo sie leben und warum sie gerade hier leben. Sie erzählten ihre Gedanken von Generation zu Generation weiter:
– sie leben im Lande Israel, dem Land, in dem ,,Milch und Honig fließt'';
– sie sind aus Ägypten hierhergekommen;

– sie sind auf einem mühseligen Weg durch die Wüste hierhergezogen.
Auf diesem Weg hat sie, so erzählen sie, ihr Gott geführt, den sie Jahwe nennen.
Dieser Gott Jahwe, der sie in dieses Land führte, hat, so meinen sie, auch die ganze Welt geschaffen.
Wie andere alte Völker, die sich Gedanken über die Entstehung der Welt gemacht haben, versucht auch das Volk der Israeliten zu zeigen, wie dies gewesen sein könnte. Im ersten Teil der Bibel, dem Alten Testament, werden Vorstellungen des Volkes Israel, die zu verschiedenen Zeiten unterschiedlich gewesen sind, überliefert.

Obwohl die Erzählungen von der Erschaffung der Welt am Anfang des Alten Testaments stehen, sind sie doch nicht als erste aufgeschrieben worden. Sie wurden nach den Geschichten vom Auszug aus Ägypten und der Wanderung durch die Wüste geschrieben und nachträglich vorangestellt.

Am bekanntesten von den Schöpfungsgeschichten des Volkes Israel ist die Geschichte, die in der Bibel ganz am Anfang steht. Sie beginnt:
„Am Anfang schuf Gott Himmel und Erde, und die Erde war wild und leer. Da sprach Gott: Es werde Licht! Und da ward Licht."
Lange bevor die Israeliten sich Schöpfungsgeschichten ausdachten, glaubten sie an einen Gott, den sie für allmächtig hielten. So war es nur natürlich, daß sie auch glaubten, er habe die Welt geschaffen. Doch ist diese Geschichte, deren Anfang wir kennengelernt haben, nicht die einzige und auch nicht die älteste von den Weltentstehungserzählungen, die in der Bibel stehen.
Älter als sie ist, wie viele Forscher meinen, die im 2. Kapitel des gleichen ersten Buches der

Ein freudiges Ereignis!
Du bist Gatte geworden!

Bibel (1. Buch Mose). In dieser Geschichte ist alles viel lebendiger erzählt: Hier formt Gott zuallererst aus einem Klumpen Erde einen Menschen.
Und weil diese Lehmpuppe noch nicht lebendig ist, haucht Gott sie mit seinem Atem an, da wird sie lebendig. Danach richtet Gott für den Menschen die Erde ein wie einen Garten. Er läßt Bäume wachsen und Pflanzen und bewässert sie. Dann bildet er auch die Tiere auf dem Lande und in der Luft und bringt sie alle zum Menschen, damit er ihnen Namen gibt.

Während in der ersten Geschichte erzählt wird, daß Gott die Menschen, Mann und Frau, gleichzeitig erschaffen hat, meint die zweite, daß erst der Mann und dann – aus seiner Rippe – die Frau gemacht worden sei.
Neben diesen beiden Geschichten gibt es im Alten Testament noch andere Vorstellungen, die aber mehr nebenbei erzählt werden:

So schildern manche Psalmen (das sind Lieder) einen Kampf, den Gott bei der Erschaffung der Welt mit einem Drachen zu führen hatte. Erst als das Ungetüm besiegt ist, kann er an sein Werk gehen (beispielsweise Psalm 74, Verse 13 und 14 oder Psalm 89, Verse 11 und 12).
Die erste Geschichte, deren Anfang wir schon kennen, ist nicht nur die bekannteste, sondern auch die folgenreichste. Denn lange Zeit glaubte man, daß die Welt so entstanden sei,

. . . und du hast schon lange auf mich gewartet?
Ach nein, erst seit Anbeginn der Welt . . .

wie es dort erzählt wird – weil es doch in der Bibel steht. Und wer anders dachte oder sagte, wurde verfolgt oder gar als Ketzer verbrannt.

Man glaubte, daß Gott die Welt in sechs Tagen erschaffen habe:
– am ersten Tag den Tag und die Nacht;
– am zweiten Tag Himmel und Erde;
– am dritten Tag trockenes Land und Meer, Pflanzen und Bäume;

– am vierten Tag Sonne, Mond und Sterne;
– am fünften Tag die Tiere überall;
– am sechsten Tag den Menschen, der also, anders als in der Geschichte aus Kapitel 2, nicht am Anfang, sondern zuletzt erschaffen wird.

Weil diese Geschichte in der Bibel steht, hat man gemeint – und so meinen noch manche –, daß dies so gewesen ist und daß man das glauben muß.
Und als die Wissenschaftler beweisen konnten, daß die Erde in Millionen und Milliarden Jahren entstanden ist, wollte man die Geschichte doch noch retten und meinte, daß „ein Tag" sinnbildlich gemeint sei und eine oder zehn Millionen oder auch eine Milliarde Jahre bedeutet. Doch die Menschen damals meinten wörtlich, was sie aufgeschrieben haben. Für sie hatte Gott in sechs Tagen die Welt geschaffen.

Schließlich hat man eingesehen, daß jede Zeit mit dem, was sie weiß und was ihre Wissenschaften erforschen können, immer neu erklären muß, wie die Welt entstanden ist.

Alte Schriften

Woher wissen wir,
wie die Menschen früher gelebt haben?
Woher wissen wir,
wie die Menschen früher aussahen?
Woher wissen wir,
was die Menschen früher taten?
Woher wissen wir,
was die Menschen früher dachten?

Manches wissen wir durch Ausgrabungen. In Erde und Moor, Sand und Asche sind Überreste von längst vergangenen Zeiten erhalten geblieben: Bauten und Schriften, Geräte und Schmuck – auch menschliche Körper. Besonders alte Grabstätten sind die „Fundgruben" der Altertumsforscher.
Manches wissen wir durch Erzählungen. Die Menschen erzählten sich von Generation zu Generation das weiter, was sie von früher wußten; das, was sie selbst erlebt, und das, was ihnen Ältere berichtet hatten.

Vieles wissen wir durch schriftliche Nachrichten. Als die Menschen schreiben gelernt hatten, konnten sie sich durch Briefe und andere schriftliche Nachrichten verständigen. Das, was aufgeschrieben war, wurde nicht mehr so leicht vergessen. Viele alte Schriftstücke sind zwar verlorengegangen, aber einige wurden später wieder aufgefunden. In ihnen können wir nachlesen, wie die Menschen früher gelebt haben, was sie taten, was sie dachten – und auch, wie sie aussahen.

Schreiben in Bildern

Diese Nachricht aus dem alten Ägypten erzählt in Bildern, wie damals Ziegelsteine gemacht wurden. Die Bilder sind auf die Wand einer Grabkammer gemalt. Sie sind fast 3500 Jahre alt. Zwei Sklaven schöpfen Wasser aus

einem Teich. Um den Teich herum sind Bäume gepflanzt. Einige Leute kneten den Lehm, andere tragen ihn in Körben fort. Der Lehm wird dann in hölzerne Formen gepreßt. So entstehen Lehmklötze, die in der Sonne getrocknet und dann zum Bauen verwendet werden. Aufseher mit Stock und Peitsche treiben die Sklaven zur Arbeit an.

Schreiben auf Papyrus

Theon an Theon seinen Vater, Gruß!

Hast Dich schön benommen: hast mich nicht mit Dir in die Stadt genommen! Wenn Du mich nicht mit Dir nach Alexandria nehmen willst, dann werd ich Dich keinen Brief schreiben, und sprech Dich nicht und wünsch Dich nicht Gesundheit. Wenn Du aber nach Alexandria gehst, – keine Hand mehr nehm ich von [D]ich und grüß Dich hinfort nicht wieder. Wenn Du m[ich] nicht mitnehmen willst, so passiert das. Auch meine Mutter sagte zu Archelaos: „Er macht mich verrückt! Fort mit ihm!" Hast Dich ja schön benommen: schicktes[t] mir große Geschenke!! Beschwindelt haben sie uns d[a], am 12ten, als Du abfuhrst. Also: schick na[ch] mir, ich bitt Dich. Schickst Du nicht, so eß ich nicht und trink ich nicht. So!

Mög es Dir wohl gehen, das wünsch ich.

Tybi 18.

Auf der Rückseite die Adresse:

Gib's ab an Theon von Theonchen seinem Sohn.

Dieser Brief des kleinen Theon an seinen Vater Theon stammt ebenfalls aus Ägypten. Er ist 1700 Jahre jünger als die Bilderzählung, also immer noch etwa 1700 Jahre alt.

Der zornige kleine Theon schickt seinem Vater einen Brief, in dem er ihn beschimpft, daß er nicht mitgenommen wurde auf die Reise in die Stadt. Er droht dem Vater alles mögliche an, falls er nicht doch noch kommen darf.

Wir erfahren aus diesem Brief, wie vor 1700 Jahren in Ägypten die Kinder mit ihren Vätern umgesprungen sind.

Aus solchen und ähnlichen Schriftstücken wissen wir, wie die Menschen früher gelebt haben.

Der Brief ist auf Papyrus geschrieben, eine Art Schilfrohr, das aufgeschnitten und neben- und übereinandergeklebt wurde (daher unser Wort „Papier").

Schreiben auf Pergament

Diese Pergamentrollen fand ein arabischer Hirtenjunge in einer Höhle in den Bergen östlich des Jordan-Flusses in Israel. Sie steckten in Tonkrügen und waren mit vermoderter Leinwand umwickelt.

Mit Röntgenapparaten und Fotoapparaten, mit Pinseln und Pinzetten gingen Experten für alte Handschriften an die Erforschung der merkwürdigen Funde.

Sie fanden heraus:
Auf dem dünnen, geschabten Leder (Pergament) waren Bücher aus dem Alten Testament aufgeschrieben.
Eine 7 Meter lange Rolle enthielt den Text des Buches des Propheten Jesaja.

Sie fanden weiter heraus:
Die Pergamentrollen sind zwischen dem Jahr 100 vor Christus und dem Jahr 100 nach Christus von verschiedenen Schreibern beschrieben worden. Das konnten die Experten am Alter des Leders und an der Art der Schrift erkennen.

Was wird erzählt . . .?

Aus alten Schriften wissen wir, wie die Menschen früher gelebt haben, wie sie ausgesehen haben, was sie gemacht und was sie gedacht haben.

Vor über 2500 Jahren entstanden die Dichtungen Homers. Sie berichten uns nicht nur darüber, was die Menschen früher gemacht haben, sondern Homer hat auch beschrieben, wie diese Geschichten mündlich weitererzählt worden sind, bevor er sie aufgeschrieben hat.

Der Sänger

Es war Abend geworden, und die Dunkelheit kam sehr schnell. Am Himmel stand ein schmaler Mond, die Sterne leuchteten wie silberne Fische, und vom Meer her strich ein sanfter Wind über die Stadt, über die Schiffe, die unten am Hafen vertäut waren, über die Häuser der Armen und den Palast des Königs.

Der König hieß Aristeus und war klug und gütig. Die Stadt war reich geworden unter seiner Herrschaft, denn er war ein friedfertiger Mann, der den Krieg haßte und seine Untertanen vor allem Schlimmen bewahrte. Aristeus hatte eine Frau mit Namen Phainarete und zwei kleine Söhne, die er über alles liebte. An dem Abend, von dem wir erzählen, hatte er sich eine besondere Überraschung ausgedacht, um die beiden Kinder zu erfreuen. Er wußte, daß sie, seine Frau und alle Leute bei Hofe, nichts Schöneres kannten, als Geschichten von fernen Ländern, von Abenteuern und Wundern zu hören, und deshalb hatte er einen Sänger zu sich gerufen, einen jener Geschichtenerzähler, die damals durch die Lande zogen, um den Menschen eine Probe ihrer Kunst zu geben.

Aristeus saß auf einem großen, kostbar geschnitzten Sessel und hatte den Königsstab in der Hand. Er hatte sich ein wenig nach vorne gebeugt und die Hände lauschend an die Ohren gehoben. Auch Phainarete und die beiden Kinder an seiner Seite waren ganz still, und die Leute, rings an den Wänden der mächtigen Halle, saßen schweigend auf ihren Stühlen. Alle hörten, wie der Sänger langsam näherkam. Seine Schritte knirschten auf dem Kies. Er ging sehr bedächtig, denn er war blind, und zwei Knaben mußten ihn führen. Jedermann wußte, daß der Sänger mit seinen erloschenen Augen mehr sah als die anderen Menschen, denn er blickte nach innen, und seine Gedanken waren wie Blitze, die auch die fernsten Zeiten erhellten. Im Unterschied zu uns, die wir nur selten über den Tag hinausblicken, überschaute der Sänger Vergangenheit, Gegenwart und Zukunft zugleich. Deshalb begegnete man ihm überall mit Achtung und freute sich, wenn seine Finger die Saiten der Leier berührten und er zu singen begann.

Die Schritte wurden lauter.

„Gleich wird er hiersein", sagte der König, „er ist schon an der Schwelle."

Plötzlich stand der Sänger in der Halle; der Flur mit den blauen Gesimsen, das goldene Tor mit den silbernen Balken und dem blitzenden Türring lagen hinter ihm, noch ein paar Schritte, dann hatte er den Sessel des Königs erreicht.

Welch ein herrlicher Anblick! Die Halle schimmerte im Glanz von hundert Fackeln, die so hell waren, daß selbst der Mond, der jetzt durch die Hoffenster sickerte, vor ihrem Strahlen verblaßte. Auf den Tischen lagen Tücher aus schneeweißem Linnen, in den Bechern schimmerte rötlicher Wein, in mächtigen Körben häufte sich goldgelbes Brot.

„Sei gegrüßt, Aristeus", sagte der Sänger mit einer tiefen Verneigung, „mögen die himmlischen Götter dich segnen." Dann trat er einen Schritt zur Seite und setzte sich, als ein bescheidener Mann, vor den Herd in die Asche.

Aber Aristeus und Phainarete waren aufgestanden, und, während der Sänger die Leier erhob, geleiteten sie ihn zu seinem Ehrenplatz an ihrer Seite. Dann begann der blinde Mann zu singen.
Er sang von Zeus, dem höchsten Gott, der auf einem fernen, schneebedeckten Berg, dem Olymp, wohnt und zu den Menschen mit der Stimme eines rollenden Donners spricht. „Groß und mächtig, Beherrscher der Menschen und Götter, König alles Lebendigen ist Zeus", sagte der Sänger, „wer seiner Stärke vertraut und ihn anbetet, wenn er im Schein der Blitze zur Erde fährt, wahrlich, dem ist ein glückliches Leben beschert." Und dann sang er von Hera, der Himmelskönigin, von der klugen Athene, die den Sterblichen den Webstuhl und den Pflug gebracht hat, von Hermes, dem Boten zwischen Menschen und Göttern, vom Schmiedegott Hephaistos, vom Dreizack Poseidons und dem schrecklichen Ares, dem finsteren Meister des Krieges, aber auch von der lieblichen Aphrodite, deren Zauber niemand entrinnen kann, vom strahlenden Apoll und seiner königlichen Schwester, der wilden Jägerin Artemis.
„Bei den Göttern ist Anfang und Ende", sagte der Sänger, „sie waren schon, als es die Menschen noch nicht gab, und sie werden sein, wenn wir längst tot sind." Er hatte die Stimme erhoben, und seine Worte klangen laut und feierlich. Dann schwieg er einen Augenblick, und man hörte das Feuer im Herd und den Wind, der von draußen, vom Garten und vom Meer her kam. „Es wird eine klare Nacht", sagte der Sänger, „wenn es euch recht ist, werde ich so lange singen, bis die Morgenröte im Osten erscheint und Helios' Sonnenwagen wieder aus den Wogen steigt. Dann wollen wir den Göttern ein Opfer bringen und uns zur Ruhe begeben. Jetzt aber hört die Geschichten, die ich euch erzähle. Sie berichten vom Kampf um Troja und von den Abenteuern des Odysseus; es sind Sagen von einem großen unseligen Krieg, vom göttlichen Achill und von Thetis, seiner Mutter, von Priamos, dem uralten König der Troer, vom tapferen Hektor und seinem Weib Andromache, von Helena, der schönsten Frau, und von Paris, mit dem das Unheil begann."
An dieser Stelle wurden die Leute im Saal unruhig und fingen an zu murmeln.
„Von welchem Unglück spricht er?" fragte ein Fackelträger.
„Wir verstehen dich nicht", sagte eine Frau, „was war mit diesem Paris?"
„Beginne ganz von vorn", sagte der König, „und laß nichts aus. Erzähl uns zuerst, wie der trojanische Krieg begann."
„Das ist eine lange Geschichte", sagte der Sänger, „sie spielt in einer Zeit, als unsere Großväter noch Kinder waren.
Und er begann zu erzählen . . .

In vielen einzelnen Geschichten erzählt Homer vom „Kampf um Troja".

Er erzählt, wie die schöne Helena geraubt und nach Troja entführt wurde;
– er erzählt, wie die Griechen sich aufmachen, um Helena zurückzuholen;
– er erzählt vom Kriegslager der Griechen und der befestigten Stadt;
– er erzählt von den Zweikämpfen der Helden und dem Eingreifen der Götter;
– er erzählt von Tapferkeit und Tod, von List und Betrug, von Güte und Barmherzigkeit.

Und er erzählt auch vom Streit im Lager der Griechen, zwischen dem Heerführer Agamemnon und dem tapferen Achill.

Agamemnon hat Achill eine Sklavin weggenommen, und Achill zieht sich grollend vom Kampf zurück. Seitdem steht es schlimm um die Griechen. Die Troer dringen schon ins Lager ein. Achill erlaubt seinem Freund Patroklos, mit seiner Rüstung in den Kampf zu ziehen. Patroklos fällt.

Achills Klage

Als Achill den Sohn des alten Nestor näherkommen sah, erschrak er in seinem Herzen; denn er hatte Angst um seinen Freund Patroklos und fürchtete Schlimmes. Doch während Antilochos ihm die schreckliche Botschaft überbrachte, schien er ganz ruhig und war fast versteint. Aber dann umfing ihn das Leid wie eine schwärzliche Wolke; er griff in den Staub und streute sich Asche und Ruß über das Haupt, beschmierte sein Antlitz, so daß er arm und alt aussah, und warf sich zu Boden. Da lag er, ausgestreckt in riesiger Länge, zerraufte sein Haar und schrie mit weinender Stimme – so laut, daß Thetis, die Mutter, ihn in der Tiefe des Meeres erhörte. Da klagte auch sie, und die Meerjungfern klagten, die Fische und Wellen, die Mägde und Diener. Antilochos aber mußte Achill an beiden Händen halten, denn er fürchtete, daß der Held sich ein Leid antun könnte.

So herrschte Trauer überall: auf dem Lande, im Himmel und im Meer, wo Thetis ihren Sohn beweinte. Ganz gewiß war es ihr nun, daß Achill in die Schlacht ziehen würde, um Patroklos zu rächen und sich mit gewaltigem Ruhm auch einen frühen Tod zu erwählen: kein friedliches Alter war ihm bestimmt, und das Haus des Peleus würde seinen Schritt nie mehr hören.

Trauernd stieg Thetis aus den unermeßlichen Wogen des Meeres, eilte zum Strand, umarmte ihr Kind, berührte sein aschenes Haar und sagte: „Wehe, mein Lieber, nicht lange mehr darfst du das Sonnenlicht schauen, denn gleich nach Hektor, so hat es das Schicksal bestimmt, wird dich das Todeslos treffen.“

Aber Achilleus verbarg sein Haupt im Gewand und klagte: „Ach, würde ich doch heute noch sterben! Wahrlich, nichtsnutzig sitze ich hier, eine Last für Götter und Menschen, weil ich den lieben Freund nicht vom Tod zu erretten vermochte und ihn in der Schlacht nicht beschützte. Nun aber sei aller Hader vergessen, denn es drängt mich, Patroklos zu rächen und den mächtigen Hektor zu töten . . . danach will ich sterben, ohne zu jammern.“

Während Achilleus und Thetis sich noch am Strande besprachen, versuchte der gewaltige Hektor Patroklos' Leichnam zu rauben. Dreimal ergriff er den Toten am Fuß, um ihn zu schleifen, dreimal trieb ihn das Ajas-Paar, der telamonische und der lokrische Ajas, zurück. Aber die Gefahr wurde größer und größer, und deshalb stieg Iris, die göttliche Botin, vom Himmel herab und ermahnte Achill, den Griechen zu helfen.

Doch der Pelide schüttelte traurig das Haupt, denn er war waffenlos und wußte, daß er so gegen Hektor nichts ausrichten könnte. Erst als Iris nicht nachgab, ging er langsam, tief in Gedanken versunken, den Schiffen entgegen, und Athene schirmte ihm Schulter und Hals mit dem Panzer, umgab sein Haupt mit goldenen Wolken und verlieh seiner Gestalt das Bild einer lodernden Flamme. In der Nähe des Grabens stellte Achill sich abseits von Troern und Griechen: ganz allein, ein riesiger Mann. Dann begann er zu schreien, dreimal brüllte er auf, und so furchtbar war dieser entsetzliche Schrei, schriller als tausend Trompeten, daß die Feinde erbebten und selbst die Pferde zu zittern begannen. Eilig wandten sich die Trojaner zur Flucht, auch Hektor dachte nicht mehr an Patroklos, dessen Leichnam nun die Griechen auf ein Lager betteten. Dann wichen alle zurück, und Achill trat allein an die Bahre, neigte sein Haupt und weinte, wie eine Löwin ihr Junges beweint.

Während die Griechen Patroklos' Leichnam mit schimmernder Salbe bedeckten und Öl in seine Wunden gossen, ging Thetis zum hohen Olymp, um bei Hephaistos, dem kundigen Schmied, ihrem Sohn eine neue Rüstung zu holen – die schimmernden Waffen hatte ja Hektor geraubt. Sie traf den hinkenden Gott vor seinen Blasebälgen an. Emsig ging er umher, und als Thetis von ihm die Rüstung erbat, schmiedete er weiter mit hämmernden Schlägen. Seine Beine waren schmächtig und klein, aber die Arme gewaltig und stark. Schweigend machte er sich an die Arbeit, blies in die Bälge, entfachte das zuckende Feuer, warf Gold und Kupfer, Zinn und Silber hinein, holte Amboß, Hammer und Zange, verschloß das andere Werkzeug in einer silbernen Truhe und begann mit der Schmiedung des Schildes: fünf Schichten übereinander, Zinn und Erz und in der Mitte eine Platte aus Gold!

Auf dem Schild aber ruhten, in reicher Verzierung, Himmel, Erde und Mond, Gestirne und Sonnen; auch Städte konnte man sehen, Hochzeitsfeste, den Bräutigam und die Braut; Bürger und Krieger, Handwerker und Winzer; Hirten und Herden; Arbeit und Tanz; Burschen und Mägde!

Auch einen Panzer, einen Helm und ein Schwert schmiedete der große Meister Hephaistos . . . und alles in einer einzigen Nacht! –

Als der Morgen zu grauen begann und die Zeit kam, da der Sonnengott aus dem Meer stieg, eilte Thetis zur Erde und legte die Waffen ihrem Sohne zu Füßen. Sobald Achilleus sie sah, loderte sein Auge wie flüssiges Feuer. Er wappnete sich und ging ins griechische Lager. Dort waren alle schon längst zur Beratung versammelt, auch die Verwundeten, und als Achilleus näher kam, grüßten sie ihn mit tiefer Verneigung. Agamemnon erhob sich von seinem Platz, geleitete Achill zu einem Sitz und schämte sich der Habgier, die den besten Mann vertrieben und so vielen tapferen Soldaten das Leben gekostet hatte.

Troja ist erobert und zerstört worden. Die Griechen fahren nach Hause zurück. Auch Odysseus, der König von Ithaka, will mit seinen Gefährten in sein Inselreich zurückkehren. Doch die Götter verwehren ihm lange Zeit die Heimkehr. Zahllose Irrfahrten hat er zu überstehen, bis er nach vielen Jahren als einziger von denen, die auszogen, heimkehrt. Unerkannt betritt er die Insel Ithaka; niemand weiß, daß er noch lebt. Viele Männer halten sich in seinem Haus auf. Sie wollen seine Frau Penelope heiraten, um selbst König zu werden.

Odysseus bei Eumaios

Im Lumpengewand verließ Odysseus den Hafen und ging auf einem steinigen Waldweg hinauf ins Gebirge. Dort fand er den treuen Eumaios vor seinem Hause, im Schatten des Hofs. Ställe und Koben waren von einer dornigen Hecke verdeckt, doch hörte man rings das Grunzen der Schweine und Eber.

Heulend bellten die Hunde, als der verkleidete Bettler sich nahte, aber Eumaios, der gerade dabei war, Sandalen aus feinem Leder zu schneiden, lief ihnen nach und trieb sie mit Steinen davon. Dann ging er dem Fremden entgegen: „Verzeih mir“, sagte er freundlich, „daß ich dich nicht schon früher gewahrte und die Hunde zurückpfiff. Aber ich war in Gedanken versunken. Odysseus, mein Herr, ist immer noch fern, und die Freier verprassen sein Gut. Die besten und fettesten Schweine verlangen sie stets, und nichts dünkt ihnen gut genug, sosehr ich mich auch um das Mästen bemühe. Mein lieber Herr irrt indessen gewiß durch ferne Länder und Meere, der Hunger bedrückt ihn, und die Kälte zernagt in der Nacht seinen Leib. Wer weiß, vielleicht ist er auch schon lange gestorben. – Du aber folge mir jetzt in die Hütte und erzähle von deinem Geschick.“

Mit diesen Worten führte der Sauhirt den Gast in die Kammer, schüttete Laub auf und legte von seinem eigenen Bett das Fell einer Ziege darüber.
Als Odysseus bemerkte, wie der Knecht seinem Herrn die Treue bewahrte und selbst den Geringsten freundlich begrüßte, pries er die Güte des frommen Eumaios – aber der Sauhirt ließ es nicht zu. „Alle Menschen, ob arm oder reich", sprach er bescheiden, „kommen vom himmlischen Vater, und jeder unter ihnen ist mir lieb. Lohn will ich nicht – es sei denn, Odysseus kehrt zurück. Er würde mich reichlich beschenken, und ich könnte altern auf eigenen Feldern." Traurig ergriff Eumaios die blutige Schürze, band sie sich um und eilte hinaus zu den Koben, um zwei Ferkel zu schlachten: die briet er am Spieß und bot sie dem Gastfreund. Dabei schmähte er wieder die Freier und zählte auf, was sie alles verpraßten. Schweigend hörte Odysseus ihm zu, sein Herz sann auf Rache. Doch verstellte er sich und befragte den Hirten noch einmal nach dem Sohn des Laertes.
„Wehe dir", rief da Eumaios, „wenn auch du mich belügst und vorgibst, ihn gesehen zu haben. Tag für Tag ja kommen Fremde, fahrende Leute, und erzählen der Herrin Lügengeschichten. Freundlich bewirtet sie jeden und lauscht den Berichten. Auch du, alter Mann, würdest wohl schnell ein Märchen erfinden, wenn man dir Rock und Mantel verspräche!"
„Da hast du nicht unrecht", sagte Odysseus, „denn bei den Göttern kann ich beschwören, daß dein Herr zurückkehren wird. Ja, noch in diesem Jahre, ehe die Sonne sich senkt, kommt er nach Hause."
Aber Eumaios glaubte ihm nicht, sondern erzählte vom alten Laertes, von Penelopes Treue und Telemachs Ausfahrt nach Sparta und Pylos. Odysseus lauschte begierig und freute sich seiner Verkleidung, in deren Schutz er die Wahrheit erfuhr. Er selber spann indessen sein altes Lügengarn weiter, gab sich für einen Kreter aus und behauptete dreist, der Sohn des Laertes weile im Norden, um ein berühmtes Orakel zu fragen.
Eumaios aber traute den Erzählungen nicht: zu vielen Fremden schon hatte er Glauben geschenkt, doch es war immer vergeblich gewesen.
Am Abend kehrten die anderen Hirten nach Hause; da schlachteten alle ein Schwein, spalteten Holz, drehten den Spieß über der lodernden Flamme, Eumaios warf die Borsten ins Feuer und bat die himmlischen Götter, sie möchten Odysseus heimkehren lassen. Dann aßen sie dankbar und legten sich früh schon zur Ruhe.
Die Nacht war mondlos und kalt, gegen Morgen fiel Reif. Frierend verbrachte der Sohn des Laertes die erste Nacht in der Heimat; aber Eumaios merkte es wohl und bedeckte die Lumpen des Bettlers mit seinem Mantel.

Die Erzählungen des Markus

Vor knapp 2000 Jahren entstanden die Erzählungen des Markus. Ihn nennt man „Evangelist", da seine Erzählungen als Evangelium bezeichnet werden.
Der Evangelist Markus erzählt fast nur von Jesus von Nazareth.
Aus den vielen einzelnen Geschichten, die Markus zu seinem Evangelium zusammengesetzt hat, erfahren wir einiges über die frühere Zeit im Land der Juden, in Israel.

In einer Erzählung zeigt der Evangelist, was die Menschen damals gedacht haben über das, was erlaubt und was verboten ist.
Am jüdischen Feiertag, dem Sabbat, wanderte Jesus mit einigen Begleitern durch die Kornfelder.

▶ Nach den strengen jüdischen Vorschriften war am Sabbat, dem Feiertag der Juden, vieles verboten.
Man durfte zum Beispiel nicht:
säen, pflügen, ernten, Garben binden, dreschen, Früchte reinigen, mahlen, sieben, kneten, backen, Wolle scheren, waschen, färben, spinnen, weben, einen Knoten machen, einen Knoten auflösen, zwei Stiche nähen, zwei Buchstaben schreiben, zwei Buchstaben ausradieren, bauen, einreißen, Feuer anmachen, Feuer ausmachen, mit dem Hammer schlagen, auf einen Baum steigen, auf einem Tier reiten, schwimmen, in die Hände klatschen ...

Die Begleiter waren hungrig, und so rissen sie von dem Korn, das am Wegrand stand, Ähren ab und aßen die Körner.
Als die Gegner des Jesus, die sie beobachtet hatten, das sahen, sagten sie zu ihm: „Sieh doch, deine Begleiter übertreten das Gebot! Es ist Sabbat!"
Jesus antwortete ihnen: „Habt ihr nicht gelesen, was der König David und seine Gefährten einst taten, als sie Hunger litten? Sie gingen in das Gotteshaus und aßen die heiligen Brote, die doch nur die Priester essen durften.
Der Sabbat ist für den Menschen da, nicht der Mensch für den Sabbat!"

▶ Markus war nicht der einzige Evangelist. Im Neuen Testament der Bibel finden sich auch noch andere Evangelien, die des Matthäus und Lukas zum Beispiel.
Auch bei Matthäus und Lukas kann man solche Diskussionen um religiöse Vorschriften finden, bei Matthäus im 5. und 6. Kapitel, bei Lukas im 6. Kapitel und anderswo.

Gleichnisse

Die Juden verehrten nur einen Gott. Wenn sie von Gott erzählten, sprachen sie nicht so, wie sie von Menschen erzählten. Sie sprachen von Gott gerne in Gleichnissen.
Ein Gleichnis ist eine Geschichte, die etwas erklären will. Man kann auch sagen: Ein Gleichnis ist eine indirekte Mitteilung. Jesus erzählte oft solche Geschichten, wenn er etwas erklären wollte. Auch Markus hat Gleichnisse aufgeschrieben, doch seine Kollegen, die Evangelisten Matthäus und Lukas, haben mehr Gleichnisse erzählt.
Hier ein Gleichnis, das der Evangelist Matthäus in sein Evangelium aufgenommen hat.
Jesus, der dieses Gleichnis erzählt, vergleicht Gott mit einem Gutsherrn, der die Menschen, die für ihn arbeiten, belohnen kann, wie er es will und für gut hält:

Ein Gutsherr zog am Morgen aus, um Männer zu finden, die gegen Lohn in seinem Weinberg arbeiteten; und als er sie fand und handelseinig mit ihnen wurde – ein Denar für den Tag –, schickte er sie zu seinem Garten.
Um die dritte Stunde ging er wieder hinaus und sagte zu den Männern, die auf dem Markt herumstanden und keine Beschäftigung hat-

ten: „Kommt, geht auch ihr in meinen Weinberg; ich will euch geben, was recht ist", und die Männer gingen hin.
Auch um die sechste und neunte Stunde ging er wieder hinaus und machte es genauso wie vorher; und als er um die elfte Stunde immer noch Männer fand, die herumstanden, sagte er zu ihnen: „Was steht ihr hier den ganzen Tag herum, ohne etwas zu tun?" Die Männer antworteten ihm: „Uns hat niemand Arbeit gegeben." Da sagte der Herr: „Kommt, geht auch ihr in meinen Weinberg."
Später, als es Abend wurde, sagte der Gutsherr zu seinem Verwalter: „Ruf die Arbeiter und zahle ihnen den Lohn: den letzten zuerst, den ersten zuletzt." Da kamen die Arbeiter, die in der elften Stunde eingestellt wurden, und erhielten ihren Lohn: jeder einen Denar; und als die ersten an der Reihe waren, glaubten sie, ihr Lohn wäre höher, doch als auch ihnen nur ein Denar ausgezahlt wurde, wurden sie unwillig und murrten über den Gutsherrn: „Die letzten hier haben nur eine einzige Stunde gearbeitet, und dennoch hast du ihnen das gleiche gegeben wie uns, die wir die Last des Tags getragen haben und die Hitze aushalten mußten."
Da sagte der Gutsherr zu einem von ihnen: „Hör, Freund, ich tu dir kein Unrecht. Sind wir nicht handelseinig geworden? Ein Denar für den Tag: so war es ausgemacht zwischen uns! Also nimm dein Geld und geh! Ich aber will den letzten hier das gleiche geben wie dir. Darf ich mit meinem Geld nicht tun, was ich will? Oder blickst du deshalb so böse, weil ich großzügig bin?"
Die Letzten: die Ersten, die Ersten: die Letzten – so wird es sein.

▶ Man kann viele solche Gleichnisse in den Evangelien finden. Manche versuchen Gott zu erklären; zum Beispiel vergleicht ihn Lukas mit einem Vater (im Lukas-Evangelium im 15. Kapitel), Matthäus vergleicht ihn mit einem König (im Matthäus-Evangelium im 20. Kapitel).
Andere Gleichnisse erklären, wie kleine Ursachen große Wirkungen haben können; zum Beispiel: was aus einem Senfkorn werden kann und was der Sauerteig bewirkt (im Matthäus-Evangelium im 13. Kapitel in den Versen 31–33 und 36–43; im Lukas-Evangelium im 13. Kapitel in den Versen 18–21).
Andere Gleichnisse erklären, wie Menschen einander helfen sollen; Lukas zeigt dies am Beispiel eines barmherzigen Samariters (Lukas-Evangelium 10. Kapitel) oder am Verhalten eines reichen Mannes gegenüber einem armen Mann (Lukas-Evangelium, 16. Kapitel).

Wundergeschichten

Über manche Dinge haben die Menschen früherer Jahrhunderte völlig anders gedacht, als wir heute darüber denken.
Wenn in der Zeit, von der der Evangelist Markus erzählt, ein Mensch krank wurde, dann hat man angenommen, daß er von einem bösen Geist besessen ist. Dieser Dämon konnte in den menschlichen Körper einziehen, wenn der Mensch etwas Böses getan hatte.
Eine Krankheit war also eine Art Strafe.
Wenn man einen Menschen heilen wollte, mußte man den bösen Geist austreiben. Richtige Ärzte gab es in jener Zeit keine oder nur wenige. Damals zogen Wundertäter über Land und heilten die Kranken. Auch Jesus war, wie der Evangelist Markus berichtet, ein solcher Wunderarzt.

Markus erzählt: Jesus heilt einen Gelähmten.

Jesus war nach Hause gekommen, und die Leute hatten das erfahren. Sie liefen zusammen und kamen so zahlreich, daß der Platz im Haus nicht ausreichte; viele drängten sich noch vor der Tür.
Jesus redete zu ihnen.

Da kamen vier Leute, die trugen eine Bahre, darauf lag ein Gelähmter. Sie wollten ihn zu Jesus bringen, damit er ihn heilte.
Doch ins Haus kamen sie nicht, die vielen Menschen versperrten ihnen den Weg. Ihnen kam eine Idee: Sie stiegen auf das flache Dach des Hauses und deckten ein Stück davon ab. Durch dieses Loch in der Decke ließen sie die Bahre mit dem Gelähmten darauf an Stricken hinab.

Als Jesus sah, welches Vertrauen sie zu ihm hatten, sagte er zu dem Gelähmten: „Deine Sünden sind dir vergeben!"
Über diesen Satz ärgerten sich einige der Gegner Jesu, die da waren, um ihn zu beobachten. Sie dachten bei sich: der verspottet Gott, denn nur Gott kann Sünden vergeben und Krankheiten heilen.
Jesus erriet ihre Gedanken und fragte sie: „Was ist einfacher, zu sagen: Dir sind deine Sünden vergeben! oder: Steh auf und geh umher!? Aber ich will euch zeigen, daß ich Sünden vergeben und heilen kann." Und Jesus sagte zu dem Gelähmten: „Steh auf, nimm deine Bahre und geh nach Hause!"
Da stand der Gelähmte auf, hob seine Bahre auf die Schulter und ging hinaus.

Und die Leute, die das mitangesehen hatten, machten ihm Platz; sie waren verwundert und erschrocken.

► Es gibt viele andere Beispiele von Wunderheilungen Jesu, die die Evangelisten Markus, Matthäus und Lukas erzählen.

In einer Geschichte spricht Jesus mit dem bösen Geist, der den Kranken befallen hat, und befiehlt ihm, auszufahren. Markus erzählt diese Geschichte im 1. Kapitel seines Evangeliums (Verse 21–28), etwas anders bringt sie auch Lukas im 4. Kapitel seines Evangeliums (Verse 31–37).

In einer anderen Geschichte hat es Jesus gleich mit mehreren solcher Dämonen zu tun. Er zwingt sie, in eine Schweineherde zu fahren, und die Schweine stürzen sich dann ins Meer und ersäufen sich und die bösen Geister. Diese Geschichte erzählen alle drei Evangelisten: Markus im 5. Kapitel (Verse 1–20), Matthäus im 8. Kapitel (Verse 28–34), Lukas im 8. Kapitel (Verse 26–39). Auch hier gibt es Unterschiede in dem, was und wie die Evangelisten berichten.

Alte Sammlungen

Wie Homer es gemacht hat . . .

Alle lachten den Kaufmann Heinrich Schliemann aus, als er sich auf die Reise machte, um Troja zu finden. „Das ist doch eine erfundene Stadt!" sagten die meisten.
Als Junge schon hatte Heinrich Schliemann vom „Kampf um Troja" gelesen, von Agamemnon und Achill, von Hektor und der schönen Helena, vom Kampf der Griechen gegen die Trojaner. Und auch von den „Irrfahrten des Odysseus" und seinen Abenteuern auf der Heimreise von Troja nach Ithaka, seiner Heimat.
Der griechische Dichter Homer hatte darüber geschrieben, und Schliemann lernte sogar die griechische Sprache, um den Dichter in seiner Sprache verstehen zu können.
Als Kaufmann war Schliemann sehr reich geworden. Er konnte es sich leisten, seiner „Spinnerei", wie die Leute sagten, nachzuge-

hen. Im Jahre 1870 macht er sich auf die Fahrt nach Griechenland; er will die Überreste von Troja finden.
Aus der Erzählung des Homer liest Schliemann heraus, daß die Stadt irgendwo in der Nähe eines Flusses im nordwestlichen Kleinasien gelegen haben muß. Er sucht lange.
Schließlich entdeckt er eine Gegend, auf die die Beschreibung Homers passen könnte. Ein Fluß, eine Ebene, ein hoher, langgezogener Hügel, nicht weit entfernt vom Meer.
Schliemann beginnt auf dem Hügel zu graben. Zwei Meter Sand hat er schon abgetragen, als er auf Scherben und Bauschutt stößt. Aber es kann nicht Troja sein, diese Trümmer sind viel jüngeren Datums. Schliemann gräbt weiter. Immer wieder eine Schicht Sand, dann Schutt und Scherben. Schließlich, in der 9. Schicht, findet Schliemann die Reste einer Befestigungsanlage, die mit der Beschreibung des Homer übereinstimmen.
Schliemann meint, daß er Troja gefunden hat.
Kann das sein? Heinrich Schliemann hat die Geschichte des Homer vom Kampf um Troja benutzt wie ein Schatzsucher eine Karte, auf der die Schatzkiste in einem Lageplan verzeichnet ist.
Hat der Dichter Homer einen solchen Bericht verfaßt? Wollte er einen Bericht schreiben, so wie es heute unsere Zeitungsberichterstatter tun?

Die Zeit Homers liegt über 2500 Jahre zurück. Was würde uns Homer antworten, wenn wir heute mit ihm sprechen könnten und ihn fragen, was er sich dabei gedacht hat, als er seine Geschichten aufschrieb?

Vielleicht dies:
–: Herr Homer, Sie haben die Geschichte vom „Kampf um Troja" und die Geschichte von den „Irrfahrten des Odysseus" geschrieben.

Homer: Nein. Ich habe nur von den „Irrfahrten des Odysseus" erzählt.

–: Sind denn nicht beide vom selben Mann? Wir meinten, daß beide Geschichten vom gleichen Dichter Homer seien.

Homer: Nein, die Geschichte vom „Kampf um Troja" habe ich schon als kleiner Junge kennengelernt. Die hat ein früherer Dichter zusammengestellt. Mein Vater hat sie mir schon erzählt, und auch die fahrenden Sänger haben sie oft vorgetragen. Aber wenn es Ihnen recht ist, können wir den früheren Dichter Homer Nr. 1 nennen.

–: Sie sagten gerade, Homer Nr. 1 habe die Geschichten „zusammengestellt". Hat er sie sich denn nicht selber ausgedacht?

Homer: Nein, er hat die Geschichten nicht allein erfunden. Er hat viele Geschichten, die von Mund zu Mund weitererzählt wurden, aufgeschrieben. Diese Sammlung von Geschichten haben die Leute später den „Kampf um Troja" genannt.

–: Was hat er denn dann selber gemacht?

Homer: Homer Nr. 1 hat viele einzelne Geschichten so zusammengestellt, daß sie alle zu einer großen, spannenden Geschichte geworden sind. Dort, wo es nicht gepaßt hat, hat er es passend gemacht. Und er hat alles mit seinen Worten wiedererzählt und aufgeschrieben.

–: Wissen Sie, ob Homer Nr. 1 die mündlichen Erzählungen überprüft hat, bevor er sie aufschrieb?

Homer: Was meinen Sie denn mit „überprüft"?

–: Ob die Angaben auch stimmen, Ortsangaben, Zahlen und ähnliches.

Homer: Darum hat er sich nicht gekümmert. Er hat aufgeschrieben, wie es erzählt wurde, was ihn interessiert hat und was er sich vorstellen konnte. Schon beim mündlichen Weitererzählen war ja manches geändert worden; die gleiche Geschichte wurde oft ganz verschieden überliefert.

–: Also stimmt nichts von dem, was Homer Nr. 1 beschrieben hat?

Homer: So kann man es nicht sagen. Es kommt nicht darauf an, ob Helena oder Agamemnon oder Achill und die anderen gelebt haben, sondern ob man an ihnen zeigen kann, *wie* man lebt, liebt, zornig oder traurig ist, kämpft oder feiert oder stirbt. Homer Nr. 1 hat von Menschen und Leidenschaften, von Kriegen und Freundschaften, von Liebe, Neid und Habgier erzählen wollen. Was gibt es da zu überprüfen?

–: Was stimmt also von dem, was Homer Nr. 1 erzählt?

Homer: Alles, was zeigt, wie man gelebt hat und wie man leben kann.

–: Und die Götter?

Homer: Die Götter leben unter den Menschen. Die Götter sind Namen für Donner und Blitz, Meer und Fluß, für Krieg und Frieden, Gewissen und Schuld, für Schicksal und Tod.

–: Herr Homer Nr. 2, wenn wir Sie so nennen dürfen, nun haben wir nur von der Arbeit des Homer Nr. 1 gesprochen, nicht aber von Ihrer großen Geschichte: den „Irrfahrten des Odysseus". Was haben Sie sich dabei gedacht?

Homer: Ich habe nichts anderes gewollt als mein Vorgänger, Homer Nr. 1. Ich habe seine Geschichten weitererzählt. Und ich habe von ihm gelernt, wie man Geschichten erzählen kann.

Wie Markus es gemacht hat . . .

Beim Bau von Bewässerungskanälen in der Nähe des Dörfchens Nag Hammadi stießen ägyptische Bauern vor rund dreißig Jahren auf eine Höhle, die in den Kalkstein geschlagen war. Sie war einst eine Grabhöhle, jetzt lag nur noch ein Tonkrug in einer Ecke.

Noch heute hebt man in Ägypten viele Dinge in Tonkrügen auf: Getreide, Früchte und andere Nahrungsmittel, Schmuck und auch Geld.

Die Männer hofften, einen Schatz zu finden, doch der Krug enthielt keine Münzen, sondern einige verschnürte Bündel Papyrus, die sich in der trockenen Wüstenluft erhalten hatten. Die Männer waren enttäuscht, aber immerhin ließ sich der Papyrus zum Feueranmachen verwenden.

Nun wußten die Bauern, daß manche Leute auch für solche Funde viel Geld bezahlen. Sie nahmen die Rollen mit in ihr Dorf. Auf mancherlei Umwegen gelangten die Papyrusrollen in die Hände von Altertumsforschern.

Die Wissenschaftler fanden heraus, daß unter den Dokumenten ein bisher unbekanntes Evangelium war, das sogenannte Thomas-Evangelium.

Es enthält 114 Sprüche, die von Jesus gesprochen worden sein sollen; aufgeschrieben wurden sie von einem Mann namens Thomas. Evangelien nennt man die Aufzeichnungen, die über Jesus erzählen. Im Neuen Testament der Bibel stehen vier Evangelien, das Evangelium des Matthäus, das Evangelium des Markus, das Evangelium des Lukas und das Evangelium des Johannes.

Es gab aber auch noch andere Evangelien, die nicht ins Neue Testament aufgenommen worden waren – wie das Thomas-Evangelium.
Jesus hat selbst keine einzige Zeile aufgeschrieben. Erst nach seinem Tod haben seine Anhänger das, was sie mündlich von ihm wußten und was sie über ihn erzählten, aufgeschrieben. Das älteste der Evangelien, das Markus-Evangelium, wurde etwa vierzig Jahre nach Jesu Tod verfaßt.
Die Evangelien sind also keine Augenzeugenberichte, sondern Sammlungen von Erzählungen.

Wie alles andere, das in dieser Zeit schriftlich weitergegeben wurde, sind auch die Evangelien in mühseliger Arbeit immer wieder einzeln mit der Hand abgeschrieben worden. Beim Abschreiben gab es Fehler und Veränderungen; dann hat jeder auch anderes für wichtig gehalten und berichtet.

Die Evangelisten, also die Leute, die die Evangelien verfaßt haben, kannten Jesus nicht persönlich.
Aus den vielen Erzählungen über ihn haben sie ausgesucht, was ihnen richtig und wichtig schien.
Nicht nur Geschichten über das, was Jesus getan hatte oder getan haben soll, wurden überliefert; das, was Jesus gesagt hatte oder gesagt haben soll, wurde ebenfalls weitererzählt. Auch aus diesen Worten und Sprüchen haben die Evangelisten ausgewählt, jeder etwas anderes.
In den vierzig oder mehr Jahren, die seit dem Tod Jesu vergangen waren, waren die Erzählungen schon sehr ausführlich geworden. Manches wurde ausgeschmückt, manches dazu erfunden. Manches, das andere gesagt oder getan hatten, wurde inzwischen Jesus zugeschrieben. Die Evangelisten meinten: Jesus kann das auch.

Wenn man heute, nach fast 2000 Jahren, den Evangelisten Markus fragen könnte, wie das gewesen ist, als er sein Evangelium schrieb, und warum er es tat, würde er uns vielleicht folgendes Interview geben:

–: Herr Markus, wir möchten unsere Leser einen Blick in Ihr Arbeitszimmer tun lassen. Darf ich Ihnen ein paar Fragen stellen?

Markus: Bitte. Allerdings würde mich interessieren, wieso Sie ausgerechnet auf mich als Gesprächspartner gekommen sind? Ich heiße zwar Markus, bin aber ein ganz unbekannter Mann.

–: Nun, Sie gelten als der älteste Evangelist. Sie haben als erster ein Evangelium von Jesus geschrieben.

Markus: Kennen Sie noch weitere solcher Bücher?

–: Ja, zum Beispiel das Matthäus- und Lukas-Evangelium. Matthäus und Lukas haben Ihren Bericht benutzt und aus ihm abgeschrieben. Außerdem kennen wir auch noch ein Johannes-Evangelium, und unsere Leser wissen, daß vor dreißig Jahren ein Thomas-Evangelium gefunden wurde.

Markus: Sie sagen, Matthäus und Lukas hätten meinen Bericht benutzt für ihr Evangelium. Dazu muß ich aber sagen, daß ich gar keinen Bericht geschrieben habe. Ich habe gesammelt, was ich über Jesus finden konnte: kurze Jesusworte, kleine oder größere Apostelpredigten – alles, was ich erreichen konnte.

–: Sie haben also die einzelnen Erzählungen in Ihrem Evangelium gar nicht alle selbst erdacht und geschrieben?

Markus: Nein. Zu meiner Zeit war Jesus schon fast vierzig Jahre tot, aber an vielen Orten wurde von ihm gepredigt oder erzählt. Das habe ich gesammelt, geordnet, miteinander verbunden, umgestellt und neue Stücke dazugeschrieben.

–: Können Sie unseren Lesern noch etwas genauer sagen, was das für Sammlungen und Überlieferungen waren, die Sie benutzt haben, als Sie Ihr Evangelium geschrieben haben?

Markus: Ja, es waren im wesentlichen
- Wundergeschichten, die Jesus als göttlichen Menschen und Wundertäter zeigen;
- Streitgespräche, die als Hilfe in der Auseinandersetzung der Gemeinden mit ihren Gegnern gedacht waren;
- Gleichnisse;
- Sprüche über das Ende der Welt;
- eine ausführliche Erzählung über das Leiden und Sterben Jesu (Passionsgeschichte).

–: Was wollten Sie mit Ihrer schriftstellerischen Tätigkeit erreichen?

Markus: Es war nicht meine Absicht, ein Tagebuch von den Taten Jesu zu schreiben. Ich wollte andere Menschen zum Glauben an Jesus rufen. Mein Evangelium ist eine Werbeschrift. Als Erzähler will ich Jesus als den Grund des Glaubens verkündigen.

–: Herr Markus, wir danken Ihnen für dieses Gespräch.

Homer und Markus haben mündlich erzählte Geschichten aufgeschrieben.

Aus vielen einzelnen überlieferten Geschichten machten sie eine große Erzählung. Dabei dachten sie sich manches selbst aus.

In unserem Land haben die Menschen früher Sagen und Märchen erzählt.
Diese Sagen und Märchen wurden mündlich weitergegeben; sie waren schon lange Zeit bekannt, bevor sie aufgeschrieben wurden.

Jeder kennt das Märchen vom Rotkäppchen; jeder kennt das Märchen vom Wolf und den sieben Geißlein.
Beide Märchen sind verschieden:
Im Rotkäppchen geht das kleine Mädchen durch den Wald, um seine Großmutter zu besuchen. Sie begegnet dem Wolf. Der Wolf frißt die Großmutter und das Rotkäppchen. Ein Jäger befreit sie aus dem Bauch des Wolfes.
Beim Wolf und den sieben Geißlein geht die Geißen-Mutter von zu Hause weg. Der Wolf kommt und frißt die Geißlein, außer dem jüngsten . . .

Wie wäre es, wenn man aus diesen beiden Märchen eines machen würde?
Wenn zum Beispiel Rotkäppchen die sieben Geißlein besuchen geht, wie ist es dann?
Oder wenn Rotkäppchen der Geißen-Mutter im Wald begegnet, wie ist es dann?
Es gibt noch viele Möglichkeiten, die Märchen miteinander zu verbinden. Manche Stücke können bleiben, wie sie in den Märchen geschildert werden, andere müssen neu erfunden werden.

▶ Aus vielen mündlichen und schriftlichen Berichten wissen wir:
– wie die Menschen früher gelebt haben;
– wie sie früher aussahen;
– was sie taten;
– was sie dachten.

Was würdest du heute aufschreiben, damit spätere Generationen, die nach dir leben, wissen:
– wie du gelebt hast;
– wie du aussahst;
– was du gemacht hast;
– was du gedacht hast.

Was ist der Mensch?

Der Mensch	*Das Säugetier*
Er trinkt an der Brust seiner Mutter.	Es trinkt an der Brust seiner Mutter.
Er lernt gehen.	Es kann nach kurzer Zeit laufen.
Er lernt essen und trinken.	Es braucht keine Kleider und Schuhe.
Er lernt sprechen.	Es braucht nicht sprechen zu lernen.
Er lernt gehorchen.	Es braucht nicht zu lesen, zu schreiben oder zu rechnen.
Er lernt sich anziehen und die Schuhe zubinden.	Es braucht nicht zu arbeiten – wenn nicht der Mensch es dazu zwingt.
Er lernt lesen, schreiben, rechnen.	Wenn es ein Fuchs oder eine Katze ist, wird es jagen; wenn es ein Reh oder ein Schaf ist, wird es grünes Futter fressen.
Er lernt arbeiten.	
Er lernt einen Beruf.	Es braucht keinen besonderen Beruf. Sein Beruf ist es, Fuchs zu sein oder Katze zu sein, Reh zu sein oder Schaf zu sein.
Er heiratet – oder er heiratet nicht.	
Er bekommt Kinder und erzieht sie, bis sie selber einen Beruf haben.	Es bekommt Junge und pflegt sie, bis sie sich selbst Nahrung suchen können.
Er stirbt meist mit siebzig oder achtzig Jahren.	Es stirbt meist mit fünfzehn oder zwanzig Jahren.

Mensch und Tier

Vieles hat der Mensch mit dem Tier gemeinsam:
Er wird geboren und stirbt wieder, er muß essen und trinken, einatmen und ausatmen, schlafen und wachen.

Die verschiedenen Tierarten, die wir kennen, entwickeln sich im Laufe der Zeit weiter. Sie bleiben nicht gleich. Auch waren sie früher, vor Millionen von Jahren, ganz anders als heute. Das Pferd war kaum so groß wie ein Hund. Der Vorläufer des Elefanten, das Mammut, hatte große, fast kreisrund gebogene

Stoßzähne. Noch viel früher gab es große, eidechsenartige Tiere, die Saurier; sie sind schon längst ausgestorben.

Auch der Mensch entwickelt sich ganz allmählich weiter.

Vor 500 Jahren sind die meisten Menschen kaum größer gewesen als heute die dreizehnjährigen Jungen und Mädchen. Vor Jahrtausenden hat der Mensch ganz anders gelebt und anders gedacht als seine modernen Nachkommen.

Wahrscheinlich haben unsere Vorfahren vor Jahrmillionen eher wie Tiere ausgesehen. Die kräftigsten von ihnen haben sich fortgepflanzt. Die Klügsten von ihnen haben Werkzeuge erfunden. Dies alles dauerte viele Millionen von Jahren.

Viele sagen: Der Mensch stammt vom Affen ab. Sie haben gar nicht so unrecht. Aber das heißt noch lange nicht, daß der Mensch ein Affe ist.

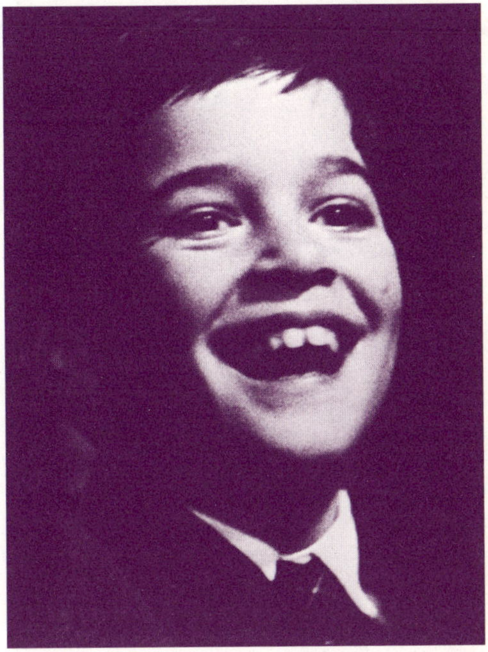

Tierisches und menschliches Verhalten

Imponieren

Dieser Pfau gibt an. Er spreizt seine Federn, damit er größer aussieht, als er in Wirklichkeit ist. Anscheinend will er groß und schön und stark aussehen. Warum?

Wahrscheinlich will er dem Weibchen Eindruck machen. Er will *imponieren.*

Dieser Mann will auch imponieren. Er zeigt seine Muskeln. Vielleicht denkt er, er sei so am schönsten. Will er den Frauen *imponieren?*

Der Pfau und der Mann zeigen das gleiche Verhalten. Die Verhaltensforscher nennen es Imponiergehabe.

Imponiergehabe kommt bei Tieren und Menschen vor. Auch bei Jungen und Mädchen ist es bekannt.
Wenn zwei Jungen vor ihren Freunden ein Wettrennen mit den Fahrrädern machen, wollen sie imponieren. Jeder will das bessere Fahrrad und die kräftigeren Muskeln haben.
Wenn ein Mädchen sein Poesiealbum vorzeigt und wenn die anderen sehen, daß alle Lehrer einen Spruch hineingeschrieben haben, dann kann das Mädchen seinen Freundinnen *imponieren.*
Wenn der Junge, der beim Wettrennen gewonnen hat, sich mit seinem Sieg brüstet, dann macht er sich unbeliebt bei den Freunden. Wenn das Mädchen mit seinem Poesiealbum angibt, ärgern sich die Freundinnen.

Bei den Menschen ist das Imponiergehabe nicht sehr beliebt. Der Mensch muß nicht angeben. Er kann es auch lassen.

Lies die folgenden beiden Geschichten. Sie haben den gleichen Anfang. Aber der Schluß ist anders. In der einen Geschichte wollen sich Kinder imponieren, ähnlich wie es die Tiere auch tun. In der anderen Geschichte verhalten sie sich „menschlicher". Wenn du die beiden Geschichten vergleichst, findest du vielleicht heraus, worauf es ankommt.

Die Klasse 5c war auf dem Schulausflug. Nach längerer Wanderung kamen die Kinder an einem Gasthaus vorbei. Es war heiß, und sie hatten noch nicht Rast gemacht. Alle wollten im Gasthaus etwas trinken und fragten die Lehrerin, ob sie nicht hineingehen dürften. Die Lehrerin war einverstanden. Im Nu waren alle Tische des Gastzimmers mit Schülern besetzt. An einem Tisch saßen Ursula, Erich und Jürgen. Sie tranken Cola. Die Jungen hatten schnell ihre Flaschen leer, und jeder bestellte eine neue. Da wollte Erich zeigen, was er kann. Er sagte zu Jürgen: „Ich werde fünf Flaschen trinken. Mein Geld reicht." Jürgen hatte eigentlich kaum noch Durst. Aber er sagte: „Ich trinke mindestens genauso viel wie du!" Ursula machte große Augen.
Die beiden Jungen tranken eine Cola nach der anderen. Am Ende hatte jeder tatsächlich fünf Flaschen getrunken. Sie waren mächtig stolz. Als sie gingen, sagte Erich: „Ich hätte noch mehr gekonnt!" Jürgen sagte: „Ich auch!"

Die Klasse 5c war auf dem Schulausflug. Nach längerer Wanderung kamen die Kinder an einem Gasthaus vorbei. Es war heiß, und sie hatten noch nicht Rast gemacht. Alle wollten im Gasthaus etwas trinken und fragten die Lehrerin, ob sie nicht hineingehen dürften. Die Lehrerin war einverstanden. Im Nu waren alle Tische des Gastzimmers mit Schülern besetzt. An einem Tisch saßen Ursula, Erich und Jürgen. Sie tranken Cola. Die Jungen hatten schnell ihre Flaschen leer, und jeder bestellte eine neue. Da wollte Erich zeigen, was er kann. Er sagte zu Jürgen: „Ich werde fünf Flaschen trinken. Mein Geld reicht." Jürgen hatte eigentlich kaum noch Durst. Er sagte: „Wozu soll das gut sein? – Nachher hast du den Bauch voll Cola und machst vielleicht auf dem Rückweg schlapp. Mir reichen zwei Flaschen dicke." Erich überlegte. Dann sagte er: „Eigentlich hast du recht."
Jeder kaufte sich noch ein Päckchen Erdnüsse. Die teilten sie mit Ursula und tranken dazu ihre zweite Flasche Cola.

Es ist leicht zu sagen, in welcher Geschichte die Jungen vernünftiger waren. Aber es ist manchmal nicht so leicht, sich vernünftig zu verhalten.

Drohen

Diese Hähne drohen einander. Wenn Tiere drohen wollen, dann tun sie so, als wären sie unheimlich gefährlich.

– Sie zeigen ihre Waffen (Zähne, Krallen usw.).
– Sie machen sich größer, als sie sind (Federn spreizen, Haare sträuben).
– Sie sehen den Gegner scharf an.
Sie wollen, daß der Gegner Angst bekommt und daß er verschwindet. Oft geschieht es dann, daß einer von beiden sich einschüchtern läßt und weggeht. Manchmal unterwirft er sich dann dem andern.

Hier sind wieder zwei Geschichten zum Vergleichen. In der einen geht es fast so zu, wie wenn Tiere sich drohen und unterwerfen, in der anderen geht es menschlicher zu.

Lehrer Knauß ist ein richtiger Klassenbändiger. Wenn der einen scharf anguckt, wird man ganz klein.
Neulich war im Klassenzimmer ein furchtbares Durcheinander. Manfred hatte Ordnungsdienst. Aber er konnte die Unordnung nicht verhindern, weil er in der Pause etwas beim Hausmeister abholen mußte. Er war also gar nicht da, als es passierte. Er nahm sich vor, das Herrn Knauß zu sagen, aber es ging nicht. Als Knauß in die Klasse kam, guckte er bloß kurz um sich. Da sah er das Durcheinander. Es wurde unheimlich still in der Klasse. Dann setzte sich Knauß ans Pult und sagte: „Ordner vorkommen." Manfred wollte ihm alles erklären. Er stand vor ihm. Aber Knauß stand auf und sah ihn scharf an. Eine ganze Weile lang. Und dann sagte er nur: „Also los." Manfred machte Ordnung. Sagen konnte er nichts.

Lehrer Knauß ist ein richtiger Klassenbändiger. Wenn der einen scharf anguckt, wird man ganz klein. Neulich war im Klassenzimmer ein furchtbares Durcheinander. Manfred hatte Ordnungsdienst. Aber er konnte die Unordnung nicht verhindern, weil er in der Pause etwas beim Hausmeister abholen mußte. Er war also gar nicht da, als es passierte. Er nahm sich vor, das Herrn Knauß zu sagen, aber es ging nicht.
Als Knauß in die Klasse kam, guckte er bloß kurz um sich. Da sah er das Durcheinander. Es wurde unheimlich still in der Klasse. Dann setzte sich Knauß ans Pult und sagte: „Ordner vorkommen." Manfred wollte ihm alles erklären. Er stand vor ihm. Aber Knauß stand auf und sah ihn scharf an. Eine ganze Weile lang. Und dann sagte er nur: „Also los." Manfred dreht sich um. Schon will er gehen, um aufzuräumen. Da bleibt er stehen. Laut und deutlich sagt er: „Das ist nicht gerecht." Knauß glaubt, er hat sich verhört. Er zieht die Stirne kraus und sagt mit schneidender Stimme: „Wie?" In der Klasse ist es mäuschenstill. Manfred sieht Herrn Knauß voll an und sagt dann: „Sie haben mich nichts erklären lassen. Das finde ich nicht richtig."

Herr Knauß scheint unschlüssig zu sein.
Dann sagt er ruhig: „Vielleicht habe ich mich geirrt." In diesem Augenblick wird es in der ganzen Klasse lebendig. Alle rufen durcheinander: „Er konnte nichts dafür!" und: „Er mußte doch zum Hausmeister!" und: „Er war ja gar nicht hier!"
Lehrer Knauß schlägt vor, die Sache ausführlich zu besprechen, und so geschieht es. Am Ende des Gesprächs entschuldigt sich Herr Knauß bei Manfred. Der ist ganz verlegen. Aber er nimmt sich vor, sich das nächste Mal wieder zu wehren, wenn er im Recht ist.

Was sich in der zweiten Geschichte abgespielt hat, war für Manfred nicht leicht. Aber auch für den Lehrer nicht. Kennst du ähnliche Geschichten? Oder kennst du solche Geschichten, bei denen sich jemand mit dem tierischen Drohverhalten durchgesetzt hat?

Revierverteidigung

Dieser Hund muß mal. Aber zugleich tut er noch etwas anderes: Er bringt die Grenze seines Gebietes in Ordnung.
Jeder Hund hat ein bestimmtes Gebiet, das er beherrscht. Sein Herrschaftsgebiet bewacht er streng. Das ist sein Revier.
Aus diesem Revier verjagt er alle Eindringlinge. Die Grenzen seines Reviers markiert er so, daß alle anderen Hunde sie riechen, wenn sie vorbeikommen. (Hunde haben eine gute Nase und wissen genau, wo es nach einem fremden Hund riecht.)
Deshalb heben die Hunde so oft ihr Bein und spritzen ein klein wenig Urin an Bäume, Zäune, Wände usw. Sie markieren die Reviergrenze.

So wie der Hund haben alle Tiere ihr Revier, in dem sie leben und Futter suchen. Das Revier eines Schwanenpaars ist so groß wie ein kleiner See. Das Jagdrevier eines Tigers ist etwa 20 Quadratkilometer groß.

Hier sind wieder zwei Vergleichsgeschichten: In welcher geht es „tierähnlich" zu, in welcher „menschlich"?

In letzter Zeit gibt es ständig Krach im Kinderzimmer. Klaus beschuldigt seinen ein Jahr älteren Bruder Herbert, er würde ihm alles wegnehmen und ihn immer ärgern.
Herbert sagt, alles würde Klaus ihm verbieten, dauernd würde er schreien und dann immer gleich alles verpetzen. Die Eltern machen sich schon richtig Sorgen wegen ihrer Söhne. Aber auf einmal wird es besser. Klaus und Herbert haben nämlich das Zimmer genau in zwei Hälften geteilt. Sie haben auf dem Boden einen Kreidestrich durch das ganze Zimmer gezogen. Jeder hat alle seine Sachen auf einer Hälfte. Niemand stört den anderen. Keiner darf die Zimmerhälfte des anderen betreten.

In letzter Zeit gibt es ständig Krach im Kinderzimmer. Klaus beschuldigt seinen ein Jahr älteren Bruder Herbert, er würde ihm alles wegnehmen und ihn immer ärgern.
Herbert sagt, alles würde Klaus ihm verbieten, dauernd würde er schreien und dann immer gleich alles verpetzen. Die Eltern machen sich schon richtig Sorgen wegen ihrer feindlichen Söhne. Aber eines Tages hören sie durch die halbgeöffnete Tür, wie ihre Kinder heftig diskutieren. Klaus sagt: „Wir ziehen in der Mitte des Zimmers einen Strich mit Kreide. Jeder bekommt eine Zimmerhälfte."
„Gut", sagt Herbert, „ich bekomme die Hälfte mit der Tür drin." Klaus merkt, daß es so nicht geht. Kleinlaut sagt er: „Dann komme ich ja gar nicht mehr rein, wenn du nicht willst."
Jetzt macht Herbert einen Vorschlag. „Weißt du", sagt er, „es kommt überhaupt nicht darauf an, daß jeder sein Revier hat wie ein Hund oder ein Fuchs. Wir müssen uns nur so einteilen, daß jeder von uns möglichst viel machen kann. Wenn er lernen will, muß er lernen können; wenn er spielen will, muß er spielen können; und wenn er schlafen will, darf er schlafen."
Jetzt haben die Jungen die Lösung gefunden: Sie beschließen, daß jeder das ganze Zimmer benutzen kann. Wenn aber einer dem andern im Weg ist, wollen sie die Sache besprechen und sich dann einigen.

Wenn du die Geschichten von Tieren und Menschen noch einmal vergleichst, kannst du vielleicht folgende Sätze bestätigen.
– Der Mensch verhält sich oft ähnlich wie das Tier.
– Der Mensch kann sich auch ganz anders verhalten.
– Menschliches Verhalten sollte vernünftiger sein als tierisches Verhalten. Das muß man aber lernen. Dies sollten die Geschichten zeigen.

Wonach richtet sich der Mensch?

Wir wissen jetzt, daß sich der Mensch nicht so verhalten muß wie die Tiere. Er kann auch anders; er kann sich menschlich verhalten. Aber wonach soll er sich richten, wenn er sich menschlich verhalten will?
Diese Frage hat die Menschen schon in uralten Zeiten bewegt. Sie wollten wissen, was sie – die Menschen – tun müssen. Sie überlegten sich Antworten auf viele wichtige Fragen:
– Soll der Mensch gehorchen? Warum soll er gehorchen? Wem soll er gehorchen?
– Wie lange soll er arbeiten, wann darf er ausruhen?
– Darf der Mann viele Frauen heiraten?
– Was soll geschehen, wenn jemand stiehlt?
In manchen Völkern bestimmten die Könige durch Gesetze, wie sich die Menschen zu verhalten hatten. Sie setzten auch fest, wie sie bestraft werden sollten, wenn sie das Gesetz des Königs gebrochen hatten. In einem Gesetz des Königs Hammurabi, der vor über 3000 Jahren gelebt hat, heißt es:
– Wenn jemand etwas aus einem Tempel oder aus dem Königspalast stiehlt, so wird er getötet. Auch der wird getötet, der die gestohlenen Dinge vom Dieb angenommen hat.
– Wenn jemand ein Rind oder ein Schaf oder einen Esel oder ein Schwein oder auch ein Schiff gestohlen hat, das einem Gott oder dem König gehört, so muß er es dreißigfach wiedergeben. Wenn es einem Diener des Königs gehört, so muß er es zehnfach wiedergeben. Wenn der Dieb nichts zu geben hat, so wird er getötet.
– Wenn jemand einem Adligen einen Knochen gebrochen hat, so wird man ihm auch einen Knochen brechen.
– Wenn er einem Dienstmann ein Auge zerstört oder einen Knochen gebrochen hat, so muß er eine Mine Silber bezahlen.
– Wenn jemand einer gleichstehenden Person Zähne eingeschlagen hat, dann wird man auch ihm Zähne einschlagen.

Auch die Israeliten hatten ein Gesetz. Es wird erzählt, daß vor Tausenden von Jahren Moses am Berg Sinai dieses Gesetz von Gott selber empfangen hat.

In den israelitischen Gesetzen bestimmt also Gott, was die Menschen tun sollen und was sie nicht tun dürfen. Einen Teil dieser Gesetze nennt man die Zehn Gebote. Hier sind sie – etwas vereinfacht – aufgeschrieben:

Ich allein bin der Herr, dein Gott. Neben mir sollst du keine anderen Götter haben.

Du sollst nicht unnötig den Namen Gottes aussprechen.

Denk an die Feiertage und halte sie. Du sollst sechs Tage arbeiten und am siebten ruhen. Denn Gott hat in sechs Tagen die Erde erschaffen; am siebten hat er geruht.

Ehre deinen Vater und deine Mutter.

Du sollst nicht töten.

Du sollst nicht die Ehe brechen.

Du sollst nicht stehlen.

Du sollst niemand anlügen.

Du sollst nicht das Haus eines anderen haben wollen.

Du sollst überhaupt nichts begehren, was der andere hat, auch seine Frau nicht.

Mit diesem Gesetz sind die wichtigsten Fragen des Lebens geregelt worden:
- Arbeit;
- Ehe;
- Familie;
- Leben;
- Eigentum.

Sicher haben die Israeliten jahrhundertelang gebraucht, bis sie so klare und einfache Gesetze hatten, die jeder verstehen konnte. Jeder wußte, wie er sich verhalten mußte. Den Israeliten war ihr Gesetz so wichtig, daß sie sagten: Es kommt von Gott.

Überlege einmal:
- Welche Gesetze haben wir heute?
- Wer macht bei uns die Gesetze?
- Wenn wir heute nur die Zehn Gebote hätten – würde das reichen?
(Denk an den Verkehr, an die großen Städte, an die Luftverschmutzung!)

Sprecht in der Klasse über diese Fragen!

Denkt euch Gesetze selber aus, z.B.
- zur Verbesserung der Schule;
- zur Regelung des Taschengeldes für Kinder.

Wer gute Gesetze macht, der muß die Menschen genau kennen. Er muß sie lange Zeit beobachten, damit er weiß, was für sie gut ist und was sie befolgen können. Er muß sich ein Bild vom Menschen machen können.

An den Zehn Geboten kann man sehen, daß auch Moses eine klare Vorstellung vom Menschen hatte. Es ist die gleiche, die auch in der israelitischen Schöpfungsgeschichte erzählt wird.

Schlag einmal in diesem Buch die Seite 20 auf. Dort wird erklärt, wie sich die Israeliten die Schöpfung der Welt vorstellten. Zu dieser Geschichte kommt noch folgendes hinzu:

Nachdem Gott die Erde, die Pflanzen und die Tiere geschaffen hatte, schuf er einen Mann und eine Frau. Sie sollten über die Erde herrschen und nur ihm gleich sein. Deshalb blies er ihnen seinen Odem ein.
Der Menschenmann und die Menschenfrau lebten im Paradiesgarten und waren glücklich; denn sie wußten gar nicht, daß es Böses geben könnte, und sie wußten nichts vom Sterben.
Von allen Früchten durften sie essen, nur nicht von einem bestimmten Baum. Gott hatte ihnen gesagt: „Wenn ihr davon eßt, werdet ihr erkennen, daß es Gut und Böse gibt, und später werdet ihr sterben." Aber die Menschen aßen dennoch davon, und sie merkten auf einmal, daß sie nackt waren. Sie schämten sich und machten sich Kleider aus Blättern.

In dieser Geschichte wird viel über den Menschen gesagt. Hier folgen jetzt ein paar Sätze. Jeder Satz erklärt eine Stelle in der Geschichte. Lies die Sätze aufmerksam durch und überlege dann, zu welchen Stellen sie passen.
- Bevor es Menschen gab, waren schon Pflanzen und Tiere da.
- Der Mensch ist kein Tier; er herrscht mit seinem Verstand über die Tiere: Er kann sie jagen und zähmen.
- Solange man nichts anderes weiß, gehorcht man gern.
- Man weiß erst, was böse ist, wenn man etwas Böses getan hat. Das ist dann so, wie wenn man nackt wäre.
- Wenn die Menschen nicht wüßten, daß sie sterben müssen, wären sie glücklicher.
- Der Mensch kann alles tun, was er will, auch das ganz Schlechte. Aber das rächt sich an ihm selber.

WAS SIND DIE MENSCHEN?

- Sie bauen und planen;
- sie hindern einander am Bauen und Planen;
- sie erziehen Kinder;
- sie prügeln Kinder;
- sie helfen den Kranken;
- sie töten sich;
- sie reden vom Frieden;
- sie beschimpfen sich;
- sie sind satt und zugleich hungrig;
- sie sind tapfer und zugleich feige;
- sie sind dumm und zugleich vernünftig;
- sie sind sanft und zugleich gewalttätig;
- sie hassen sich und lieben sich;
- sie sind großmütig und zugleich neidisch;
- sie sind arm und zugleich reich;
- sie sind gut und zugleich böse.
- Ihr Verhalten ist von tierischer und zugleich von menschlicher Art. Manchmal ist es unmenschlich.

DER MENSCH IST SEINE EIGENE AUFGABE

Der Mensch muß für sich sorgen

Wir leben heute nicht mehr im Paradies. Wir wissen, daß wir sterben müssen. Wir wissen, daß es gute und böse Taten gibt.

Die Menschen müssen versuchen, sich immer besser kennenzulernen, damit sie Gesetze und Einrichtungen schaffen können, die den anderen Menschen dienen. Ihre Einrichtungen und Gesetze sollen

● die Erziehung verbessern, damit schon die kleinen Kinder es so gut haben, daß sie später nichts Unrechtes zu tun brauchen;

● die Schulen verbessern, so daß die Menschen immer besser lernen, was man tun kann und wie man sich selber und den anderen hilft;

● das Bauen von guten und wohnlichen Häusern und Städten ermöglichen, damit sich die Menschen nicht ständig wie Eingesperrte fühlen müssen.

Nur wenn der Mensch durch seine Einrichtungen und Gesetze ständig daran arbeitet, daß dies alles geschieht, verhält er sich menschlich.
Aber er hat zwei Möglichkeiten: Er kann menschlich werden; er kann aber auch unmenschlich sein.

Jeder spielt seine Rollen

Auf dem Hühnerhof

Auf dem Hühnerhof laufen alle Hühner durcheinander, wie es gerade kommt.
In Wirklichkeit gibt es auf dem Hühnerhof aber eine ganz genaue Rangordnung. Man kann das manchmal beobachten, wenn die Hühner sich gegenseitig beim Fressen vertreiben.
Die Hühner sehen sich selbst etwa so:

Im Hotel

Ein junger Mann mit langen, strähnigen Haaren, ausgefransten Jeans und Rollkragenpullover betritt ein piekfeines Hotel: „Ich hätte gern ein Doppelzimmer für eine Nacht."
Empfangschef: „Tut mir leid, wir haben nichts mehr frei."
Junger Mann: „Was, Sie haben kein Zimmer frei? Könnten Sie nicht wenigstens mal nachsehen?"
Empfangschef: „Wir haben nichts mehr!"
Der junge Mann wird abgewiesen. Alles belegt!
Ein dicker Wagen fährt vor. Ein eleganter Herr steigt aus, nach ihm eine nicht weniger elegante Begleiterin. Sie kommen in die Hotelhalle und gehen auf den Empfangschef zu.
Der Herr gibt ihm eine Visitenkarte: „Kann ich für heute nacht noch ein Zimmer haben?"
Empfangschef: „Ein Doppelzimmer, Herr Direktor?"
Der Herr: „Ja, ein Doppelzimmer, bitte."
Der Empfangschef blättert in seinen Listen: „Ja, Herr Direktor, da haben wir noch etwas frei. Wollen Sie ein Zimmer mit Dusche oder eins mit Bad?"
Der Herr: „Ich nehme das mit Bad."
Empfangschef zum Liftboy: „Bring das Gepäck von Herrn Direktor Bender auf 38."
„Scheiße", sagt der junge Mann, der das Gespräch mit angehört hat.

Hüte und Leute

Hier sind eine ganze Reihe Hüte aufgezeichnet. Zu jedem der Hüte gehört einer der aufgeschriebenen Berufe:

Förster – Schornsteinfeger – Chirurg – Papst – Soldat – Generaldirektor – Gammler – Pfarrer – Richter – Polizist – Bauarbeiter – Koch – Rennfahrer.

Wenn man die Hüte aus dem Buch abpaust, kann man sich eine Liste machen. Man kann sie in einer Reihenfolge untereinanderkleben, wer am höchsten einzuschätzen ist, kommt oben hin und immer der nächste unten drunter.

Das sieht dann so aus:

Das ist der Hut des . . . Der steht höher als der . . .

Das ist der Hut des . . . Der steht höher als der . . .

Das ist der Hut des . . . Der steht höher als der . . .

Die Reihenfolge könnt ihr dann untereinander vergleichen. Wenn etwas nicht übereinstimmt, könnt ihr in der Klasse darüber diskutieren.

Außerdem lohnt es sich, über den Unterschied zum Hühnerhof zu diskutieren.

Vor der Kirche

Eine Menschenmenge steht vor der Kirche. Mittendrin ein frisch poliertes, buntgeschmücktes Auto. Die Leute warten auf das Brautpaar. Jetzt geht das Kirchentor auf; das Paar kommt heraus und geht auf das Auto zu.

Unter den Leuten sind:

- eine alte Frau;
- ein junges Mädchen;
- eine geschiedene Frau, die auf dem Heimweg von der Arbeit hier vorbeigeht;
- ein katholischer Geistlicher;
- eine unverheiratete Lehrerin.

Hier sind Gedanken dieser Leute aufgeschrieben.

Wer hat deiner Meinung nach was gedacht?

● Ich würde ja ganz gerne mit der Braut tauschen. Aber wenn halt nicht der Richtige kommt, . . . Man kann seinen Mann schließlich auch alleine stehen. Und Kinder habe ich ja auch genug . . .

● Wenn ich's noch einmal zu tun hätte, ich hätte nicht geheiratet. Die erste Zeit, das ist ja alles ganz schön, solange man sich gut versteht und alles neu ist. Aber wenn man sich dann kennt und jeder sich gehenläßt . . . Eines Tages geht's dann halt nicht mehr. Dann der Ärger bei der Scheidung. Was wird aus dem Kind? Was sagt die Verwandtschaft, und das Gerede der Leute . . . Geld verdienen . . . Kind muß in den Hort . . . Man steht alleine.

● Ach ja, als ich damals meinen Franz geheiratet habe. Aaach, so jung möchte ich noch einmal sein. Und alles noch einmal erleben können . . .

● Wenn man sich die hübsche Braut so ansieht . . . Aber es gibt ja so viele andere wichtige Aufgaben. Eine Familie wäre da doch nur hinderlich. Wieso eigentlich? Hm . . . Naja, meine Schwester versorgt mich ja wenigstens. Aber schön könnt's halt doch sein.

● Ob ich mal den Richtigen finde? Klaus ist es bestimmt nicht. Ach was . . . Ich heirate gar nicht. Ich gehe in eine Kommune, das ist auch besser für die Kinder. Und man ist nicht immer nur auf einen angewiesen. Oder? Na, mit Achim könnte ich's eigentlich auch alleine aushalten . . .

Auf dem Schulweg

Frank ist mit seinen Freunden auf dem Weg zur Schule. An der Bushaltestelle schubst Klaus Ulla auf Frank, Frank schubst sie zurück. Im Nu ist ein kräftiges Gerangel und Gebalge im Gang. Da kommt der Bus. Jeder will zuerst rein. Frank rempelt einen Mann, dem fällt die Aktentasche hin. Sie steigen ein. Der Mann stellt Frank zur Rede: „Unverschämter Bengel, du hast doch nun wirklich Zeit!" Frank darauf: „Klappe, Alter!" Der Mann holt aus: „Noch ein Wort, du Früchtchen, dann . . ." Frank: „Vorsicht, nur nicht zuviel zumuten!" Die andern Leute im Bus fangen an sich einzumischen. Sie beschimpfen Frank und seine Freunde. Der Bus hält. Frank und die andern steigen aus. Der Bus fährt weiter. Die Leute diskutieren aufgeregt.

Was meint ihr, was sie sagen?

Es sind
- *eine alte Dame;*
- *ein Lehrer;*
- *ein Handwerksmeister;*
- *ein Offizier;*
- *ein Pfarrer;*
- *zwei Jungen auf dem Weg zur Berufsschule.*

Sprüche

Hier sind einige Sprüche aufgeschrieben. Was hältst du davon? Diskutiere mit dem Lehrer und deinen Mitschülern darüber.

Kleider machen Leute

Hast du was, dann bist du was

Ehrlich währt am längsten

LEHRJAHRE SIND KEINE HERRENJAHRE

Mit dem Hut in der Hand kommt man durch das ganze Land

Sag mir, mit wem du gehst, und ich sage dir, wer du bist

Einen fröhlichen Geber hat Gott lieb

Ehre jeden nach seinem Stande und laß ihn sich schämen, wenn er's nicht verdient

Reiche und Arme müssen untereinander sein, der Herr hat sie alle gemacht

Stehe nicht nach höherem Stande und denke nicht über dein Vermögen

Veränderungen im Lauf des Tages

Solange ich noch allein bin, bin ich noch allein.
Solange ich noch unter Bekannten bin, bin ich noch ein Bekannter.
Sobald ich aber unter Unbekannte komme –
Sobald ich auf die Straße trete – tritt ein Fußgänger auf die Straße.
Sobald ich in die Straßenbahn einsteige – steigt ein Fahrgast in die Straßenbahn.
Sobald ich das Juweliergeschäft betrete – betritt ein Herr das Juweliergeschäft.
Sobald ich den Einkaufswagen durch den Selbstbedienungsladen schiebe – schiebt ein Kunde den Einkaufswagen durch den Selbstbedienungsladen.
Sobald ich das Warenhaus betrete – betritt ein Kauflustiger das Warenhaus.
Dann gehe ich an Kindern vorbei – und die Kinder sehen einen Erwachsenen, der an ihnen vorbeigeht. Dann betrete ich die Sperrzone – und die Wächter sehen einen Unbefugten, der die Sperrzone betritt. Dann sehe ich in der Sperrzone die Kinder vor mir davonlaufen – und ich werde ein Wächter, vor dem die Kinder davonlaufen, weil sie in der Sperrzone Unbefugte sind.
Dann sitze ich in den Vorzimmern als Antragsteller.
Dann schreibe ich meinen Namen auf die Rückseite des Briefes als Absender.
Dann fülle ich den Gutschein aus als ein vom Glück Begünstigter.
Sobald ich dann nach dem „Schwarzen Weg" gefragt werde – werde ich ein Ortskundiger.
Sobald ich dann das Unglaubliche sehe – werde ich ein Zeuge.
Sobald ich dann die Kirche betrete – werde ich ein Laie.
Sobald ich dann bei dem Unfall nicht weitergehe – werde ich ein Neugieriger.
Sobald ich dann den „Schwarzen Weg" nicht kenne – bin ich wieder einer, der den „Schwarzen Weg" nicht kennt.
Kaum nehme ich dann die Mahlzeit ein – schon kann ich sagen: Wir Verbraucher!
Kaum wird mir dann etwas gestohlen – schon kann ich sagen: Wir Eigentümer!
Kaum gebe ich dann die Todesanzeige auf – schon kann ich sagen: Wir Leidtragenden!
Kaum betrachte ich dann das Weltall – schon kann ich sagen: Wir Menschen!
Ich lese den Roman in der Illustrierten – und werde einer unter Millionen.
Ich erfülle die Pflichten der Obrigkeit gegenüber nicht – und schon bin ich ein Staatsbürger.
Ich laufe bei dem Auflauf nicht davon – und schon bin ich ein Aufrührer.
Ich schaue von dem Roman auf und betrachte die Schönheit mir gegenüber – und wir werden zwei unter Millionen.

Jeder spielt im Laufe eines Tages ganz verschiedene Rollen. Wenn du dir aufschreibst, welche Rollen du spielst, bekommst du eine lange Liste zusammen. Oft wechseln wir auch unsere Rollen – und merken es vielleicht gar nicht selbst.

Wer ist Peter wirklich?

Zu Hause:

Mutter sagt zu Klaus: „Decke doch den Tisch, es gibt gleich Mittagessen!" Klaus: „Das soll der Peter machen. Wehe, wenn der's nicht macht" . . . Aber, keine Gefahr, denkt Klaus, Peter macht ja sonst auch schön, was er gesagt bekommt.

Abends Mutter zu Vater:
„Du, der Peter, der macht mir richtig Kopfzerbrechen. Der ist in letzter Zeit so verschlossen. Ist dir das auch aufgefallen? Er ist

ganz anders als Klaus. Wenn er irgend etwas hat, verschwindet er auf sein Zimmer und sagt keinen Ton. Er kommt nie zu mir, wenn er was hat. Klaus redet mit mir über alles."

In der Schule:

Lehrer Schneider sagt in der Pause zu einem Kollegen: „Ich weiß gar nicht, wieso Peter K. dauernd so frech ist. Der ist ein Flegel erster Güte. Immer fängt er Krach mit anderen an. Meistens endet es dann in einer Prügelei. Sein älterer Bruder Klaus ist doch ganz anders. Der ist immer brav. Über den kann ich mich wirklich nicht beklagen. Daß die aus derselben Familie kommen . . ."

Im Sportklub:

Manfred zu Fritz: „Mensch, das war heute wieder eine Spielerei. Der Peter hat uns alles versaut. Der ist und bleibt eine richtige Flasche. Kannst du ihm nicht mal beibringen, daß wir ihn hier nicht in der Mannschaft gebrauchen können? Wir verlieren sonst jedes Spiel."

Wie ist Peter wirklich?

Wie der Lehrer sagt: frech?
Wie Klaus meint: gehorsam?
Wie die Mutter sagt: verschlossen?
Wie Manfred schimpft: eine Flasche?

Wie kommt es, daß Peter so verschieden ist?

Heute war wieder eine irre Rauferei auf dem Schulhof. Dabei ist ein Mädchen hingefallen und hat sich im Gesicht verletzt. Es hat ziemlich geblutet. Peter hat sie gestoßen, viele aus der Klasse haben es gesehen. Auch Peters Bruder Klaus war dabei.
Sie reden darüber.
Die Mutter wird zum Lehrer bestellt.
Peters Klasse diskutiert den Vorfall.
Peters Klassenlehrer meint: „Die jeweilige Umgebung beeinflußt Peter; sie bestimmt, wie er sich verhält."

Was haltet ihr davon?

In einer Schulklasse

Der Lehrer hat viele Möglichkeiten, die Klasse zu beobachten. Du sollst wissen, wie er das macht. Denn es geht dabei ja um dich.

Um genauer zu erfahren, wie sich die einzelnen in der Klasse verstehen, hat der Lehrer die ganze Klasse ein paar Fragen beantworten lassen. Eine Frage war: „Neben wem möchtest du am liebsten sitzen und neben wem auf gar keinen Fall?"

In einer der Arbeitsgruppen in dieser Klasse sieht das so aus:

- Inge wählt Helga, Claus und Peter;
- Helga wählt Inge, Claus und Peter;
- Wolf wählt Ulrike und lehnt Claus ab;
- Peter wählt Inge und Helga;
- Claus wählt Helga und Peter;
- Ulrike wählt Peter und lehnt Claus ab.

Dieses Ergebnis trägt der Lehrer in eine Liste ein. Außerdem malt er jede „Zustimmung" als einen Pfeil auf ein Blatt Papier, bei jeder „Ablehnung" malt er einen gestrichelten Pfeil.

Peter erhält vier „Zustimmungen", Helga drei, Inge und Claus erhalten zwei, Ulrike erhält eine, Wolf keine.
Claus erhält als einziger zwei „Ablehnungen". Das sieht dann so aus:

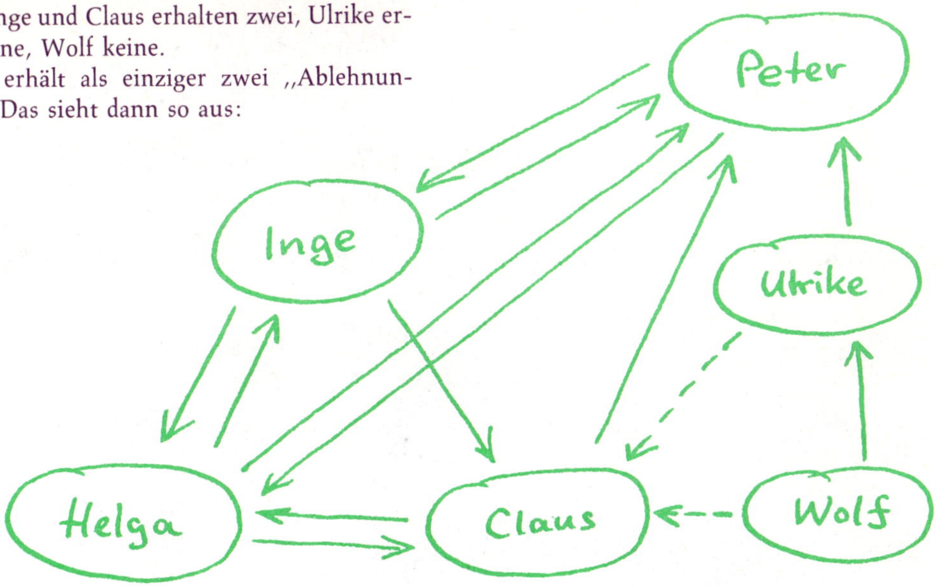

Aus diesem Schaubild kann der Lehrer jetzt ganz verschiedene Dinge über die Klasse herauslesen:
- am beliebtesten ist in dieser Gruppe Peter;
- Helga, Claus und Peter bilden innerhalb dieser Arbeitsgruppe noch eine Gruppe für sich;
- Wolf ist ein bißchen Außenseiter;
- Ulrike ist ebenfalls ein bißchen Außenseiter;
- Wolf hat nur Ulrike gewählt;
- Ulrike hat Peter, der am beliebtesten ist, gewählt, ist aber von ihm nicht gewählt worden;
- Claus wird von den beiden Außenseitern Wolf und Ulrike abgelehnt;
- . . .

Aus der Liste kann aber *nicht* abgelesen werden:
- warum innerhalb dieser Gruppe gerade diese Beziehungen bestehen;
- wie lange sie schon so bestehen;
- wie lange Zustimmung und Ablehnung unverändert bleiben;
- . . .

Viele Lehrer machen solche Soziogramme, um zu sehen:
- wer mit wem besonders befreundet ist;
- wer wen ablehnt;
- wer die meisten Zustimmungen bekommt;
- wer die meisten Ablehnungen bekommt;
- wer am seltensten zustimmend oder ablehnend genannt wird;
- . . .

Ihr könnt das auch in eurer Klasse machen und ein solches Schaubild an der Tafel aufmalen. Dann könnt ihr darüber diskutieren.

Anders als die andern

Hier wird berichtet, wie Pinguine in der Antarktis einen Artgenossen verstießen, weil er nicht so war wie sie.

Auch bei Pinguinen machen erst die Kleider Leute, und ohne den tiefschwarzen Frack gehört man nicht dazu. Diese Erfahrung mußte ein weißer Pinguin machen, als er sich einer Gruppe anschließen wollte. Die andern Pinguine lachten ihn aus.

Das läßt sich überleben.

Doch es kam schlimmer.

Sie gaben ihm zu verstehen, daß er anders ist als sie und nicht zu ihnen gehört. Sie jagten ihn davon.

Das wird den weißen Pinguin wahrscheinlich das Leben kosten. Ohne den Schutz der Gruppe hat er kaum eine Chance, die eisigen Schneestürme, die bei minus 50 Grad über die Antarktis fegen, zu überleben. Er weiß noch nicht, daß es tödlich sein kann, anders zu sein als die anderen.

Der Mensch wird erzogen

Manni

Das ist Manni. Er ist 10½ Jahre alt und schon lange krank.
Als Manni noch nicht auf der Welt war und seine Mutter schwanger war, machte sie sich Gedanken: Werde ich auch alles richtig machen? Wie soll ich bloß mit dem Kleinen umgehen?
Mannis Mutter wollte auf keinen Fall eine „schlechte Mutter" sein. Als er dann geboren war, hat sie sich nach einem ganz genauen Zeitplan um ihn gekümmert. Alle vier Stunden bekam er seine Flasche zu trinken. Jeden Tag. Dann wurde er schnell trockengelegt und kam wieder in sein Bett. Mannis Mutter fühlte sich jedesmal erleichtert, wenn er wieder im Bett war – bis zum nächsten Füttern. Zwischendurch hat sie ihn nicht weiter beachtet. Wenn er geschrien hat, hat sie versucht, ihn zu überhören, bis er sich wieder beruhigte. Gestreichelt oder auf den Arm genommen wurde Manni nie von seiner Mutter. Auch sonst hatte er niemanden, der besonders lieb zu ihm war. Das blieb auch so, als er größer wurde. Niemand hat sich mit ihm beschäftigt, als er anfing, seine Umgebung auszukundschaften.

Als Manni 1½ Jahre alt war, wurde sein Vater ins Ausland versetzt. Seine Mutter zog mit ihm zu ihren Eltern. Mannis Oma und Opa wunderten sich oft über Manni. Er beschäftigte sich ausschließlich mit Maschinen. Vor allem einen Ventilator hatte er besonders gerne. Er hatte ihn einmal von seinen Eltern bekommen. Mit 5 bis 6 Jahren brachte Manni den ganzen Tag damit zu, seinen Ventilator in alle Einzelteile auseinanderzunehmen. Er hatte ihn so gut kennengelernt, daß er ihn auch schnell wieder zusammenbauen konnte. Kaum hatte er den Ventilator fertig, fing er von vorne an und zerlegte ihn wieder.

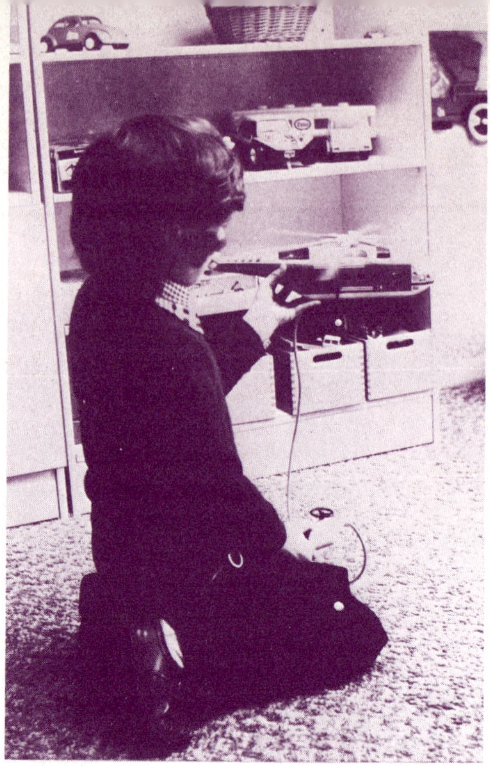

Mannis Mutter und seine Großeltern erklärten sich seine Liebe zu dem Ventilator damit, daß er oft zum Flughafen mitgefahren war, seinen Vater abzuholen oder wegzubringen. Dort gab es ja viele Propeller und andere große Maschinen.
Mit der Zeit benahm Manni sich aber immer merkwürdiger. Allen Menschen ging er aus dem Weg und redete mit niemandem. Er ging immer sehr schnell im Zimmer herum und betrachtete seine Hände, die er wie Propeller vor sich her drehte. Mit dem Mund machte er Motorengeräusche nach. Mit allen Dingen spielte er sofort Propeller: Schaufel, Löffel, Stöcke. Was er nicht so verwandeln konnte, interessierte ihn erst gar nicht.
Eines Tages fiel seiner Mutter auf, daß er Gegenstände anders benannte als früher. Den Zucker nannte er Sand. Die Butter nannte er Fett. Zum Wasser sagte er Flüssigkeit.
Er wurde immer merkwürdiger.

Statt Mama oder Papa zu sagen, zerlegte er die Worte in einzelne Buchstaben: P–a–p–a. Mit seiner Mutter sprach Manni nur noch im Flüsterton. Damit wollte er erreichen, daß sie näher zu ihm kommen sollte. Er sehnte sich sehr nach Zärtlichkeit von seiner Mutter. Er bekam sie aber nicht. Seine Mutter kümmerte sich auch weiterhin kaum um ihn. Manni fühlte sich sehr alleine. Nie war seine Mutter so richtig lieb zu ihm, wie er sich das immer gewünscht hatte. Nur seine Maschinen hatte er. Die lebten für ihn. Sie hatten Namen, die immer gleichblieben.

Wenn seine Maschinen kaputt waren, sagte Manni manchmal: „Jetzt sind sie verwundet. Sie bluten ja!" Seine Propeller konnten richtige Wutanfälle bekommen.

Die meiste Zeit saß Manni irgendwo in der Ecke im Zimmer, unbeweglich, als wäre er gar nicht da.

Als er sechs Jahre alt war, mußte er in eine Klinik.

Auch hier saß Manni fast immer völlig still und regungslos herum. Wenn er etwas tun wollte, machte er es wie ein Roboter. Das sah aus, als würde er selbst von Maschinen angetrieben. Manchmal passierte es dann, daß er die Kontrolle über sich verlor. Er fing dann plötzlich an zu laufen und zu brummen. Manni konnte es nicht abstellen. Er lief im Zimmer hin und her und schrie: „Krach! Krach! Explosion!" Schließlich konnte es passieren, daß er einen Propeller oder eine Maschine auf den Boden warf und dann wieder still wurde.

Inzwischen verhält sich Manni selbst wie eine Maschine.

Wenn er zum Beispiel in den Speisesaal kommt, tut er, als würde er ein Elektrokabel ausrollen. Dann schließt er es an eine Steckdose an, die gar nicht da ist. Er zieht sein Kabel bis zu seinem Tisch und schließt sich selbst daran an. Er führt diese Arbeiten vor jedem Essen durch. Jeder Handgriff ist immer wieder der gleiche. Alles läuft in derselben Reihenfolge ab. Man muß schon ziemlich genau hinsehen, um sicher zu sein, daß es weder ein Kabel noch einen Stecker gibt.

Manni ist nicht sehr stark. Sein Körper ist wie aus Papier. Die Rippen stehen hervor, hungrig irrt sein Blick umher. Bei allem, was er macht, schließt er sich vorher an den „Strom" an. Er scheint sich von diesem Strom zu ernähren. Die anderen Kinder und die Erwachsenen in der Klinik gehen sorgfältig um seine Maschinen herum und passen auf, nicht auf Mannis eingebildete Kabel zu treten.

Alle, die versucht haben, Manni gerne zu haben und lieb zu ihm zu sein, konnten ihn nicht aus seiner Maschinenwelt herausholen. Seine Mutter hatte ihn nie liebgehabt, jetzt wollte er nur noch mit seinen Maschinen zu tun haben. Zuletzt haben ihm alle in der Klinik Motoren oder Propeller besorgt, die er zu brauchen schien, um leben zu können.

Zu oft hatte er sich früher nach der Zuneigung seiner Mutter gesehnt; niemand aber hatte ihn richtig liebgehabt. Nur seine Maschinen. Die gehörten ihm und hielten zu ihm. Das war seine Welt.

Manni war selbst eine solche Maschine geworden.

Wie Erwachsene mit kleinen Kindern umgehen

Alle dreißig Sekunden wird in der Bundesrepublik ein Kind geboren. Meist sind die Sorgen und Aufregungen der Eltern bald vergessen; sie betrachten voll Stolz ihren kleinen Sohn oder ihre kleine Tochter und schmieden Zukunftspläne. Sie unterhalten sich nicht nur darüber, ob ihr Kind die Augen von der Mutter und die Nase vom Vater hat, sondern auch darüber, ob es einmal Kaufmann, Politiker oder Künstlerin wird. Die Eltern fragen sich vielleicht auch, wovon es eigentlich abhängt, ob dieser Mensch später einmal klug oder dumm, schüchtern oder frech sein wird, ob er selbständig sein wird, das „Leben meistert" oder versagt. Steht das vielleicht im Horoskop? Wird das vererbt? Hängt es von der Umwelt ab, in der das Kind aufwachsen wird?

Das sind alles Fragen, die sich die Menschen immer schon gestellt haben, ohne daß man bis heute schon endgültige Antworten auf alle Fragen geben kann.

Einiges weiß man aber mit Sicherheit.

Wenn man einem Kleinkind keine Zuwendung, keine Liebe und zärtliche Fürsorge zukommen läßt, dann:

- interessiert es sich weniger für Menschen und Dinge in seiner Umgebung;
- entwickelt es keine Lust, sich aufzurichten und alleine zu laufen;
- werden seine Erfahrungsmöglichkeiten eingeschränkt;
- lernt es schlechter und später Dinge zu benennen und zu sprechen;
- lernt es nicht zu spielen;
- hat es keine Lust, *mit anderen* zu spielen;
- wird es schlechter schlafen;
- verweigert es zeitweise das Essen;
- erreicht es nicht das für sein Alter übliche Gewicht;
- erreicht es nicht die für sein Alter übliche Größe;
- wird es schneller und öfter krank;
- wird es ängstlich;
- ist es öfter traurig und wird weinerlich;
- entwickelt es weniger Zutrauen zu sich selbst.

Daß es für die Entwicklung eines Menschen so entscheidend ist, wo und wie er seine ersten Kinderjahre verbringt, ob er Menschen um sich hat, die sich viel mit ihm beschäftigen und ihn gerne haben oder nicht, haben Wissenschaftler in vielen Einzeluntersuchungen herausgefunden.

Einer dieser Wissenschaftler war *R. Spitz*. Er wollte wissen, ob Kinder, um die sich kaum jemand kümmert, sich genauso entwickeln wie andere Kinder. Um diese Frage beantworten zu können, hat *Spitz* die Entwicklung von Babys und Kleinkindern in zwei verschiedenen Heimen verglichen.
Das eine war ein Findelheim in einer Großstadt. Eine einzige Schwester hatte hier acht und mehr Kinder gleichzeitig zu versorgen. Sie konnte sich dabei natürlich mit keinem der Kinder viel beschäftigen und auch nicht mit ihm spielen.

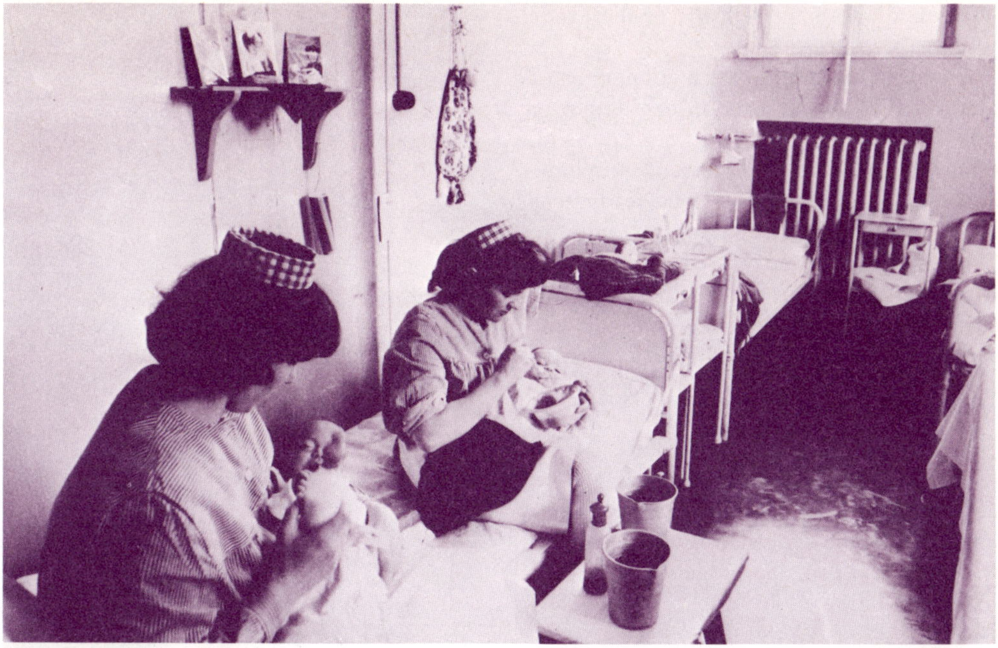

Das andere Heim war ein Säuglingsheim, das zu einem Frauengefängnis gehörte. Hier wurden die Kinder fast ausschließlich jedes von seiner Mutter im Gefängnis versorgt.
Die Frauen konnten sich fast den ganzen Tag um die Kinder kümmern, sie füttern und mit ihnen spielen.

Wenn man die Kinder genau beobachtet, kann man die verschiedensten Dinge *messen* und *vergleichen*.
Zum Beispiel kann man die Zeit messen, die sich das Pflegepersonal in einem Findelheim für jedes Kind an jedem Tag nimmt. Solche Messungen sind schon durchgeführt worden und haben folgendes Ergebnis gebracht:
Zwischen Geburt und 6. Lebensmonat beschäftigte sich das Pflegepersonal 30–70 Minuten täglich mit jedem Kind.
Aus einer solchen *Messung* kann man verschiedenes lernen.

Zum Beispiel: In den untersuchten Säuglings- und Kinderheimen sind die kleinen Kinder 23 Stunden jeden Tag alleine und sich selbst überlassen. In dieser Zeit kümmert sich niemand um sie.
Oder: In Säuglings- und Kinderheimen werden die kleinen Kinder meistens einfach nur versorgt. Niemand spielt mit ihnen, nimmt sie auf den Arm und ist zärtlich zu ihnen.

Außerdem kann man *beschreiben*, was mit den Kindern dort gemacht wird, z.B. wie sie gebadet werden:
In den Heimen geschieht dies oft wie am Fließband. Das Kind geht dabei von Hand zu Hand. Eine Pflegerin zieht das Kind aus und macht sein Bett. Die nächste seift es ein, taucht es ins Badewasser und trocknet es ab.
Zum Spielen und Planschen ist keine Zeit. Das Ganze dauert nicht länger als 6 oder 7 Minuten.

Oder man kann *beschreiben*, wie die Kinder gefüttert werden:

„Sie werden von der Pflegerin auf dem Schoß und in halbliegender Lage in der Armbeuge gehalten. Das rechte Ärmchen des Kindes mit ihrem linken Oberarm anpressend, sein linkes Ärmchen mit ihrer linken Hand festhaltend, löffelt ihm die Pflegerin die Nahrung mit ihrer Rechten in den Mund. Durch das Festhalten wird verhindert, daß das Kleine den Löffel oder die Nahrung berühren kann. In . . . wurden dem Kind zum gleichen Zweck die Ärmchen mit einer Windel an den Körper gefesselt."

R. Spitz hat die Kinder in den beiden Heimen genau beobachtet und miteinander verglichen, um zu sehen, ob sie genauso weit entwickelt waren. Was er dabei herausgefunden hat, beschreibt er so:

Im Findelheim sprechen auf der Station der Kinder zwischen 18 Monaten und $2^1/_2$ Jahren nur zwei von den 26 ein paar Worte. Die gleichen Kinder können auch laufen; ein drittes Kind fängt gerade damit an. Fast keines der Kinder kann allein essen; sie sind noch nicht sauber und machen alle das Bett noch naß.

Im Säuglingsheim ist es bei den 10 Monate alten Kindern ein Problem, wie man Neugier und Unternehmungslust eindämmen soll. Sie klettern an den Gitterstäben ihrer Bettchen hoch, wie Südsee-Insulaner auf Palmen klettern . . . Sie lallen eifrig vor sich hin, und manche sprechen schon ein oder zwei Wörter. Wenn man sie aus dem Bettchen nimmt, können sie bereits mit Unterstützung laufen, einige können es auch schon alleine.

Wie eine Mutter mit einem Kleinkind umgeht, ist entscheidend für das ganze weitere Leben des Kindes, auch wenn es dann älter und erwachsen wird. Das Kleinkind muß Geborgenheit, Sicherheit und Vertrauen kennenlernen, um sich selbst sicher fühlen zu können und seine größere und weitere Umwelt zu entdecken.

Kinder, die zuwenig Zuwendung und Liebe erfahren, sind bereits nach wenigen Lebensmonaten anderen gleichaltrigen Kindern unterlegen und bleiben in ihrer Entwicklung zurück.

Stell dir vor, du würdest ein Kinderheim leiten. Du willst, daß die Kinder den gleichen Entwicklungsstand erreichen wie ihre Alterskameraden in Familien.

Kreuze an, was du machen wirst:

☐ die Seitengitter der Kinderbetten mit Tüchern verhängen;

☐ einer Pflegeperson immer die gleichen Kinder zur Betreuung übergeben;

☐ das Pflegepersonal anweisen, die Kinder möglichst in Ruhe zu lassen und nicht anzusprechen;

☐ eine Spielstunde einrichten, in der ein älteres Kind des Heims sich mit einem Kleinkind beschäftigt;

☐ Anweisung erteilen, die Kinder seien möglichst zügig zu füttern und zu wikkeln, damit der Tageslauf im Heim ungestört bleibt.

Überlege dir, warum du dich im einzelnen Fall so oder so entscheiden würdest.

Stell dir vor, du hättest schon für ein eigenes Kind zu sorgen.

Bitte, kreuze wieder an, was du machen wirst:

☐ Ich achte darauf, daß mein Kind pünktlich gefüttert wird, vor oder nach jeder Mahlzeit trokkengelegt und täglich gebadet wird. Damit habe ich alles getan, was man von einer guten Mutter verlangen kann.

☐ Klappern, Rasseln und Spieltiere kommen mir nicht ins Kinderbett. Wenn mein Kind spielen will, spiele ich mit ihm, denn für seine Entwicklung ist allein die Beziehung zu anderen Menschen wichtig.

☐ Wenn Besuch kommt, schließe ich das Kinderzimmer zu. Es ist schon schlimm genug, daß Oma und Opa mit dem Kind spielen, wenn sie uns besuchen. Es ist nämlich schädlich, wenn sich zu viele Personen um das Kind kümmern. Jeder Hund hat nur einen Herrn.

☐ Andere Kinder dürfen mit meinem nicht spielen. Da könnte ja eins die Spielsachen wieder in den Laufstall werfen. Wenn man denkt, wie viele Bazillen da dran sind!

Frühe Kindheit bei den Hopi

Während der ersten 24 Stunden wird das Neugeborene, auf dem Rücken liegend, in der Wiege festgebunden. Gewöhnlich besteht diese aus einem flachen Brett mit einem gebogenen Weidengeflecht am einen Ende, um den Kopf des Kindes zu schützen. Außer wenn es gerade gebadet wird, bringt während der ersten drei Lebensmonate das Kind praktisch die ganze Zeit an die Wiege festgebunden zu. Niemals wird das Wiegenbrett aufgehängt oder das Kind aufgesetzt. Es kommt kaum ins Freie.

Später kommt das Kind nur noch dann in die Wiege, wenn es wirklich schläft, sowohl tags als auch nachts. Je nach dem Wunsch des Kindes wird der Gebrauch der Wiege im Alter zwischen sechs Monaten und einem Jahr eingestellt.

Während des ersten Lebensjahres bleibt das Kind besonders nahe bei seiner Mutter und anderen weiblichen Verwandten des Haushalts. Nie wird es allein gelassen, aus Furcht, böse Geister könnten ihm Schaden zufügen. Nachts schläft es in nächster Nähe seiner Mutter. Es wird gestillt und beruhigt, wann immer es schreit oder andere Zeichen von Hunger oder den Wunsch nach Behaglichkeit zeigt. Es darf trinken, bis es satt ist.

Alle Beobachter haben gesehen, daß Hopi-Babys meist zufrieden sind, häufig lachen und selten schreien.

Frühe Kindheit bei den Arapesh in der Südsee

Während der ersten Monate seines Lebens wird ein Säugling niemals allein gelassen. Wenn die Mutter umhergeht, trägt sie das Kind entweder in einem Tragnetz oder in einer Schlinge aus Bastgewebe bei sich. Wenn das Kind weint, ist das für die ganze Familie schlimm und muß um jeden Preis vermieden werden – das gilt auch für das weitere Leben.

Man läßt das Kind beim Tragen oft aufrecht stehen, damit es sich mit den Füßen gegen die Arme oder Beine der Träger stemmen kann. Auf diese Weise lernt es oft, auf die Hände gestützt, früher stehen als sitzen. Es wird gestillt, wann immer es schreit. Es ist an den engen Kontakt mit dem Körper der Mutter so gewöhnt, daß es das Gefühl ständiger Geborgenheit hat.

Das Leben des Säuglings verläuft in Wärme und Wohlbehagen. Er wird nie allein gelassen; tröstende menschliche Stimmen sind immer in seiner Nähe.

Mädchen wie Jungen lieben kleine Kinder und sind immer bereit, sie auf den Armen zu halten.

Sobald das Kind zu laufen beginnt, ändert sich der ruhige Verlauf seines bisherigen Lebens.

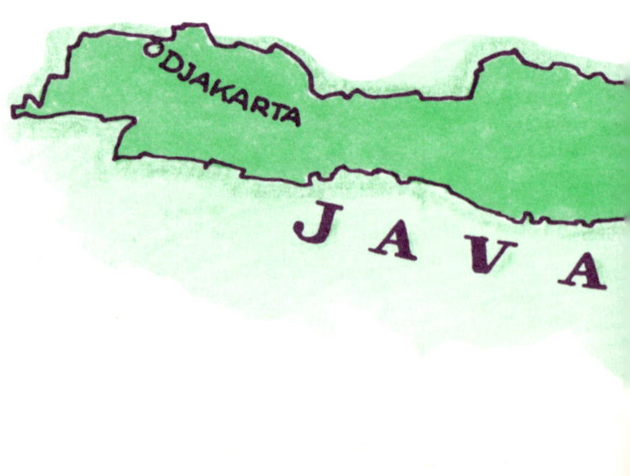

Es ist jetzt bereits zu schwer, um dauernd von der Mutter getragen zu werden. Die Mutter läßt das Kind beim Vater oder einem anderen Verwandten im Dorf, während sie in den Garten geht oder Brennholz holt. Bei der Rückkehr findet sie häufig ein weinendes oder verdrossenes Kind vor und legt es gleich für etwa eine Stunde an die Brust. Dieser Ablauf, der mit einer Stunde Abwesenheit und einer Stunde tröstenden Stillens beginnt, wird allmählich auf längere Zeitläufe ausgedehnt. Schließlich ist die Mutter einen ganzen Tag abwesend, um das Kind am nächsten Tag ununterbrochen in ihrem Schoß zu halten und es trinken und spielen zu lassen, wann immer es will. So bekommt es das Gefühl der Geborgenheit wieder. Das Kind lacht und macht aus dem Trinken ein richtiges Spiel. Das Nähren ist für die Mutter und für das Kind ein Vergnügen.

Frühe Kindheit bei einem Stamm auf der Südseeinsel Alor

Der Alor-Stamm verwendet auf die Pflege seiner Kinder wenig Sorgfalt und Zeit. Mütterliche Zärtlichkeit und Liebe findet das kleine Kind dort nur sehr wenig. Da beide Eltern den ganzen Tag über arbeiten, übernimmt ein älteres Kind die Pflege der Kleinen. Überall sieht man Kleinkinder, die schreiend nach ihren Müttern verlangen. Jeder erwachsene Alorese beklagt sich darüber, daß seine Mutter ihn schon von Kindheit an im Stich gelassen habe.

Ähnlich verhält sich dann auch der erwachsene Alorese. Er zeigt keinerlei Anhänglichkeit gegenüber seinen Eltern. Die menschlichen Beziehungen sind geschädigt. Die Aloresen sind mißtrauisch; sie haben weder zu sich selbst noch zu anderen Menschen Vertrauen. Sie sind schüchtern und unsicher und fühlen sich fortgesetzt bedroht. Sie haben kein Gemeinschaftsgefühl und kennen keine wirklichen Freundschaften. In ihren Tauschgeschäften sind sie betrügerisch, und jeder versucht, den andern übers Ohr zu hauen. Jeder einzelne ist gegenüber jedem anderen Menschen feindlich eingestellt. Sie leben alle nur für den Augenblick, sind nur wenig schöpferisch und wohnen im Schutt.

Der Stamm kann nur deshalb fortbestehen, weil er bisher nie von einer äußeren Gefahr bedroht worden ist, weder von Eroberung noch von Hungersnot.

INDONESIEN

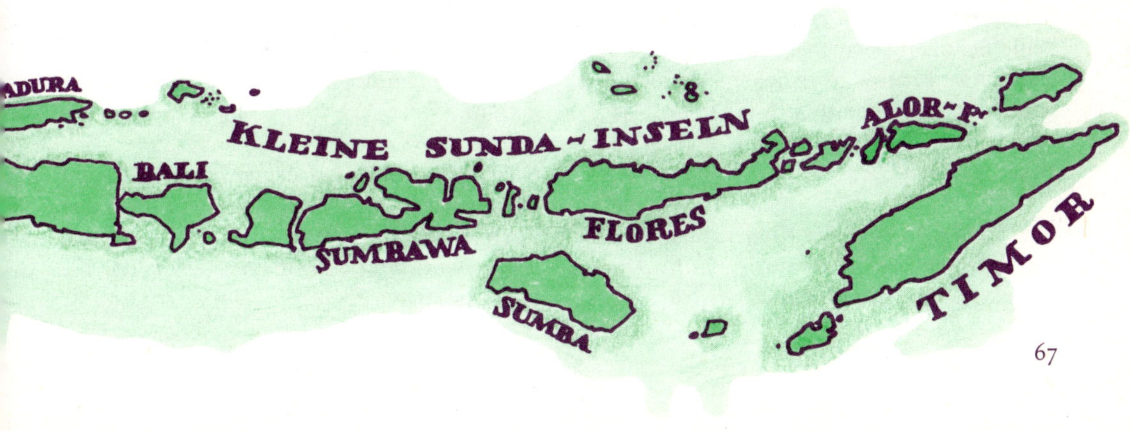

Die Geschichte von Gerd

Gerds Vater ist Arbeiter. Als Nieter in einem Hüttenwerk verdient er heute 2000 Mark im Monat. Er hat ein Auto und spart jeden Monat Geld, um sich einmal ein eigenes Haus bauen zu können. Gerds Mutter geht nicht arbeiten. Sie haben vier Kinder. Zwei Töchter arbeiten im Büro, Gerds jüngerer Bruder macht eine Lehre. Nur Gerd hatte Schwierigkeiten. Er hat seine Lehre abgebrochen; er war im Erziehungsheim; er ist vorbestraft; seit zwei Jahren arbeitet er nur noch selten.
Gerds Eltern haben kurz nach dem Krieg geheiratet. Vorher war sein Vater Soldat. Sie arbeiteten beide, der Vater im Stahlwerk, mit Überstunden 60 bis 80 Stunden die Woche, die Mutter bei der Post. Beide machten Schichtdienst. Sie wollten so viel Geld verdienen, daß sie später bequem und ohne große Mühe leben könnten. Deshalb haben sie nichts als gearbeitet. Für die Kinder hatten sie kaum Zeit.
Gerds Mutter konnte sich kaum um ihn kümmern. Als er ein halbes Jahr alt war, hinderte er die Mutter an der Arbeit. Die Eltern entschlossen sich, Gerd zur Großmutter zu geben. Gerds Schwestern konnten bei Freunden unterkommen. Die haben aber selbst auch Kinder und können kein weiteres mehr dazunehmen. Die Wohnung ist dafür zu klein.
So ist Gerd bei der Großmutter aufgewachsen. Die war sehr großzügig. Sie hat ihm jeden Wunsch erfüllt. Wenn er ein Eis zu 40 Pfennig haben wollte, bekam er eins zu 60. Wenn er keine Schulaufgaben machen wollte, hat ein anderer sie für ihn geschrieben. Mit der Zeit wurde Gerd immer unselbständiger. Als er acht Jahre alt war, konnte er sich noch nicht selbst waschen.

Wie Gerd geht es vielen Kindern, auch wenn sie nicht bei der Großmutter aufwachsen. Man hindert sie daran, selbständig zu werden. Sie bleiben abhängig von den Erwachsenen. Sie brauchen und dürfen nichts selbst entscheiden. Hilflose Kinder sind gefügige Kinder, brave Kinder. Sie sind nicht so lästig und zeitraubend für die überlasteten Eltern. Kinder, die eigene Rechte beanspruchen, sind anstrengend für die Erwachsenen. Die sind froh, daß es andere Menschen gibt, die ihnen sagen, was sie zu tun haben und was sie nicht dürfen.

Gegen seinen Willen wurde Gerd mit acht Jahren von seinen Eltern nach Hause geholt. Plötzlich waren da Geschwister. Jetzt sollte er mit ihnen teilen, vorher hat er alles für sich alleine gehabt. Teilen aber hat er nicht gelernt. Die Eltern lieben nicht nur ihn allein. Da war die Großmutter anders. Die hat sich immer nur um ihn gekümmert. Gerd lernt langsam, daß er nichts geschenkt bekommt. Außerdem merkt er: Ich bekomme nur etwas, wenn ich meine Geschwister aus dem Felde schlage. Die Geschwister werden allmählich seine Gegner.

Gerds Mutter hat zuwenig Zeit für die Kinder. Wenn sie von der Arbeit nach Hause kommt, ist sie erschöpft. Die Kinder dürfen nicht draußen spielen, weil sie sich da dreckig machen können. Gerds Geschwister sind das längst gewöhnt. Sie lassen sich das gefallen. Gerd aber fängt an, sich zu wehren. Er reißt aus, wenn die Mutter ihn ruft. Mittags, bevor die Mutter nach Hause kommt, geht er zu seinen Freunden auf die Straße. Dafür wird er bestraft, wenn der Vater abends nach Hause kommt.

Die Eltern sind bei der Arbeit harter Disziplin unterworfen. Dasselbe verlangen sie auch von ihren Kindern. Nur wenn die Kinder ganz brav sind, können die Eltern jeden Tag die viele Arbeit erledigen.

Samstags mittags werden die Kinder gebadet und in Schlafanzüge gepackt, damit die Eltern wenigstens am Wochenende Ruhe haben. Sauber und ruhig müssen die Kinder sein, dann ist der Familienfrieden gerettet. Aus Angst vor Strafe und um die Liebe der Eltern zu gewinnen, begeistern sie sich für Sauberkeit und Ordnung.

An den Wochenenden und in den Ferien darf Gerd weiter seine Großmutter besuchen. Hier wird er wieder verwöhnt. Die Eltern sehen das. Sie wollen die Nachgiebigkeit der Großmutter durch größere Strenge ausgleichen. Für Gerd wird das Leben in der Familie dadurch immer mehr zur Quälerei. Er kann nicht verstehen, warum die Eltern immer nur streng sind und ihn bestrafen, während die Großmutter ihn doch belohnt und verwöhnt.
Gerd wird zu Hause immer störrischer. In der Schule kommt er nicht mit. Immer häufiger kriegt er von seinem Vater Prügel. Gerd beginnt ihn immer mehr zu hassen.
Er wird aus der sechsten Klasse entlassen. Der Vater besorgt ihm eine Lehrstelle. Anfangs ist Gerd fleißig. Der Vater hilft ihm bei den Hausarbeiten. Nur mit dem Lohn ist Gerd unzufrieden. Er kann sich keinen Anzug kaufen, kein Moped. Auf der Lehrstelle hat er nichts zu sagen. Seine Kameraden auf der Straße machen sich über ihn lustig. Er ist der letzte Dreck.
Ein Moped könnte Gerd vielleicht die fehlende Liebe der Eltern ersetzen. Auch seine Kameraden würden sich vielleicht eher um ihn kümmern. Außerdem arbeitet es sich auch besser, wenn man anständig verdient.
Gerd versucht, durch Überstunden mehr Geld zu verdienen. Er möchte es so machen wie sein Vater. Er möchte auch wie eine Maschine arbeiten und viel Geld verdienen. Dann könnte er sich kaufen, was er will. Dann wäre er endlich jemand.

Gerds Vater hat die ganzen Jahre weitergeschuftet. Er ist inzwischen halb taub von dem Getöse im Stahlwerk. Zwei Drittel seines Magens mußten herausoperiert werden. Jetzt arbeitet er in der Werkzeugausgabe. Bald wird er anfangen können, ein Haus für seine Kinder zu bauen.
Gerd wird das nichts mehr nützen. Er wird davon nichts haben.
Vor einigen Tagen ist Gerds jüngerer Bruder von zu Hause ausgerissen. Weil er nicht zur Arbeit kam, hat er seine Lehrstelle verloren . . .

Die Geschichte von Gerd kann man sich auch ganz anders vorstellen.

Sie könnte etwa so anfangen:

Als Gerd geboren war, haben seine Eltern immer wieder überlegt und beraten, was nun werden soll. Kann und soll Gerds Mutter aufhören zu arbeiten? Sie möchte schon – wenigstens für ein paar Jahre, damit sie sich mehr um Gerd kümmern kann. Oder soll Gerd zu Bekannten? Oder zur Oma? Gerds Vater ist dagegen: ,,Die verwöhnt und verhätschelt ihn doch bloß. Außerdem ist sie dann laufend hinter ihm her: Mach jetzt das und nicht . . .! Mach dich nicht schmutzig . . .!''
Sie beschließen, daß Gerds Mutter erst einmal aufhört zu arbeiten und zu Hause bleibt. Seine Mutter ist froh: ,,Da kann ich mich richtig um ihn kümmern, ihn füttern, mit ihm spielen.''
Vater und Mutter sind sich einig: Das ist nur eine vorübergehende Lösung. Sie melden Gerd in einem Kindergarten an. Wenn er dann dort aufgenommen wird, kann die Mutter wieder arbeiten – wenn sie will oder wenn es nötig ist.

Jetzt kannst du dir vorstellen, wie die Geschichte von Gerd weitergehen könnte.

KINDER-
GARTEN
KINDER-
GARTEN
Angestellter
Herr Gerd
ERZIEHUNGSHEIM

Peter und Claudia

Das sind zwei kurze Geschichten.
Lies sie aufmerksam durch. In dein Heft schreibst du dann, was dir bei jeder der Geschichten gefällt und was nicht. Dann machst du mit deinen Mitschülern und dem Lehrer eine Diskussion darüber.

Peter

Langsam und schleppend steigt Peter die Treppe hinauf. Er kommt von der Schule und ist müde. Er schließt die Haustür auf – und weiß schon, was kommt.
Tatsächlich, aus der Küche die Stimme der Mutter: „Was kommst du denn schon wieder so spät? Wo hast du dich schon wieder rumgetrieben? Seit einer halben Stunde halte ich das Essen warm! Nachher ist wieder alles verbrutzelt."
Gott im Himmel, denkt Peter, hat denn die Frau nichts anderes zu tun, als Essen warm zu halten. Egal wann ich komme, immer dasselbe Geschrei.
Peter versucht gar nicht erst zu erklären, daß sie in der letzten Stunde Sport hatten. Die Mutter könnte es ja wissen. Es steht ja auf dem Stundenplan, der in der Küche hängt. Da muß man zurück in den Umkleideraum, duschen, sich anziehen, und außerdem ist der Heimweg weiter. – Es nutzt ja doch nichts.

Die Mutter erscheint.
„Mach schon, Hände waschen! Was trödelst du so rum? Was machst du denn für ein Gesicht? Hast du in der Schule schon wieder was angestellt? Mir bleibt aber auch nichts erspart. Erzähl schon!"

Peter sagt zwar „nein" aber es geht noch mindestens fünf Minuten in diesem Ton weiter. Dann läßt sich die Mutter auch noch die Schulhefte zeigen. „Und Arbeit habt ihr keine zurück?"
Peter ist der Appetit restlos vergangen.
Nach dem Essen: „Du setzt dich jetzt gleich hin und machst deine Aufgaben! Daß es nicht wieder so geht wie gestern!" Peter stöhnt „oooch". Er hat sich nach dem Essen doch mit Klaus verabredet.
Die Mutter, eine Tonlage höher:
„Ich rackere mich für euch ab. Was ist der Erfolg? Nichts als Undank! Nur Ärger! Nicht mal in der Schule machst du mir Freude. Du weißt doch, wie mich das aufregt. Du machst jetzt Aufgaben! Basta! Ich seh' sie dir dann nach."

Die Mutter verschwindet in die Küche; von dort ertönt gleich darauf lautes Geschirrgeklapper.
Auch das geht Peter auf die Nerven. Aber vielleicht reagiert sie sich da ein bißchen ab, denkt er vor sich hin.
Er brütet über seinen Aufgaben. Es stimmt schon, gut ist er nicht in der Schule. Nicht mehr jedenfalls.

Immer ist die Mutter hinter ihm her. Karin, seine kleine Schwester, geht noch nicht in die Schule. So ist sie ihm allein auf den Fersen.
„Setz dich hin! Lern was, damit du was wirst!"
Und: „Ich will ja doch nur dein Bestes. Du sollst es mal weiter bringen als dein Vater. Oder was meinst du, warum ich mich so abschinde?"

Peters Gesicht hellt sich etwas auf, wenn er an seinen Vater denkt. Mit ihm versteht er sich ganz gut.
Ihm geht es ähnlich.

Wenn er um sechs nach Hause kommt, hat die Mutter wieder genug Luft geholt. Er bekommt dann fast das gleiche zu hören wie Peter. Der Ton ist jedenfalls derselbe. Und dann beschwert sich die Mutter beim Vater über Peter:
„Der Junge taugt nichts. Und an dir hab' ich überhaupt keine Stütze; du hältst noch zu dem Bengel. Ihr bringt's alle zwei zu nichts."
Peter versteht schon: Ab und zu muß ihm der Vater eine runterhauen, damit die Mutter Ruhe hält.

Wie findet ihr das?

Claudia

Claudia kommt von der Schule nach Hause. Sie knallt ihre Mappe in die Ecke.
Es ist niemand da, der es ihr verbieten würde. Vati und Mutti arbeiten beide.

Claudia hat Hunger. Sie geht in die Küche. Dort steht ihr Essen schon auf dem Herd, sie braucht es nur aufzuwärmen. Am Abend zuvor hat sie es mit Mutti vorbereitet.

Claudia macht das Radio an. Sie trödelt beim Essen.
Sie hat ja Zeit. Das Geschirr läßt sie stehen, das erledigen sie abends gemeinsam. Mutti kommt um halb sechs.

Bis Mutti kommt, soll Claudia noch mal kurz mit dem Staubsauger durch die Wohnung gehen.

Um halb drei kommt ihre Freundin. Sie haben die ganze Wohnung für sich allein.

Samstag und Sonntag ist Mutti ganz für Claudia da.

Gemeinsam beraten sie, was sie unternehmen: einen Ausflug ins Grüne, einen Besuch im Zoo oder auch nur zu Hause bleiben, Spiele machen oder fernsehen.

Wenn Mutti nach Hause kommt, erzählt sie Claudia, was sie den Tag über gemacht hat. Sie ist bei einer Zeitung und schreibt Berichte, die dann dort gedruckt werden und in der Zeitung stehen.

Einmal hat Mutti auch eine Sendung fürs Fernsehen gemacht. Da war Claudia sehr stolz.

Claudia erzählt der Mutti dann von der Schule. Meistens machen sie das, wenn sie gemeinsam das Abendessen vorbereiten.

Einmal war es schlimm für Claudia, daß ihre Mutti nicht immer zu Hause ist. Das war damals, als Claudia krank war und Pflege brauchte.
Da mußte Mutti extra Urlaub machen, und sie konnten alle zusammen zehn Tage weniger in Urlaub fahren.

Aber beim nächsten Mal will Oma kommen, wenn Claudia krank ist, das hat sie schon fest versprochen. (Alle hoffen natürlich, daß Claudia nicht so schnell wieder krank wird!)

Hat in der Schule jeder die gleichen Chancen?

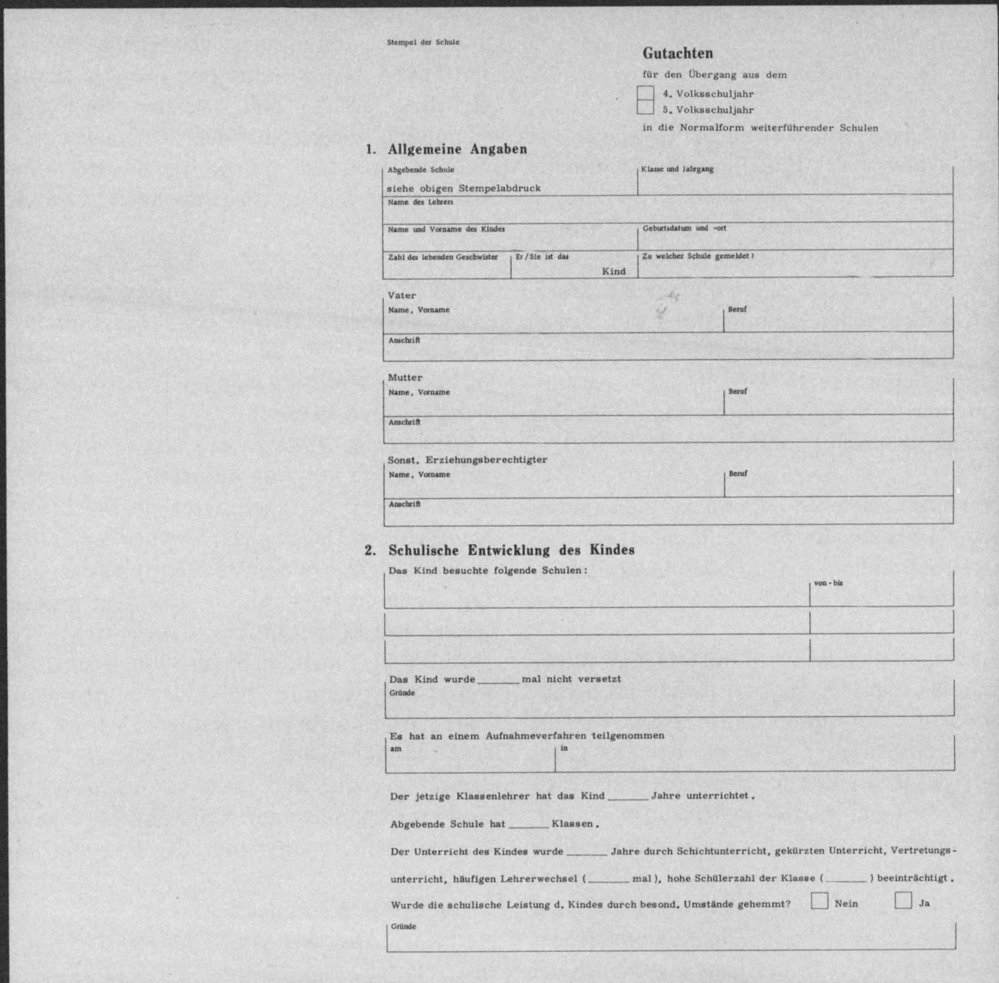

Stempel der Schule

Gutachten

für den Übergang aus dem

☐ 4. Volksschuljahr
☐ 5. Volksschuljahr

in die Normalform weiterführender Schulen

1. Allgemeine Angaben

Abgebende Schule
siehe obigen Stempelabdruck

Klasse und Jahrgang

Name des Lehrers

Name und Vorname des Kindes

Geburtsdatum und -ort

Zahl der lebenden Geschwister

Er/Sie ist das ______ Kind

Zu welcher Schule gemeldet?

Vater
Name, Vorname
Beruf
Anschrift

Mutter
Name, Vorname
Beruf
Anschrift

Sonst. Erziehungsberechtigter
Name, Vorname
Beruf
Anschrift

2. Schulische Entwicklung des Kindes

Das Kind besuchte folgende Schulen:

von - bis

Das Kind wurde ______ mal nicht versetzt

Gründe

Es hat an einem Aufnahmeverfahren teilgenommen

am

in

Der jetzige Klassenlehrer hat das Kind ______ Jahre unterrichtet.

Abgebende Schule hat ______ Klassen.

Der Unterricht des Kindes wurde ______ Jahre durch Schichtunterricht, gekürzten Unterricht, Vertretungsunterricht, häufigen Lehrerwechsel (______ mal), hohe Schülerzahl der Klasse (______) beeinträchtigt.

Wurde die schulische Leistung d. Kindes durch besond. Umstände gehemmt? ☐ Nein ☐ Ja

Gründe

Herbert

In einem Buch, das sich mit der Schule beschäftigt, wird die Geschichte eines Jungen – er heißt Herbert – erzählt. In dieser Geschichte wird vieles deutlich, was in der heutigen Schule nicht in Ordnung ist. Dies betrifft nicht nur Herbert, sondern es betrifft alle Schüler. Und alle sollten es wissen, daher wird diese Geschichte hier wiederholt.
(Das Buch ist von dem ehemaligen Berliner Kultusminister Evers und seinen Mitarbeitern geschrieben.)

Herbert hatte keinen Erfolg, dafür wog er aber mit 14 Jahren 175 Pfund auf 160 Zentimeter Körperlänge. Die hämischen Bemerkungen seiner schlanken Umwelt schienen ihn nicht zu treffen. Von Fettsau, Sack, Kloß, Klops bis Faß und Tonne gab es kaum einen Ausdruck, den er nicht schon gehört hatte. „Der Dicke" schien alles mit der Gelassenheit seiner erfolgreicheren älteren Leidensgefährten hinzunehmen. Nur – Erfolgreichen gegenüber verhält man sich ja höflich.

Wer sitzengeblieben ist, und das gleich zweimal, deutsche Rechtschreibung nicht beherrscht und Englisch nicht kann, der darf gehänselt werden.

Doch ein Ballon läßt sich nur so lange aufpusten, bis er platzt. Herbert platzte im Schullandheim. Vormittags sollte etwas für die Körperertüchtigung getan werden. Der grauhaarige Lehrer, drahtige Beine aus sportlichen Kurzhosen, lief federnd an der Spitze der ihm nachfolgenden Kinder. Er wußte, was für diese Jugend gut war. Weisheiten wie „Mens sana in corpore sano" oder „Zäh wie Leder und flink wie die Windhunde" hafteten in seinem Gedächtnis. Was früher galt, gilt manchmal immer noch. Besonders für diese verweichlichte Wohlstandsgeneration. Auf scharfen Pfiff der Trillerpfeife, zweimal kurz, einmal lang, Stehenbleiben, Im-Kreis-Aufstellen und Kniebeuge. „Hopp, hopp, mal hinne!" Denn Ordnung muß sein. Gleichmäßig mit Zwischengängen, Kniekehle gestrafft und Arme vor, Brust heraus. Und den Körper gestählt.

Herbert schaffte nur noch den Bauch heraus, kein Arm mehr vor, kein Knie gestreckt. Er konnte nicht mehr. 175 Lebenspfunde über 1000 Meter und mehr im Dauerlauf auf platten Füßen zu transportieren, das war genug für ihn. Aus! Er ließ sich auf den Boden plumpsen, wischte mit dem Turnhemd den Schweiß von der Stirn, atmete tief und streckte entspannt alle viere von sich. Einfach so.

„Dicker, los, los, keine Müdigkeit vorschützen!" aus weißzähnigem Lehrermund prallte an ihm ab. Herbert blieb liegen. Hörte einfach nicht, spürte nur die wohlige Entlastung seiner geplagten Beine.
„Wird's bald, Dicker!" laut und schärfer gerufen, führte nur zum neugierig gespannten Hinsehen von 38 Augenpaaren, aber nicht zur sportlicheren Haltung Herberts. Er lag, hatte es satt, sich zu bewegen, sich antreiben zu lassen. Dazu der Ton! Mußte ihm denn immer wieder sein Körperumfang vorgeworfen werden! Genügte nicht schon, daß ihn, solange er sich erinnern konnte, alle Kinder damit aufzogen? Hatte er nicht einen Namen wie jeder andere? Immer „Dicker, Dicker, Dicker! Verdammt, der Alte weiß doch, wie ich heiße!" Herbert stand nicht auf. Seine ausgestreckten Pfunde stellten eine alternde Autorität in Frage.
„Nun beweg schon deine Massen, sonst passiert was!" Die „Massen" – das war sein Körper, sein Ich.

Laut und deutlich kam vom Boden: „Ich will nicht!" Und nach kurzer Pause: „Alter!"

Vierzig Jahre Unterschied begegneten sich in „Dicker" und „Alter". Zwei Eigenschaften, sichtbare Merkmale zweier Personen. Sie besaßen verschiedenes Gewicht. „Alter" einmal laut ausgesprochen zu einem, der sich der Pensionsgrenze entgegenarbeitete. „Dicker", tagtäglich gesagt, eingeschliffen in das Gehirn eines Vierzehnjährigen. Zwei Tatbestände trafen sich. Die Ohrfeige traf.
Die Autorität mußte gewahrt bleiben. Herbert wollte zurückschlagen. Seine Aufregung und Empörung hatten sich jedoch bereits in dem einen Wort erschöpft. Die Faust erschlaffte. Zwei Tage später holte ihn seine Mutter ab.

Eintragung im Schülerbogen: H. verhält sich gegenüber Lehrern frech, unverschämt und respektlos. Er gefährdet die Disziplin der Klasse. Er mußte aus dem Schullandheim entfernt werden. Tadel. 25. V. 70.

Ein solcher Schülerbogen ist die Keilschrift eines Schülerlebens. In ihm werden alle wichtigen Ereignisse festgehalten, gute und böse. Er enthält Erfolg und Mißerfolg und begleitet den Schüler die ganze Schulzeit hindurch.

In einem Schulsekretariat hatte 1962 die Halbtagsschreibkraft ein unausgefülltes Formular in die Schreibmaschine gespannt und getippt:

Herbert Müller, geb. 28. 3. 56
Name des Erziehungsberechtigten: Margot Müller
Beruf des Vaters: entfällt.

Herbert wurde eingeschult wie viele andere auch. Sein Schülerbogen trug viele ungeschriebene Eintragungen, die von vornherein die späteren Mißerfolge mitbestimmten. Die einen stehen im Dunkel, die anderen stehen im Licht der Schule. Herbert gehört zu denen im Dunkel.
Herbert ist ein „uneheliches" Kind. Neuerdings heißt es „nichtehelich". Das Etikett wurde gewechselt, der Inhalt bleibt derselbe.

Statistisch gesehen: In der Bundesrepublik wurden in der Zeit von 1965 bis 1968 4,1 Millionen Kinder geboren. Darunter fast 200000 kleine Herberts. Augenblicklich leben, nach der Statistik von 1968, etwa 900000 nichteheliche Kinder in Westdeutschland und Westberlin. Diese Kinder unterscheiden sich von Herbert allenfalls in Körperformen und Geschlecht.
Herberts Status „unehelich" beeinträchtigt, statistisch gesehen, bereits seine Aussicht auf Erfolg in der Schule, auf einen gehobenen Beruf. Nur fünf von hundert unehelichen Kindern in der Bundesrepublik besuchen ein Gymnasium. Nur eins von hundert geht zur Universität.

Bereits bei seiner Geburt stand also Herberts Chance, das Gymnasium zu besuchen, eins zu zwanzig. Wer würde bei solch einem Wettverhältnis auf Herbert setzen? Aber Herbert ist ja schon zweimal sitzengeblieben und hat der Statistik recht gegeben. So gleich sind die Bildungschancen. Jedem wird das Abiturzeugnis in den Schulranzen gelegt. Man muß nur gehorsam, ehrlich und gut im Lernen sein, und möglichst ehelich. So widerlegt man kalte Zahlen.
Herbert war nun einmal nicht gehorsam, jedenfalls nicht so, wie es sein Lehrer im Schullandheim verlangte.

Eine zweite Schülerbogeneintragung war ebenfalls ungeschrieben: Herbert kommt aus der sozialen Unterschicht.

Die Mutter arbeitete in einer Fabrik am Fließband, Spulen wickeln von morgens bis abends. Täglich acht Stunden drehten sich die Kupferdrähte vor ihren Augen im Akkord. Sie besaß keine Vorstellung, welchem Zweck die fertigen Spulen dienen, in welche Maschine sie eingebaut werden sollten. Aber wozu auch? Jeden Freitag gibt's Geld. Die dort oben werden schon Sinn und Zweck der Arbeit kennen.

Nur manchmal fällt es schwer, den Draht gleichmäßig zu führen. Die Gedanken laufen weg, gehen ihre eigenen Wege – zu Herbert. Würde es ihm einmal besser gehen? Der Junge soll etwas lernen, etwas Vernünftiges, und nicht am Fließband sitzen. Vielleicht wird er Einrichter. Dann kann er seinen Leuten zeigen, wie man die Maschine bedient, und muß nicht immer nur dem Rucken des Bandes gehorchen.

Na ja, wird schon schiefgehen! Herbert kommt ja bald in die Schule. Die ist ja dafür da. Die Lehrer haben's ja gelernt, die Intelligenz anzuregen. Die Schule wird Herbert guttun.

Unsere Schule ist jedoch eine Schule der Mittelschicht. Sie verlangt „Begabung", Fleiß und Motivation. Sie fördert und erzieht nicht diese Eigenschaften, sondern setzt sie meist voraus.

Ihre Inhalte und Werte entstammen den überkommenen Gewohnheiten und Erwartungen der Mittelschicht, nicht der Arbeiterschicht.

Herbert ist ein Unterschichtkind. Die vielen Herberts in unserer Gesellschaft sprechen die Sprache ihrer Sozialschicht. Diese ist anders als die Sprache, die in der Schule verlangt wird. Seine Sprache hatte er zu Hause gelernt. Dort sprach man in knappen, unfertigen und einfachen Sätzen, die sich um Alltagsereignisse drehten. Nichts Hochgestochenes. Selten wurde ihm etwas ausführlich erklärt und begründet, wenn er als kleiner Junge Fragen stellte. Meistens erhielt er nur eine kurze Antwort. So verlernte er das Fragen.

Als die Schule anfing, wunderte sich Herbert, wie glatt und fließend manche Mädchen und Jungen dem Lehrer auf seine Fragen antworteten. Viele Wörter waren ihm fremd, er kannte sie nicht. Er hatte sie zu Hause nie gehört. Einige bauten lange Sätze, ohne ständig „und dann . . ." – „und dann . . ." zu sagen. Anfangs versuchte Herbert, im Sprechen mitzuhalten. Aber andere waren immer schneller dran. Sie wurden gelobt. Bei ihm hatte der Lehrer immer etwas auszusetzen. „Sprich im ganzen Satz!" – „Sag das genauer!" – „Du lernst das nie!" Bald gab er es auf.

Etwa die Hälfte aller Kinder kommt aus der Arbeiterschicht. Sie sprechen, denken und verhalten sich wie Herbert. Lehrer stammen nur ganz selten aus dieser Schicht, und wenn doch, dann haben sie sich meist der Mittelschicht angepaßt. So sprechen die meisten Lehrer eine andere Sprache als die Hälfte ihrer Schüler. Sie arbeiten an einer Institution, die der Tradition der Mittelschicht verpflichtet ist und die deren Inhalte und Wertvorstellungen vermittelt. Arbeiterkinder sind zu Gast bei Fremden.

Einem Mittelschichtkind ist beim Schuleintritt die neue Umgebung nicht fremd. Der Übergang erfolgt bruchlos. Die Form hat sich gegenüber dem Elternhaus geändert, der Inhalt bleibt der gleiche. Mittelschichtkinder verstehen die Sprache des Lehrers ohne viel Mißverständnisse. Sie verstehen auch seine Blicke und Gesten. Das garantiert fast immer den Schulerfolg.

Für Herbert kam eine dritte ungeschriebene Eintragung im Schülerbogen hinzu. Er kam

aus beengten Wohnverhältnissen. In der Zwei-Zimmer-Wohnung gab es wenig Platz für Herbert. Schon bevor er zur Schule kam, besaß er nur eine kleine Spielecke. Ein eigenes Zimmer war nicht vorhanden. Doch die Schule verlangte Hausaufgaben.

Einem Arbeiter steht sein Arbeitsplatz zu. Herbert hatte ihn nicht. Mal schrieb er am Küchentisch, mal im Wohnzimmer. Anfangs konnte Oma helfen, wenn Fragen auftauchten. Doch bald zuckte sie hilflos mit den Schultern. Ihre Dorfschulzeit lag lange zurück. Bücher, in denen Herbert hätte nachschlagen können, gab es zu Hause nicht.

Herberts Mutter hatte nur am Wochenende Zeit, sich intensiver um den Jungen zu kümmern. So blieb er während der Woche auf sich oder auf Oma gestellt. Die Plätze im Kinderhort waren bereits besetzt. Erst im zweiten Schuljahr war ein Stuhl für Herbert frei. Die Tanten hatten wenig Zeit, sich um seine Fragen, Schulschwächen und Probleme zu kümmern. Der Hort war überfüllt.

Herberts Schülerbogen enthielt aber nicht nur ungeschriebene, sondern auch geschriebene Eintragungen. „Herbert hat den Schulreifetest bestanden."

Am 28. März betrat er das erste Mal die Schule. Test! Wir testen Seife, Autos – warum nicht auch Herbert? Er mußte zusammen mit anderen „Testobjekten" nach einer Vorlage „Das ist Ute" abschreiben. Ein Männchen zeichnen, Mengen angeben, den Lehrern etwas vorspielen. Hier wurde nicht die Qualität eines Lernverfahrens getestet, sondern Herbert.

Er hatte großes Glück. Er bestand den Test. Er hatte es geschafft, obwohl seine Chancen als Kind einer ungelernten Arbeiterin nur etwa 1:1 standen. Statistisch würde man Herberts Erfolg als Zufall bezeichnen.
Wäre Herbert der wohlgeordneten Familie eines leitenden Angestellten oder höheren Beamten entsprungen, dann wäre seine Aussicht auf Erfolg erheblich günstiger gewesen. Die Wahrscheinlichkeit, den Schulreifetest zu bestehen, wäre zwanzigmal größer gewesen. So gleich sind nun einmal die Startchancen der sechsjährigen schulischen Wettkämpfer! Dabei ist das Bestehen des Schulreifetests noch längst kein Freibrief für den Schulerfolg, eher eine Eintrittskarte.

Die zweite geschriebene Schülerbogeneintragung: „Herbert ist zum Schulpsychologen angemeldet." Sein Lehrer hielt etwas von Psychologie. Denn sie befaßt sich ja mit dem Verhalten und Empfinden von Mensch und Tier. Warum nicht auch mit Herbert, der Leistungsabfall in Rechtschreibung und Englisch hatte. Manchmal benahm sich der Herbert auch sonderbar, war lange in sich gekehrt und dann plötzlich aggressiv gegen den Lehrer. Da muß doch was nicht stimmen!

Der Lehrer meldete ihn beim Schulpsychologen an, wartete aber lange auf den Termin, zu dem Herbert getestet werden sollte. Nach fünf Monaten war es soweit. Herbert erhielt Unterrichtsbefreiung und wartete im Vorraum. Als er dann das Heiligtum betreten durfte, war er sehr aufgeregt.
Herbert mußte Analogien bilden, Wettspiele durchführen, Tintenkleckse deuten und Sätze vollenden. Auch die Mutter wurde befragt.
Die Zeit verging, und Herberts Lehrer wartete auf den Befund.

Wieder vergingen Wochen, bis endlich das Schreiben des Schulpsychologen auf dem Dienstweg in der Schule eintraf. „Herbert ist milieugeschwächt. Seine Intelligenz liegt nach den angewandten Testverfahren über dem Durchschnitt seiner Altersgruppe. Veränderungen der Umwelt und individualisierter Unterricht, verbunden mit einer Gruppentherapie, wären für seine Persönlichkeitsentwicklung wahrscheinlich nützlich. Sie würden ihm die Anpassung an schulische Leistungsnormen und Verhaltensweisen erleichtern."
Der Lehrer las das Schreiben, heftete es zum Schülerbogen und unterrichtete weiter. Was sollte er auch anderes tun?

In der noch am besten versorgten deutschen Großstadt ist ein Schulpsychologe für etwa 12000 Schüler da. Deshalb mußte Herbert so lange warten, bis er zur Untersuchung vorgelassen wurde.

Ein Schulpsychologe, so es ihn überhaupt in manchen Gebieten Westdeutschlands gibt, fühlt sich auf verlorenem Posten. Tausende von Kindern brauchen seine Hilfe. Er wäre aufgrund seiner Vorkenntnisse in der Lage, Lehrern und Eltern zu raten, wie einem „Schulversager" geholfen werden könnte. Einen beachtlichen Teil der Hilfen, die einem „Verhaltensgestörten" nützen, könnte er selbst übernehmen. Aber wann soll er?
Der Schulpsychologe stellt auch die „Krankheiten" des Schülers fest, schickt ihn nach Hause und muß ihn seinem Schicksal überlassen.
Schulpsychologen dürfen festgestellte Schäden nicht reparieren. Sie haben erst recht keine Zeit, vorbeugende Maßnahmen zu ergreifen. Sie haben auch nicht die Möglichkeit, sich ihre „Patienten" aus einer Lerngruppe selbst auszuwählen. Die Vorwahl ist dem Lehrer überlassen. Und Lehrer sind in der Psychologie oft unzureichend ausgebildet.

Dem Herbert wurde nicht geholfen. War Herbert nicht für die Schule geeignet? Oder diese Schule nicht für ihn?

Herbert ist ein „schwieriges Kind", wie die Erwachsenen sagen. Warum Herbert so ist, erklärt die Geschichte. Seine Chancen in der Schule sind besonders schlecht. Die Gründe dafür sind in der Geschichte aufgeführt.

Aber es gibt noch viele andere Gründe dafür, ob man gut oder schlecht ist in der Schule oder in welche Schule man überhaupt gehen kann:
– der Beruf des Vaters;
– der Wohnort;
– das Bundesland, in dem man zur Schule geht;
– die Konfession;
– und schließlich, ob man ein Junge oder ein Mädchen ist.

Sage mir, was dein Vater ist, und ich sage dir, was du werden kannst!

Von 100 Deutschen sind 3 Beamte;
von 100 Studenten sind 25 Kinder von Beamten.

Von 100 Deutschen sind 14 Angestellte;
von 100 Studenten sind 34 Kinder von Angestellten.

Von 100 Deutschen sind 4 Selbständige;
von 100 Studenten sind 23 Kinder von Selbständigen.

Von 100 Deutschen sind 20 Arbeiter;
von 100 Studenten sind 12 Arbeiterkinder.

Von 100 Deutschen sind 2 Bauern;
von 100 Studenten sind 4 Bauernkinder.

Ist anzunehmen, daß Beamte intelligentere Kinder haben als Arbeiter?
Psychologen und Pädagogen sagen: nein.
Also: Kinder von Arbeitern haben schlechtere Bildungschancen als die übrigen Kinder.

Sage mir, in welchem Bundesland du lebst, und ich sage dir, was du werden kannst!

Von 100 Schülern erreichen in Bremen 20 einen Realschulabschluß.
Von 100 Schülern erreichen in Rheinland-Pfalz 6 einen Realschulabschluß.

Sind die rheinland-pfälzischen Kinder dümmer als die in Bremen?
Nein, in Bremen wird für die Schüler mehr getan.

Von 100 Schülern erreichen in Baden-Württemberg und Berlin 15 das Abitur.
Von 100 Schülern erreichen in Bayern nur 10 das Abitur.

Sind die Bayern dümmer?
Nein, es liegt daran, daß in Baden-Württemberg und in Berlin mehr für die Kinder getan wird als in Bayern.

Sage mir, ob du evangelisch oder katholisch bist, und ich sage dir, wie deine Berufschancen sind!

Von 100 Deutschen sind 44 katholisch;
von 100 Lehrlingen sind 42 katholisch;
von 100 Deutschen mit abgeschlossenem Universitätsstudium sind 39 katholisch.

Von 100 Deutschen sind 51 evangelisch;
von 100 Lehrlingen sind 53 evangelisch;
von 100 Deutschen mit abgeschlossenem Universitätsstudium sind 53 evangelisch.

Sind Katholiken dümmer?
Nein, sie haben nur schlechtere Bedingungen.

Sage mir, ob du ein Junge oder ein Mädchen bist, und ich sage dir, was du werden kannst!

Von 100 Schülern an Realschulen sind 52 Mädchen;
von 100 Schülern an Gymnasien sind 42 Mädchen;
von 100Abiturienten an Gymnasien sind 37 Mädchen.

Zehnjährige in Südamerika

Sergio

Das ist Sergio. So rufen ihn seine Freunde und Verwandten. Seinen richtigen Namen kennen nur seine Eltern. Sie verschweigen ihn, damit nicht böse Geister Sergio schaden können. Denn wenn man den richtigen Namen eines Menschen kennt, hat man Macht über ihn.

Sergio ist ein Indianerjunge aus Südamerika. Er gehört zum Stamm der Bororos am Rand des brasilianischen Urwalds. Das Gebiet, in dem sein Stamm heute lebt, ist umgrenzt. Reservate nennen wir die Gebiete, in denen die Indianer leben. Seit etwa 60 Jahren gibt es solche Indianerreservate.

Auf beiden Seiten des Amazonasflusses mit seinen zahlreichen Nebenflüssen gibt es riesige Urwälder. Viele Forscher, die dieses unbekannte Gebiet erkunden wollten, sind von ihrer Reise nie zurückgekommen. Weil es dort so gefährlich ist, wird der brasilianische Urwald am Amazonas die „Grüne Hölle Brasiliens" genannt.

Hier waren die Indianer zu Hause. Im Amazonas und seinen Nebenflüssen fischten sie. Mit dem Blasrohr oder mit Bogen und Pfeil jagten sie die Tiere des Waldes. Sie rodeten Waldstücke und pflanzten Maniok an. Die Wurzeln dieser Pflanzen wurden gemahlen. Mit dem Mehl machten sie Brot.

In den riesigen Urwäldern Brasiliens konnten die Indianer ihre Siedlungen überall errichten, wo es günstig war. Die verschiedenen Stämme brauchten keine Kriege um Land miteinander zu führen. Es gab für jeden Stamm Platz genug.

► *Vor etwa einhundert Jahren drangen die Europäer in das Amazonasgebiet vor. Dort wuchsen nämlich Kautschukbäume. Von ihnen konnte man den Rohkautschuk gewinnen. Dieses Produkt brauchte man, weil man aus Kautschuk Gummi herstellen wollte. Von den Europäern wurden große Kautschukplantagen angelegt. Dazu brauchte man Arbeiter. Die Eroberer des Landes holten sie sich von den Indianern.*

Die Indianer waren den europäischen Eroberern unterlegen. Mit ihren Waffen kamen sie gegen die Kanonen und Gewehre der Europäer nicht an.

In großen Scharen wurden die Indianer am Rande des Urwaldes als Kautschukarbeiter eingesetzt. Von Vorarbeitern wurden sie zur Arbeit angepeitscht.

Die Versklavung der Indianer, ihre Ausbeutung im Kautschukdschungel, hatte verheerende Folgen: Unzählige Indianer starben bei der ungewohnten Arbeit. Doch die Arbeit ging weiter. Andere Indianer wurden am Rande des Urwaldes eingefangen.

Ganze Indianerstämme wurden in dieser Zeit gejagt und zur Arbeit in den Kautschukdschungel ver-

schleppt. Indianer gab es ja genug. Sie waren billiger als Werkzeuge.
Das ist bis heute so geblieben. Viele Indianer leben als Landarbeiter auf den großen Gütern Brasiliens. Diese Landgüter werden Faciendas genannt. Der Eigentümer einer Facienda ist der Facendeiro.
Da sich die Indianer, die Landarbeiter wurden, in ihrer Kleidung den Europäern anpaßten, erhielten sie den Namen „Hosen-Indianer". Oft werden die Indianer einfach Indios genannt.

Sergios Stamm hatte sich schon vor langer Zeit tief in den Urwald zurückgezogen. Dann wurden die Reservate eingerichtet, und der ganze Stamm wurde in ein Reservat eingewiesen.

▶ *Durch die Jagd auf die Indianer wurden viele Indianerstämme ausgerottet. Andere Stämme haben sich aus Furcht vor ihren Verfolgern immer weiter in das Innere der „Grünen Hölle" zurückgezogen. Um die Indianer zu retten, wurden um 1910 die Indianerreservate als Schutzgebiete geschaffen. Der Indianerschutzdienst, eine Polizeitruppe, soll die Indianer vor den Verfolgern schützen. Die Reservate in den Urwäldern Brasiliens werden ihnen als eigene Gebiete gesetzlich zuerkannt.*
Aber auch in den Reservaten sind die Indianer jetzt nicht mehr sicher. Das Gesetz, das sie schützen soll, wird nicht beachtet. Immer wieder konnte man in verschiedenen Zeitungen lesen, wie die Indios in den Reservaten getötet werden. So kann man in den Besitz ihres Landes kommen.

Auch der Stamm der Bororos, zu dem Sergio gehört, ist am Aussterben. Das Reservat ist von allen Seiten durch Plantagen begrenzt, so daß für die Indios kaum noch Lebensraum bleibt. Vor einiger Zeit bestand der Stamm noch aus 110 Angehörigen, die in sieben engen und zerfallenen Hütten wohnten. Die Indios waren fast alle krank. Sie hatten Tuberkulose und Pocken, die Kinder litten unter schwerer Blutarmut. Es fehlte an jeder ärztlichen Hilfe.

Wird Sergio überleben?

José

Das ist José. Er hat eine rotbraune Hautfarbe. José ist ein Indio. Mit seinen Eltern und Geschwistern wohnt er auf einem großen Landgut in der Nähe von Recife. Das Landgut gehört einem reichen Facendeiro, der in Recife wohnt. José hat den Landherrn noch nie gesehen.

José erzählt:
Meine Eltern haben mir gesagt, wie der Facendeiro wohnt. Er lebt in einem großen Haus, das ein Indio von der Facienda nie betreten darf. Diener sorgen dafür, daß der Landherr ganz nach seinen Wünschen leben kann. Das Haus steht in einem großen Park, der von einer hohen Mauer umgeben ist. Zweimal im Jahr kommt der Facendeiro auf sein Landgut. Er hat ein großes Auto, das von einem seiner Diener gefahren wird.
Als mir meine Eltern das erzählt haben, habe ich mir das kaum vorstellen können: ein Park, grüne Wiesen, ein großes Haus, ein Auto, viele Diener. Denn hier auf dem Landgut reiht sich ein kleines Haus an das andere. In jedem Haus wohnt eine Indiofamilie.

▶ *Jedes Haus besteht aus einem großen Raum, in dem sich das Leben der Familie abspielt. Die Kinder schlafen auf dem Fußboden, die Eltern in Hängematten, die aus Stroh geflochten sind. Es gibt kein Wasser und keinen Strom. So hat José noch nie einen Kühlschrank, einen Radioapparat oder Fernsehapparat gesehen. Außerdem wäre ein Kühl-*

schrank auch überflüssig, denn es gibt auf der Facienda weder Butter noch frisches Fleisch für die Landarbeiter. Die tägliche Nahrung besteht aus getrockneten Bohnen oder Maniokmehl. Zuweilen gibt es auch getrocknete Fische oder getrocknetes Fleisch. Diese Lebensmittel werden in dem Geschäft, das auch dem Facendeiro gehört, gekauft. Die Preise dort sind sehr hoch. Frisches Wasser muß José am Brunnen auf dem Hof des Gutes holen. Doch bei großer Trockenheit wird auch das Wasser knapp. Dann streiten sich oft die Kinder der Landarbeiter um einen halben Eimer Wasser.

Die Kinder der Landarbeiter gehen nicht zur Schule. Denn in dieser Gegend Brasiliens gibt es keine Schulen auf dem Lande. Da es niemanden gibt, der die Kinder unterrichtet, werden sie auch nie lesen, schreiben und rechnen lernen.

Die Häuserreihe, in der José wohnt, liegt am Rande eines großen Feldes. Auf dieser Facienda wird nur Zuckerrohr angebaut. Für die Ernte wird oft nur wenig bezahlt.

Bei der Arbeit auf den Feldern müssen wir alle mithelfen. Mein Vater schlägt mit dem Hackmesser, das Machete heißt, das Rohr ab. Ich bündele es dann und schleife es zum Wagen. So geht es Stunde um Stunde bei glühendheißer Sonne. Die Arbeit ist gefährlich und anstrengend. In den Zuckerrohrfeldern gibt es nämlich giftige Schlangen, die sofort zubeißen. Und da wir meistens nur Sandalen tragen oder barfuß bei der Arbeit sind, ist der Biß einer Schlange lebensgefährlich. Daher brennen wir oft die Zuckerrohrfelder vor der Ernte erst ab. Das Stroh des Zuckerrohrs verbrennt dann, und nur die Rohrstangen bleiben erhalten. Dann brauchen wir uns nicht mehr vor den Schlangen zu fürchten. Die Arbeit selbst wird dadurch noch beschwerlicher. Denn zu der unerträglichen Hitze kommen dann noch der Staub und Ruß des abgebrannten Feldes hinzu. Nach der Arbeit bin ich schwarz von Ruß. Der Schweiß rinnt mir über den ganzen Körper.

Am Abend bin ich dann so müde, daß ich kaum noch stehen kann. Wenn dann das Zuckerrohr

in die Lagerhallen des Facendeiro eingefahren ist, ruft der Aufseher die Landarbeiter zusammen. Er zahlt ihnen den Lohn aus. Obgleich wir alle mithelfen, ist der Betrag oft so niedrig, daß er kaum für die nötigsten Lebensmittel ausreicht. Mein Vater verdient an vielen Tagen gerade so viel, daß wir dafür ein Kilogramm Maniokmehl oder einen Liter Bier kaufen können. Mehr kann man einfach dafür nicht bekommen. Daher bin ich oft hungrig. Und meinen Geschwistern geht es nicht anders. Unsere Familie ist groß – zu groß, um alle satt machen zu können.

Oft sitzen abends die Erwachsenen vor der Hütte zusammen und unterhalten sich. Wenn ich dann am Einschlafen bin, kann ich noch ihre Gespräche mithören. Ich kann dann nicht alles verstehen, was sie reden, doch manches begreife ich.

Vor einigen Tagen ist ein fremder Arbeiter auf die Farm gekommen. Er ist für die Ernte als Aushilfe angestellt worden. Um die Erntezeit kommen immer solche Aushilfsarbeiter, die dann gegen geringen Lohn eine Arbeit finden.

Gestern hörte ich, wie er zu den Landarbeitern vor der Hütte gesagt hat: ,,Der Facendeiro ist sehr reich. Und mit jedem Tag, an dem ihr hier Zuckerrohr schlagt, wird er noch reicher. Er nützt euch aus, denn er bezahlt euch nicht nach eurer Arbeit. Er läßt euch euren Lohn so auszahlen, wie der Aufseher es gerade will. Ihr hungert hier, und er lebt im Überfluß! Auch euch soll es einmal besser gehen.''

Ich habe meine Ohren spitzen müssen, damit ich alles genau hören konnte, was der Fremde gesagt hat.

Wie wird die Zukunft Josés einmal aussehen?

Maria

Ich heiße Maria. Meine Eltern wohnen in einem kleinen Dorf bei Havanna. Eines Tages ist ihnen gesagt worden, daß ich in die Schule gehen soll. Da hatten meine Eltern Bedenken: Wer soll die Ausbildung bezahlen? Ich würde dann in der Stadt wohnen müssen. Auf dem Dorf gibt es ja keine Schule. Auch würde ich dann neue Kleider brauchen. Mein Vater sagte: „Ich glaube nicht, daß Maria zur Schule gehen kann. Wir können nicht das viele Geld aufbringen, das die Ausbildung kostet. Wir sind arme Leute. Die Schule ist für die Reichen."

Ich bin sehr traurig gewesen, als Vater das gesagt hat. Denn ich wollte ja lesen und schreiben lernen. Im Radio hatte ich gehört, daß in unserem Land jetzt möglichst viele Kinder eine Schulausbildung haben sollen. Es ist gesagt worden: „Wer eine Schule besucht, der lernt lesen und schreiben. Er kann dann im Lande mitbestimmen. Denn in einigen Jahren werden die Kinder erwachsen sein. Dann werden sie neue Fabriken planen, Städte bauen und als Ärzte anderen Menschen helfen."

Da haben die Eltern eine gute Nachricht erhalten: Sie brauchen meine Ausbildung nicht zu bezahlen. Der Staat übernimmt alle Unkosten. Und ich bekomme eine hübsche Schuluniform.

So habe ich mich eines Tages voller Freude von meinen Eltern verabschiedet. Von jetzt an werde ich in der Schule in Havanna leben. Mit mir besuchen noch andere Kinder von den Dörfern diese Schule. Auch ihnen werden Ausbildung, Kleidung und Essen vom Staat bezahlt. Nur in den Ferien fahren wir nach Hause.

Mein Vater ist Neger. Er arbeitet schon seit vielen Jahren in einer Zigarrenfabrik. Inzwischen ist er sogar Vorarbeiter geworden. Meine Mutter ist auf einer Tabakfarm beschäftigt. Sie ist Mulattin. (Mulatten werden die Mischlinge zwischen Schwarzen und Weißen genannt.) Mein Vater sagt stolz: „Unsere Tabakfabrik." Und meine Mutter sagt: „Unsere Farm."

Einmal habe ich meine Eltern gefragt, warum sie „unsere Farm" und „unsere Tabakfabrik" sagen. Da hat mir mein Vater folgendes erzählt:

Vor einigen Jahren war es in Kuba noch genauso wie in den anderen Ländern Südamerikas. Es gab einige wenige reiche Grundherren und Industrieunternehmer. Zum Teil waren sie sogar Ausländer. Auch die Zigarrenfabrik und die Tabakfarm gehörten zu dieser Zeit ausländischen Gesellschaften. Der größte Teil der Bevölkerung war jedoch sehr arm. Diese Armen arbeiteten für die fremden Unternehmer. So wurden die Reichen immer reicher und die Armen immer ärmer.

Die neue Regierung unter Fidel Castro wollte, daß die großen Fabriken und riesigen Farmen allen Bewohnern des Landes gehören sollten. Daher hat sie in den letzten Jahren sowohl die Fabriken als auch die Farmen den ausländischen Unternehmern abgenommen. Die Zigarrenfabrik und die Tabakfarm gehören jetzt dem Volk.

Wir sind arm. Aber in manchen Dingen geht es uns jetzt besser als früher. Wenn ich krank bin, können die Eltern einen Arzt rufen und mich behandeln lassen. Die Eltern haben erzählt, daß früher Ärzte nur in den Städten gewohnt haben. Doch jetzt leben sie auch auf dem Land, so daß sie auch der Landbevölkerung helfen können. Das kostet jetzt nichts mehr. In dem Haus, in dem meine Eltern wohnen, gibt es jetzt auch eine Wasserleitung und Strom. Auch dafür braucht mein Vater nichts mehr zu bezahlen. Wie die Schule, so sind auch Wasser, Strom und die ärztliche Versorgung für die Bevölkerung kostenlos.

Die früheren Zeiten kenne ich nur noch aus den Erzählungen meiner Eltern. Für mich ist es heute eine Selbstverständlichkeit, daß ich zur Schule gehen kann. Auch als Negerin bin ich dort völlig gleichberechtigt.

In Kuba gehen jedoch nicht nur wir Kinder zur Schule. Seit einiger Zeit müssen auch unsere Eltern lernen. Unser Lehrer hat uns dazu gesagt:

Bis zum Jahre 1959 konnten in Kuba viele Menschen, besonders auf dem Lande, weder lesen noch schreiben. Zunächst mußten alle Kinder zur Schule gehen. Schon ein Jahr später beschloß die Regierung, daß auch die Erwachsenen lesen und schreiben lernen sollten. Doch es gab nicht so viele Lehrer im Staat, daß genügend Schulen eingerichtet werden konnten. Daher rief die Regierung alle auf, die bereits lesen und schreiben konnten, als Lehrer in die Dörfer zu gehen. Sie sollten die Bevölkerung auf dem Lande unterrichten. Täglich konnte man die Aufrufe der Regierung im Radio hören: „Jeder Kubaner ein Lehrer; jedes Haus eine Schule." Es meldeten sich sehr viele Bewohner der Städte; sie wollten als Lehrer zu der Landbevölkerung gehen. Doch das reichte immer noch nicht aus. Daher wurden auch die Schüler und Schülerinnen als Lehrer zu den Dorfbewohnern geschickt: Fünfzehn- und sechzehnjährige Jugendliche kamen in Scharen in die Dörfer. Sie unterrichteten die Bewohner. Sie brachten Bleistifte, Tafeln und Kreide mit. Und Tag für Tag zeigten sie älteren Menschen, die zum Teil so alt wie ihre Großeltern waren, wie man liest und schreibt. Nach einem Jahr gingen die freiwilligen Lehrer wieder in ihre Heimatstadt zurück: Fast alle Dorfbewohner konnten ein Buch lesen und einen Brief schreiben. Noch nie in der Geschichte hat ein ganzes Volk so rasch lesen und schreiben gelernt.
Doch die Regierung gab sich nicht zufrieden. Die Bauern sollten noch mehr lernen. Im ganzen Land wurden Kindergärten und Schulen gebaut. So kann jeder erwachsene Kubaner einige Monate im Jahr zur Schule gehen. Der Unterricht findet zu ganz verschiedenen Zeiten statt. Die Bewohner der Städte besuchen den Unterricht von September bis Juli. In den Landkreisen gehen die Menschen dann zur Schule, wenn die Arbeit auf den Zuckerrohrfeldern ruht; das ist vom Juni bis Dezember. Die Bewohner der Gebirgsgegenden besuchen den Unterricht zwischen Januar und Oktober; die übrige Zeit sind sie in der Kaffee-Ernte beschäftigt.

So gehen auch meine Eltern jährlich sechs Monate zur Schule: Tagsüber arbeiten sie in ihrer Fabrik; abends besuchen sie dann gemeinsam mit den Landarbeitern den Unterricht. Wenn ich noch ein paar Jahre älter bin, werde ich auch als Lehrerin in die Dörfer gehen und die Menschen dort unterrichten. Ich freue mich schon darauf. In der Schule haben wir es nämlich so gelernt: „Lesen können heißt gehen können. Wer nicht lesen lernt, bleibt hinter den anderen zurück."
Ich bin sehr stolz auf die Erfolge, die Fidel Castro und seine Regierung erzielt haben. Und viele andere unserer Landsleute sind es auch. Daher nennen wir ihn „Maximo Lider", das heißt „größter Führer".

Dies ist eine Anzeige des Arbeitskreises Soziale Marktwirtschaft, 8 München 13, Tengstr. 45
PR-Agentur: Lutz Böhme Beratungsgesellschaft für Public Relations mbH + Co,
2 Hamburg 1, Postfach 773, Tel. 2 20 14 77

Die kubanische Katastrophe

Kennen Sie Kuba? Das Land, aus dem die besten Zigarren der Welt kommen? Den größten Zuckerexporteur der Erde? Die Insel, auf der Dr. Fidel Castro am 16. Februar 1959 den Sozialismus einführte?

In Kuba besitzt der Staat rund 70 Prozent des landwirtschaftlich genutzten Bodens. Über 90 Prozent der kubanischen Industrie sind ebenfalls in Staatsbesitz. 40 000 Kubaner arbeiten in der staatlichen Planbehörde. Denn zum Staatsbesitz gehört die staatliche Planung.

Das sind die Ergebnisse der Planwirtschaft: Jeder Kubaner darf im Monat nur vier Pfund Zucker kaufen, sechs Pfund Reis, fünfzehn Eier, acht Steaks, ein Pfund Bohnen, fünf Pfund Kaffee, eine Flasche Bier, eine Tube Zahnpasta und eine Rolle Toilettenpapier. Auch Zigaretten und Zigarren werden staatlich zugeteilt, und rationierter Rum erzielt auf dem Schwarzmarkt Schwindelpreise. Neue Autoreifen gibt es nur noch unter der Hand zu kaufen. Stückpreis: 500 US-Dollar oder rund 1600 Mark.

Soziale Marktwirtschaft kennt keine Rationierung

In unserer Schule hatten wir eine politische Versammlung. Der Vorsitzende unserer Gruppe hat uns berichtet:
Unser Staatschef wird von den Regierungen anderer Länder abgelehnt. Die früheren Eigentümer der Fabriken und Landgüter haben unser Land verlassen; sie sagen: „Der Maximo Lider hat uns unser Eigentum geraubt. Wir hatten die Fabriken aufgebaut und die Zuckerrohr- und Tabakplantagen angelegt. Der Maximo Lider hat uns alles genommen. Daher darf er nicht länger unterstützt werden."
Die Regierungen vieler Länder haben uns darauf nicht mehr unterstützt. Sie haben uns kein Geld mehr gegeben. So hat es z. B. bald an Maschinen gefehlt, mit denen die großen Zuckerrohrfelder abgeerntet werden konnten. In den Fabriken haben auch bald Ersatzteile für die Motoren gefehlt. Daher ging die Ausfuhr zurück, und wir drohten zu verarmen. Fidel Castro hat daher beschlossen, daß im Jahr 1970 mehr Zuckerrohr produziert werden soll als je zuvor. Der Zucker soll an andere Länder verkauft werden; so würde das Land wieder reich werden.
Fidel Castro hat darauf angeordnet, daß sich jeder Kubaner an der Zuckerrohrernte beteiligen soll. Die Schulklassen sind auf die Zuckerrohrplantagen geschickt worden und haben bei der Ernte helfen müssen. Wochenlang war ich mit meiner Klasse auf dem Feld beschäftigt. Offiziere der Armee überwachten unseren Einsatz. Auch meine Mutter hat damals nicht auf der Tabakfarm gearbeitet; wie alle Frauen des Landes mußte sie bei der Zuckerrohrernte helfen. Tag für Tag rollten die Wagen mit dem abgeernteten Zuckerrohr in die großen Fabriken. Es wurde viel Zucker produziert. Unser Lehrer hat uns gesagt: „Noch nie ist in der Geschichte unseres Landes so viel Zucker produziert worden." Und das Volk jubelte dem Maximo Lider zu: „Er hat versprochen, das

Land reich zu machen. Wir wollen ihm dabei helfen. Zucker ist das Geld unseres Landes."
Nach der großen Zuckerrohrernte kehrte ich mit meiner Klasse wieder in die Schule zurück. Wir waren sehr stolz. Durch unsere Arbeit würde das Land reich werden.
Doch schon bald wurden wir enttäuscht. Die Regierung hatte uns zuviel versprochen. Sie hatte sich in ihrer Ansicht geirrt, daß das Land allein durch den Zucker reich werden könne. Die übrige Produktion war daher vernachlässigt worden. Die Folge davon war, daß die Schaufenster in den großen Geschäftsstraßen immer leerer wurden. Alle Waren, außer Zukker, wurden immer weniger. Auch in der Schule bekamen wir den Mangel zu spüren. Das Essen wurde schlechter. Es mußte gespart werden. Und das ist so geblieben bis heute.
Bei einem Besuch bei meinen Eltern erzählte mir mein Vater, daß auch in der Zigarrenfabrik weniger gearbeitet wird. Die Tabakernte war vernachlässigt worden, weil alle bei der Zuckerrohrernte geholfen hatten. So fehlte es jetzt an Tabakblättern, aus denen die Zigarren hergestellt werden. Viele leitende Angestellte der Betriebe sind entlassen worden. Offiziere der Armee haben ihren Platz eingenommen. Ein strenges Kommando soll die Industrie wieder voranbringen.
Zunächst müssen wir alle einmal sparen. Aber ich vertraue darauf, daß der Maximo Lider uns auch weiterhin helfen wird.

Catarina

Mexiko-City ist die Hauptstadt des Landes Mexiko. Ein Stadtteil von Mexiko-City ist Copilco. Hier wohnt Catarina.

Copilco ist das Armenviertel von Mexiko-City. Es unterscheidet sich kaum von den anderen Armutsgebieten Südamerikas, die sich am Rande der Großstädte gebildet haben: Häuser aus Wellblech und Brettern, von den Bewohnern selbst gebaut. Die Möbel sind von den Bewohnern selbst aus alten Kisten zusammengenagelt. In der Ecke des einzigen Raumes, in dem man lebt, ißt und schläft, befindet sich ein Hausaltar.

Solche Armutsviertel gibt es am Rande von Brasilia (Hauptstadt von Brasilien) ebenso wie am Stadtrand von Bogota (Hauptstadt von Kolumbien).

Catarina ist ein Indiomädchen. Ihr Vater war Landarbeiter. Eines Tages wurde unter den Landarbeitern erzählt, daß das Leben in der Stadt besser als auf dem Lande ist. Dort kann man mehr verdienen und die Familie besser ernähren. So wollten sie auch in die Stadt. Die Mutter packte die Schüsseln und Töpfe ein. Das Bettzeug wurde zusammengeschnürt. Catarina nahm das Kreuz von der Wand und steckte es in das Wäschebündel. Das war alles, was die Familie mitnahm. Mit einem alten Lastwagen wurden sie in die Stadt gebracht. Viele Familien verließen mit ihnen die Landgüter und zogen zur Stadt.

Als der Wagen nach Copilco kommt, ist Catarina enttäuscht. Sie hat breite Straßen mit schönen Häusern und vielen Geschäften erwartet. Statt dessen ist der Wagen von der Hauptstraße abgebogen und hält nun zwischen niedrigen Häusern aus Brettern und Wellblech. Die Familien bekommen ihre Häuser zugewiesen. Das Haus, in dem Catarina mit ihrer Familie nun wohnt, ist nicht besser, sondern viel schlechter als das auf dem Landgut.

Am nächsten Morgen geht der Vater früh weg. Er will rechtzeitig in der Stadt sein, um in einer der vielen Fabriken von Mexiko-City eine Arbeit zu finden. Catarina erkundet die neue Umgebung: Holzhütte reiht sich an Holzhütte. Schmale Wege führen durch die Siedlung. Jeder Abfall wird einfach auf den Weg geworfen. In diesem Schmutz spielen die Kinder. Und hier sind viele Kinder, mehr als auf dem Landgut. Sie sehen sich Catarina an: Die ist fremd hier. Einige werfen Steine. Andere stürzen sich auf sie, schlagen sie und zerreißen ihre Kleider. Schmutzig und zerlumpt kehrt sie heim. Auch ihr Vater ist schon da. Er hat keine Arbeit gefunden. Es kommen eben so viele Landarbeiter in die Stadt, daß nicht genügend Arbeit für sie da ist. Überall werden in diesen Tagen die Landarbeiter abgewiesen. Die Stadt kann nicht genügend Arbeit besorgen. Es geht den Weißen nicht viel besser als den Indios.

Catarina sieht in den kommenden Wochen keine Milch, kein Fleisch, keinen Fisch und kein Obst. Tag für Tag gibt es für die große Familie nur Brot aus Maismehl. So ist Catarina oft hungrig. Anderen Kindern geht es ebenso. Oft wühlen sie auf den Müllhalden und suchen nach Brot- und Fleischresten. Die Männer fangen an zu trinken. Der Schnaps soll sie für einige Stunden ihre Notlage vergessen lassen.

Jeden Morgen muß Catarina Wasser holen. Für die ganze Straße, in der sie wohnt, gibt es nur einen Wasserhahn. Catarina geht oft schon sehr früh dorthin. Dennoch muß sie lange warten, bis sie ihren alten Blecheimer füllen kann. Viele andere warten da schon. Ein Teil des Wassers, das Catarina holt, benötigt die Mutter zum Kochen; der Rest dient der ganzen Familie als Waschwasser.

In einer der Straßen von Copilco hat Catarina einen Kindergarten entdeckt. Sie bringt ihren kleinen Bruder dorthin. Da ist es so sauber, wie es Catarina noch nie gesehen hat. Auch die Kindergärtnerin ist schön angezogen. Sie sieht nicht aus wie die Menschen, die hier wohnen. Ein Junge, den Catarina kennt, sagt ihr: „Die Kindergärtnerin kommt aus der Stadt. Sie kommt morgens und fährt abends wieder zurück." Catarina hört zu, wie sie den Kindern eine Geschichte erzählt. Sie handelt von einem Jungen, der nicht krank wird, weil er nicht mit schmutzigen Händen herumläuft und nicht dauernd Abfälle anfaßt. Catarina findet die Geschichte langweilig.

Eines Tages ist große Aufregung in Copilco. Einige Leute bereiten einen Pilgerzug vor. Sie wollen zur „Kirche von Guadelupe". Diese Kirche in dem Stadtteil Guadelupe von Mexiko-City ist das Nationalheiligtum der Mexikaner. Dort hatte vor 150 Jahren ein Priester zum Aufstand gegen die spanische Herrschaft aufgerufen. Er tat das im Namen der Jungfrau Maria, deren Standbild in der Kirche steht. Daher wird die „Jungfrau von Guadelupe" von den Mexikanern verehrt. Sie erbitten ihre Hilfe bei Krankheiten von Mensch und Tier und in allen Notlagen, die man sich nur denken kann.

Die Leute in Copilco rufen: „Wir wollen alle zur Jungfrau von Guadelupe ziehen. Wir wollen ihr unsere Not sagen. Sie wird uns helfen. Schon vielen Menschen hat sie geholfen. Sie

wird auch uns nicht im Stich lassen. Wir müssen sie nur bitten.''
Unzählige Menschen versammeln sich in den Straßen von Copilco. Catarina ist überrascht. Sie kann sich gar nicht denken, wo die Leute alle wohnen. Die Pilger haben ihre besten Kleider an. Sie singen Marienlieder. Viele tragen brennende Kerzen. Andere haben ihr letztes Geld als Opfergabe mitgenommen. Wieder andere haben Blumensträuße, die sie vor der Kirche niederlegen wollen. So zieht ein langer Zug durch die Straßen der Stadt. Kurz vor der Kirche knien die Pilger nieder. Sie rutschen auf den Knien bis hin zur Kirche und rufen: ,,Heilige Jungfrau von Guadelupe, hilf uns!'' Die Blumensträuße werden vor dem Standbild der Jungfrau niedergelegt. Viele Kerzen werden vor ihr angezündet. Catarina hat das große Kreuz mitgebracht, das zu Hause in der Hütte hing. Sie läßt es von dem Priester der Kirche weihen. Jetzt soll sie gegen alle Not geschützt sein. Die Jungfrau von Guadelupe wird ihr helfen.

Abends kehrt Catarina wieder heim. Sie hängt das Kreuz voller Ehrfurcht an die Wand. Jetzt weiß sie: Den Menschen in Copilco wird es bald bessergehen. Bald braucht sie nicht mehr auf den Abfallhalden der Fabriken nach Fleisch- und Brotresten zu suchen.
Es vergehen Monate um Monate. Das Leben in Copilco ändert sich nicht: Kinder hungern und verhungern. Und die Erwachsenen sind froh, wenn sie ihren Kindern Maisfladen geben können. Eines Tages kommt ein junger Priester nach Copilco. Er geht von Hütte zu Hütte und besucht die Menschen, die da leben. Als er zu Catarina kommt, erzählt ihm die Mutter von der Wallfahrt zur Jungfrau von Guadelupe. Catarina zeigt ihm das geweihte Kreuz und sagt: ,,Die Heilige Jungfrau wird uns helfen.'' Da sagt der Priester: ,,Was haben euch die Wallfahrten genützt? Hat euch der Glaube, daß euch die Jungfrau Maria helfen wird, aus eurem Elend gerettet? – Deshalb bin ich hierher gekommen. Als euer Priester werde ich bei euch bleiben. Wir müssen uns zusammen überlegen, was wir tun können. Dann müssen wir gemeinsam handeln. So wie ich hier bin, sind andere Priester an anderen Orten. Wir wollen euch raten und helfen, damit ihr leben könnt.''

Miguel

Ich bin Miguel und lebe hoch im Gebirge der Anden.
Mein Vater ist Arbeiter im Kupferbergwerk. Das Kupfer wird dort im Tagebau abgebaut, mit der Eisenbahn an die Küste transportiert, auf Schiffe verladen und in die Industrieländer Nordamerikas und Europas gebracht.
Mein Vater ist arbeitslos gewesen.
Im Bergwerk hat die Arbeit geruht. Die langen Förderbänder haben stillgestanden, und ich habe sie jetzt aus der Nähe betrachten können. Solange sie liefen und das Erzgestein beförderten, war es uns Kindern verboten, dort zu spielen. Nun war dort niemand mehr, der es uns verbieten würde. Und darüber haben wir uns gefreut.
Alle Männer haben sich im Verwaltungsgebäude der Bergbaugesellschaft versammelt. Sie haben dort beraten, was aus ihnen und dem Bergwerk wird. Auch von der Regierung sind Leute gekommen. Aber die Regierung hat ihnen nicht helfen können. Es war eine neue Regierung. Ich habe hinter den Männern aus dem Dorf gestanden und zugehört. Der Mann von der Regierung hat erzählt, wie es gekommen ist, daß die Arbeiter arbeitslos geworden sind:
Das Bergwerk hat bis vor kurzer Zeit Ausländern aus den Vereinigten Staaten von Amerika gehört. Sie waren die einzigen, die dort etwas zu sagen hatten. Die Arbeiter, auch mein Vater, mußten parieren. Diesen Amerikanern hat auch das Geld gehört, das der Verkauf des Kupfers einbrachte. Sie haben es mit in ihre Heimat genommen. Die Leute in Chile gingen leer aus.
Die neue Regierung wollte, daß dieses Geld im Land bleibt. Für die Arbeiter sollten neue Häuser gebaut werden und eine neue Schule, die auch ich besuchen könnte. Denn obgleich ich schon zehn Jahre alt bin, kann ich weder lesen noch schreiben. Auch Krankenhäuser und vielleicht auch einige eigene Sportplätze sind nötig.
Daher hat die neue Regierung den Ausländern die Bergwerke abgenommen. Doch die früheren Besitzer wollten sich das nicht gefallen lassen. Sie veranlaßten ihre Regierungen, daß sie kein Kupfer mehr in unserem Land kauften. Weil ihnen auch die Schiffe gehörten, mit denen das Kupfer abtransportiert wurde, konnten sie auch verhindern, daß das Erz in andere Länder verkauft wurde. Weil nun kein

Kupfer mehr verkauft werden konnte, mußten die Maschinen im Bergwerk stillstehen.
Und deshalb ist Vater arbeitslos geworden.
Für mich ist das Spielen im Bergwerk bald keine Freude mehr gewesen. Ich habe immer Hunger, denn weil mein Vater kein Geld verdient hat, kann die Mutter fast nichts mehr zu essen kaufen. Ich möchte lieber nicht mehr im Bergwerk spielen, wenn ich nur etwas zu essen hätte.

Heute bin ich wieder mit den anderen Kindern zum Verwaltungshaus gegangen, wo die Männer wieder einmal beraten haben, was sie machen können.
Ich habe die Beratungen der Männer gehört. Ich habe nicht alles verstanden, was sie gesagt haben, doch einiges habe ich behalten. Mein Vater hat da gesagt, daß sie nicht aufgeben wollen, daß sie ihr Bergwerk behalten wollen. Doch müssen sie sich gegenseitig helfen, um die größte Not in den Familien zu lindern.
Zunächst sollen einmal die Kinder und Alten versorgt werden. Auch um die Kranken will man sich kümmern. Dann sollen die wichtigsten Nahrungsmittel wie Mais und Bohnen auf den wenigen, brachliegenden Feldern angepflanzt werden, um eine Hungersnot im nächsten Jahr zu vermeiden.
Die Männer sind sich einig: Sie wollen ihr Bergwerk nicht mehr hergeben. Sie wollen nicht wieder wie Sklaven für ausländische Industrieherren arbeiten.
Die Regierung soll Schiffe bauen. Dann können sie in einigen Jahren ihr Kupfer selbst in andere Länder transportieren. Solange wollen sie schon durchhalten. „Wir geben nicht auf. Unser Bergwerk geben wir nicht her!"
Als wir das gehört haben, sind wir in das Bergwerk zurückgerannt. Wie wir es bei den Männern gehört haben, haben auch wir gerufen: „Wir geben nicht auf. Unser Bergwerk geben wir nicht mehr her!"

Ferien ohne Technik?

Sieh dir folgende Sätze an. Welche hältst du für richtig? Schreibe sie auf ein Blatt:

- Technik ist etwas für Jungen;
- Technik ist etwas für Mädchen;
- Technik ist etwas für Jungen und Mädchen;
- Technik ist etwas Gutes;
- Technik ist etwas Schlechtes;
- Technik kann gut sein;
- Technik kann schlecht sein;
- Technik hat es mit Menschen zu tun.

Es gibt
- eine Technik des Malens;
- eine Technik des Laufens;
- eine Technik des Fußballspielens.

Du kannst deine Meinung mit anderen besprechen. Vielleicht kannst du auch ein solches Gespräch im Unterricht anregen. Frag doch einmal deinen Lehrer oder deine Lehrerin.
Es ist nämlich wichtig und nützlich, wenn man sich überlegt, was man von diesen Sätzen hält. Sonst kann es leicht passieren, daß man nur zuhört, was die anderen sagen, und sich zu leicht jemand anschließt. Dann urteilt man, bevor man denkt: Man hat ein Vorurteil.

Was die Technik leistet

Auf drei großen Gebieten unterstützt die Technik den Menschen:
- in der Herstellung von Waren;
- in der Nachrichtenübermittlung;
- im Verkehr.

1. Die Technik unterstützt den Menschen in der Herstellung von Waren

Die Stoffe für unsere Kleider werden in großen Fabriken hergestellt. Große Maschinen weben aus den einzelnen Fäden den Stoff.
Das war nicht immer so. Vor 200 Jahren wurden die Stoffe noch in Handarbeit auf einem Webstuhl gewebt. Es gab damals auch noch keine Fabriken. Die Webmeister hatten in ihrem Haus den Webstuhl aufgestellt.
Die Arbeit des Webers konnte ein Mann nicht allein leisten. Er brauchte dazu Leute, die ihm halfen. Das waren damals meistens die Frau oder die Kinder der Weber. Oft saßen sechsjährige Kinder täglich 14 Stunden lang auf dem Webstuhl und hoben die Fäden an, damit der Vater das gewünschte Muster weben konnte. Die Kinder litten unter der eintönigen und langweiligen Arbeit.
Die Arbeit war aber auch für den Weber anstrengend. Da es noch keine Motoren gab, mußte er mit dem Fuß ein Trittbrett bewegen, um den Webstuhl anzutreiben.
So gab es vor 200 Jahren viele Weber in Deutschland, England und Frankreich. In ihren Hausbetrieben stellten sie die Kleiderstoffe her. Doch heute werden die Stoffe in großen Fabriken gewebt. Dazu mußte zuerst der automatische Webstuhl erfunden werden.

Und das kam so:
In der Stadt Lyon in Frankreich gab es viele Hauswebereien. Eine davon gehörte dem Webermeister Jacquard. Monsieur Jacquard bediente seinen Webstuhl, und sein Sohn Joseph Marie half ihm dabei: Seit seinem sechsten Lebensjahr saß Joseph täglich 14 Stunden auf dem Webstuhl. Er haßte diese Arbeit. Er konnte nie das Haus verlassen oder spielen. Immer mußte er dem Vater helfen.
Bereits mit fünfzehn Jahren hatte Joseph die Weberei satt und verließ das Elternhaus. Er wollte sich einen anderen Beruf suchen: Er wurde Buchbinder. Doch auch bei der anderen Arbeit mußte er an die vielen Kinder in der Stadt denken, die in den Handwebereien ihrer Eltern beschäftigt waren. Joseph fragte sich: Kann man nicht eine Maschine bauen, auf der man weben kann, ohne daß Kinder dabei helfen müssen?

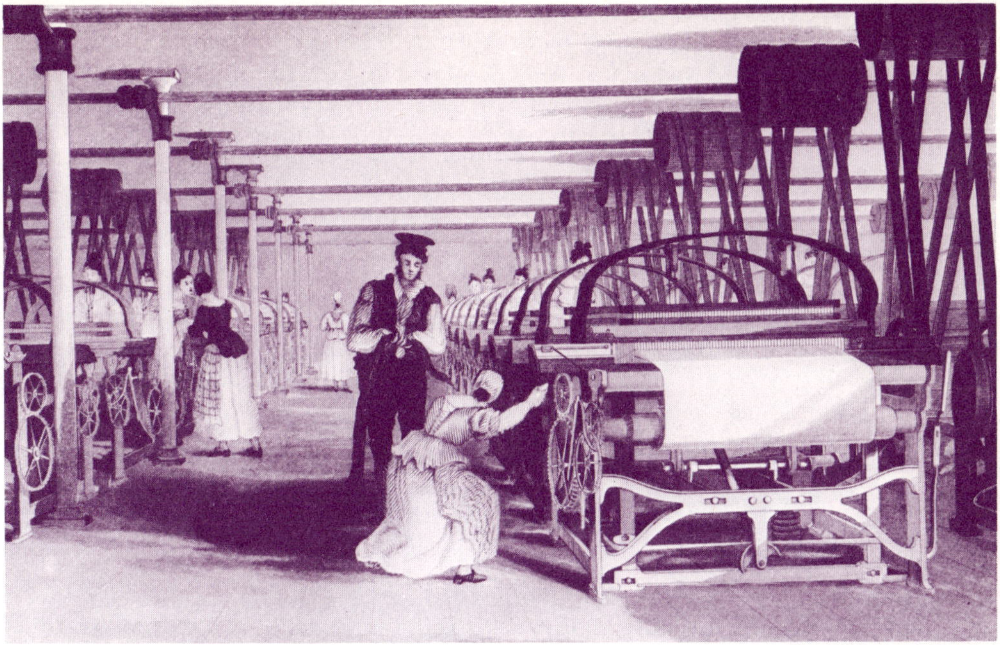

Jahrelang machte er Versuche an einem Webstuhl. Alles Geld, das er hatte, verbrauchte er dabei und lebte in größter Armut. Joseph Jacquard hatte Erfolg: Er baute einen automatischen Webstuhl, der Jacquard-Maschine genannt wurde.
Bald wurde der von Jacquard gebaute Webstuhl mit einer Dampfmaschine angetrieben. Es wurde so möglich, daß ein Weber gleich zwei Webstühle bedienen konnte. Dabei stellte er in derselben Zeit siebenmal soviel Stoff her wie vorher in Handarbeit mit Hilfe der Kinder.

Die Bürger der Stadt Lyon jubelten Jacquard zu. Durch seine Erfindung brauchten jetzt nicht mehr die Kinder am Webstuhl zu helfen. Sie sagten: „Jetzt können wir in kurzer Zeit viele Stoffe herstellen!" In der Stadt wurden Fabriken gebaut, in denen automatische Webstühle aufgestellt wurden. Aber nicht nur in Frankreich, auch in England und Deutschland wurden große Webereien erbaut. Die häuslichen Webereien mußten stillgelegt werden. Die Webermeister, die noch vor einigen Jahren selbständig waren, gingen als Lohnarbeiter in die Fabriken. Die neuen Maschinen wurden jedoch weiter verbessert und brauchten weniger Bedienung. So wurden viele Weber in den folgenden Jahren arbeitslos.
Die arbeitslosen Weber von Lyon machten Jacquard für ihre Not verantwortlich. Sie stürmten die Fabriken, trugen die Maschinen auf die Straßen und verbrannten sie. Den Erfinder der Webstühle schlugen sie fast tot.

Die automatischen Webstühle waren aber mit dem Aufstand in Lyon nicht aus der Welt zu schaffen. Jacquard-Maschinen verbreiteten sich über die ganze Welt. Ohne Jacquards Erfindung wäre die heutige Textilindustrie mit den großen Webereien nicht vorstellbar.

Joseph Marie Jacquard starb 1834. Er hatte durch seine Erfindung den handwerklichen Webstuhl verdrängt. Die Arbeit, die vorher der Webermeister mit Hilfe seiner Kinder getan hatte, wurde jetzt von Maschinen übernommen.

Du kennst Maschinen, die bei der Warenherstellung verwendet werden. Nenne einige davon. Versuche dir einmal vorzustellen, wie die Menschen arbeiteten, als es diese Maschinen noch nicht gab. Stichwörter: Kran, Lastwagen; Industrie: Großbäckerei, Molkerei.

2. Die Technik hilft bei der Nachrichtenübermittlung

Von Berlin bis Koblenz sind es 750 Kilometer. Wenn man vor 300 Jahren eine Botschaft von Berlin nach Koblenz schicken wollte, gab man sie einem reitenden Boten. Er brauchte für diese Strecke mehrere Tage. Diese Nachrichtenübermittlung klappte nicht immer: Der Reiter konnte von Räubern überfallen werden, die ihm alles abnahmen. In Kriegszeiten mußte er oft große Umwege reiten, um ans Ziel zu gelangen. Dann brauchte er oft viele Wochen, bis er die Botschaft dem Empfänger geben konnte.

Menschen dachten darüber nach, wie man Nachrichten schneller und sicherer übermitteln könnte. Sie erfanden den „optischen Telegraphen".
Eine Botschaft wurde so übermittelt: Der Mann in der ersten Station übersetzte die Buchstaben in Stellungen der Flügel. Sein Kollege in der nächsten Station beobachtete das mit dem Fernglas. Er stellte die Flügel seines Telegraphen genauso ein. In der nächsten Station wurde das wieder beobachtet. So wurde von Station zu Station die Nachricht weitergegeben. In der Endstation wurden die Zeichen wieder in Buchstaben übertragen.

Preußische optische Telegraphen-Station.

Auf der Strecke von Berlin nach Koblenz wurden 1832 viele solcher Stationen gebaut. Man konnte ohne Reiter Nachrichten weitergeben. Das ging sogar ziemlich rasch. In einer Minute konnte man ein Zeichen über eine Entfernung von 250 Kilometern weitergeben. Doch waren für eine lange Botschaft viele Zeichen nötig.

Als dann die Elektrizität entdeckt war, haben sich die Menschen überlegt, was man damit anfangen kann. Sie fanden heraus, daß man Strom so verändern muß, daß man damit Botschaften weitergeben kann. Das ist möglich, wenn man nur für jeden Buchstaben des Alphabets lange und kurze Stromstöße einsetzt. Der Amerikaner Samuel Morse hat im Jahre 1838 das ganze Alphabet in Punkte und Striche übertragen. Ein Punkt bedeutet dabei einen kurzen Stromstoß, ein Strich einen langen. Das neue Alphabet wird nach seinem Erfinder der Morsekode genannt.

Das bekannteste Zeichen des Morsekode wurde das SOS-Zeichen:

· · · — — — · · ·

Schon viele Menschen, die in Seenot geraten waren und das SOS-Zeichen funkten, wurden gerettet. Noch heute wird von Schiffen, die in Not sind, dieses Zeichen verwendet.

Ein noch größerer Fortschritt in der Nachrichtenübermittlung begann einige Jahre später. Es wurde ein Apparat erfunden, mit dem man Sprache in Stromstöße umwandeln konnte: das Telefon.

Das Telefon wurde rasch überall bekannt. Es wurden unzählig viele Leitungen auf der ganzen Erde verlegt. Heute ist es möglich, ein Telefongespräch nach Amerika oder Japan zu führen.

Die Nachrichtenübermittlung wurde in unserem Jahrhundert durch Radio und Fernsehen weiterentwickelt. Wir können die Olympischen Spiele in einem fernen Land genauso verfolgen wie ein Fußballspiel in einem nahen Stadion. Wir sehen und hören wichtige Debatten im Bundestag und können uns über das politische Geschehen in der ganzen Welt informieren. Was der Bundeskanzler bei einem Besuch in Amerika oder Frankreich gesagt hat, erfahren wir in den nächsten Nachrichten oder der Tagesschau. Wir können heute an allen Ereignissen in der Welt teilnehmen. Durch die technischen Geräte, die wir haben, werden sie uns ins Haus gebracht.

Aufgabe: Wie die Menschen Nachrichten übermittelt haben. Hilfen: Trommelzeichen, Rauch und Feuerzeichen. Schreibe einen kurzen Bericht. Warum sollen Bergsteiger eine Taschenlampe und Trillerpfeife bei sich tragen?

3. Die Technik ermöglicht den Verkehr

Kolumbus brauchte für seine dritte Reise nach Südamerika 8 Wochen. Ein Schiff fährt dieselbe Strecke heute in 3 bis 4 Wochen. Mit dem Flugzeug ist man in 8 Stunden in Amerika. Mit dem Überschallflugzeug wird man in noch weniger Stunden den Ozean überqueren.

Unser Land ist von einem Netz von Straßen überzogen:

- Brücken überspannen Flüsse;
- Tunnels sind durch hohe Berge gegraben;
- Autobahnen verbinden die großen Städte und verschiedenen Länder miteinander.

Jede Fluggesellschaft hat ihre Flugkarten. Die Flugrichtungen der Flugzeuge werden wie Straßen auf einer Landkarte eingezeichnet.

Reisen gehört heute zum Leben. Die Leute heute können zwischen den verschiedenen Verkehrsmitteln wählen:

- manche Leute fliegen;
- andere fahren mit der Bahn;
- wieder andere buchen eine Schiffspassage;
- viele Leute fahren mit dem eigenen Auto;
- andere mit dem Omnibus;
- schließlich gibt es Leute, die Radtouren unternehmen.

Vor etwa 150 Jahren war das Reisen noch beschwerlich. Es reisten auch nur wenige Leute. Einen eigenen Reisewagen hatten nur die Reichen. Die Fahrt mit der Postkutsche war beschwerlich und auch teuer. Ein Reisender der damaligen Zeit berichtet, daß er bei seiner Fahrt auf jeder Station lange warten mußte. Oft kam er bei seiner Fahrt in 24 Stunden nur 60 Kilometer weiter.

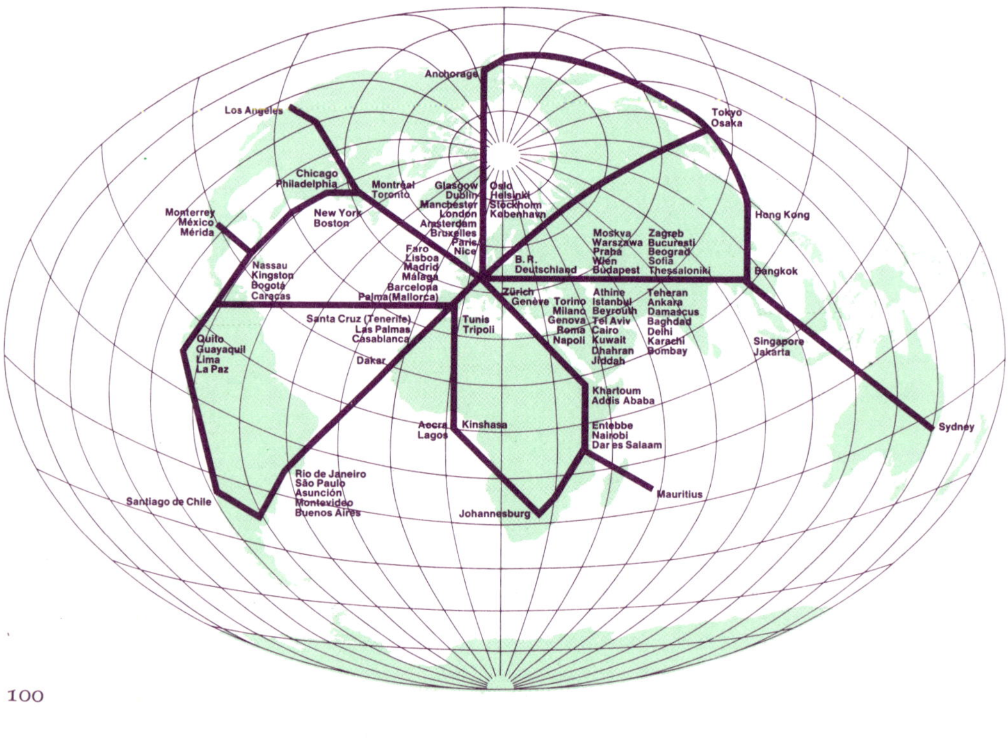

Technik macht stärker

Axel, Christoph, Torsten, Sabine und Andi sind im 5. Schuljahr. Sie sitzen im Klassensaal an einem Tisch.

Lehrerin Meier unterrichtet in der Klasse. Sie will wissen, was jeder in der Klasse einmal werden will. Daher gibt sie jedem Schüler und jeder Schülerin ein Blatt, auf dem steht:

– Was willst du einmal werden?
– Begründe deine Entscheidung für den angegebenen Beruf in einem Satz.

Fräulein Meier sieht sich zu Hause die Blätter an. Die fünf Kinder an dem einen Tisch in der Klasse wollen einmal werden:
– Axel will Fahrer einer Schnellzuglok werden;
– Christoph will Feuerwehrkommandant werden;
– Torsten will Kranführer werden;
– Sabine will Ärztin werden;
– Andi will Pilot werden.
(Andere Kinder in der Klasse wollen Rennfahrer, Kapitän oder Lastwagenfahrer werden.)

Die Berufe, die von den fünf Kindern gewählt wurden, haben alle etwas mit Technik zu tun.

Die Kinder haben ihre Entscheidung so begründet:
– Der Fahrer einer Schnellzuglok rast mit großer Geschwindigkeit dahin;
– der Feuerwehrkommandant kann auch bei „Rot" über alle Kreuzungen brausen;
– der Pilot kann in alle Länder fliegen.

Du kannst hier ergänzen, wie die anderen Schüler ihre Entscheidung begründet haben. Schreibe es auf ein Blatt und diskutiere es mit deinen Mitschülern.

Axel, Christoph, Torsten, Sabine und Andi geht es so wie allen Zehnjährigen: Immer müssen sie den Erwachsenen gehorchen. Die Erwachsenen dürfen auch mit ihnen schimpfen, wenn sie etwas falsch machen. Daher wählen sie diese Berufe: Die Technik soll sie stärker machen.

Angst vor der Technik

Viele Leute haben Angst vor der Technik. Sie sagen: Die Technik läßt uns kaum noch leben, denn

– unsere Luft wird verpestet;
– unsere Flüsse werden vergiftet;
– unsere Straßen sind von Autos verstopft.

Dazu einige Beispiele auf den beiden folgenden Seiten:

Luft

Täglich blasen Kraftfahrzeuge, Heizungen und Industrie Rauch und Schmutz in die Luft. Ein vierstrahliges Düsenflugzeug, das vom Flugplatz abhebt, hat so viel Abgase wie 6850 Volkswagen. Saubere Luft gibt es heute kaum noch auf der Welt. Die Gase und Gifte werden in großen Höhen durch Luftströmungen rund um den Erdball verteilt.

Suche weitere Beispiele für Verschmutzung der Luft.

Flüsse

Die Flüsse werden von Jahr zu Jahr schmutziger. Die Abwässer von Haushalten und Industriebetrieben töten Fische und kleine Lebewesen. Das Wasser sieht trüb aus und stinkt. Der Rhein wird daher „die größte Jauchegrube" Europas genannt. Dabei erhalten viele Millionen Menschen ihr Trinkwasser aus dem Fluß.

Suche weitere Beispiele für Verschmutzung der Gewässer.

Müll

Der Müll ist kaum noch wegzuschaffen:
- jährlich müssen in der Bundesrepublik Deutschland 1 Million alte Autos beseitigt werden;
- wenn man den Müll der Jahre von 1970 bis 1980 an einer Stelle aufschüttet, wird das ein Berg so hoch wie ein Berg in den Alpen (Matterhorn, 4477 Meter hoch).

Du hast jetzt an einigen Beispielen gesehen, warum viele Menschen Angst vor der Technik haben. Du kannst dazu einige Beispiele aus Zeitungen und Illustrierten sammeln. Da wird eben viel über „Umweltverschmutzung" geschrieben. Wir können jedoch nicht mehr ohne Technik sein. Sie soll unser Leben erleichtern.

Hubschrauberstafette

Rettung kam durch die Luft

rb Darmstadt/Stuttgart. – Die erste von der Polizei über drei Bundesländer hinweg geflogene Hubschrauberstafette hat am Mittwoch einem zweieinhalbjährigen Kind in der Universitätsklinik in Tübingen das Leben gerettet. Durch die schnelle Untersuchung eines nach Wuppertal geflogenen Gewebeteils war eine sofortige gezielte Behandlung des Kindes in Tübingen möglich. Der stellvertretende Chef der Kinderklinik, Professor. Dr. Kossel: „Wir sind der Polizei außerordentlich dankbar. Sie war uns eine unbezahlbare Hilfe."

Mit einer schweren Vergiftung war das Kind in die Universitätsklinik in Tübingen eingeliefert worden. Die Mediziner wußten: Um was für eine Vergiftung es sich handelt und welche Behandlungsmethode Erfolg verspricht, das läßt sich am schnellsten in einem darauf spezialisierten Fachinstitut in Wuppertal feststellen.

Es folgte ein Anruf bei der Polizei in Stuttgart. Die Stuttgarter Beamten traten sofort mit ihren Kollegen in Hessen und Nordrhein-Westfalen in Verbindung. Innerhalb kürzester Zeit war die Hubschrauberstafette organisiert.

Um 11.15 Uhr holte eine Maschine der baden-württembergischen Polizei die Gewebeprobe des Kindes in Tübingen ab und brachte sie an die Landesgrenze bei Viernheim (Kreis Bergstraße).

Es war 12.05 Uhr, als der hessische Polizeihubschrauber dort das Gewebeteil übernahm und es bis unmittelbar an die Stadtgrenze von Bonn flog.

Um 13.15 Uhr startete dort ein nordrhein-westfälischer Hubschrauber und flog nach Wuppertal, wo ein Streifenwagen die Gewebeprobe übernahm und bis ins Fachinstitut fuhr.

Um 13.35 Uhr war die Stafette am Ziel. Die rund 350 Kilometer Luftlinie von Tübingen bis nach Wuppertal hatten die Polizeihubschrauber in zwei Stunden und zwanzig Minuten bewältigt.

Professor Dr. Kossel: „Wir hatten nach knapp vier Stunden den benötigten Bescheid. Durch die gezielte Behandlung konnten wir unserem kleinen Patienten sofort helfen. Das Kind ist, wie ich annehme, außer Lebensgefahr."

Über die Art der Vergiftung und darüber, ob es sich bei dem Patienten um einen Jungen oder ein Mädchen handelt, machte der Professor keine Angaben.

Hilfsaktionen wie die hier geschilderte werden von der Polizei im übrigen deshalb in Form einer Stafette durchgeführt, weil die einzelnen Bundesländer – beispielsweise auch Hessen – meist nur einen Hubschrauber einsatzbereit haben. Ein „Alleingang" würde die Maschine zu lange blockieren.

Wie die Technik uns hilft, Menschen zu retten

In einer Zeitung erschien der nebenstehende Bericht.

Schreibe heraus, welche technischen Geräte zur Rettung des Kindes nötig waren. Suche die Flugstrecke auf der Karte. Zeige andere Möglichkeiten, wie man mit Hilfe der Technik rasch helfen kann.

Eine Geschichte mit Vorurteilen über die Technik

„Wo gehen wir in den nächsten Sommerferien hin?" fragt der Vater beim Abendbrot.
„Irgendwohin, wo man was machen kann", meint Jürgen, „vielleicht ans Meer, wo man mit dem Motorboot fahren kann!"
„Immer ihr Männer mit eurer Technik", sagt Mutter. „Das ganze Jahr über habt ihr nichts im Kopf als Autos und noch mal Autos, und was macht ihr in den Ferien? Wieder mit irgendeinem Motor rumgondeln. Fällt euch sonst überhaupt nichts ein?"
„Pferde!" schreit Monika ganz verzückt. „Wir müssen reiten! Das macht Spaß. Und dann können wir abends im Stall die Pferde füttern."
„Gibt's doch gar nicht", meint Jürgen.
„Gibt's doch!" sagt Monika. „Aus meiner Klasse sind zwei in Ferien reiten gewesen, und die haben auch die Pferde gefüttert."
Vater seufzt: „Wer soll das bezahlen? Ich bin doch kein Bankbesitzer!"
Mutter schaltet sich ein: „Das ist vielleicht gar nicht so teuer. Man muß ja nicht gleich einen Reitstall mieten. Ich habe gelesen, da gibt es Bauernhöfe, wo man billig und natürlich leben kann. Man ist in frischer Luft. Die Kinder können dem Bauern ein bißchen helfen, und da haben sie dann auch Umgang mit Tieren. – Stellt euch vor, Kinder: da gibt's Kühe und Pferde, Schweine und Gänse. Da wird's euch doch nicht langweilig. Und wir haben himmlische Ruhe. Kein Motorenlärm, kein Gestank, kein Hetzen und Rennen. Das wäre mal eine Erholung!"
„Gar nicht so übel", brummt Jürgen. „Monika geht zu den Gänsen – da gehört sie sowieso hin ..."
„Bitte, Jürgen ..." Mutter ist etwas erstaunt, daß Jürgen aus ihrem Vorschlag gleich wieder einen Witz über Monika machen will. Sie sieht Vater an. „Was meinst denn du dazu? Sollen wir es nicht mal versuchen?"
Vater nickt mit dem Kopf. „Wir können's ja mal probieren. Technik haben wir hier genug, da hat Mutter recht. Machen wir doch mal Ferien ohne Umweltverschmutzung. – Aber beschwert euch nicht, wenn ihr dann nachts mit einer Kerze in der Hand aufs Plumpsklo müßt!" Monika wundert sich: „Was ist denn das – Plumpsklo?" Alle lachen. Vater sagt: „Also Monika, das mußt du dir unbedingt selbst ansehen. Wir probieren es, verstanden? Unser Wahlspruch heißt: Ferien ohne Technik!"
Abends vor dem Einschlafen denkt Monika über Vaters komischen Spruch „Ferien ohne Technik" nach. Wie schön wäre ein Leben in freier Natur, mit Pflanzen und Tieren. Warum geht das nicht immer? Monika nimmt sich vor, morgen einmal ganz ohne Technik auszukommen. Das muß doch gehen.
Gleich beim Frühstück erzählt sie fröhlich: „Heute mache ich einen technikfreien Tag!" Jürgen verschluckt sich an seinem Kakao. Vater legt interessiert die Zeitung weg. „Aha", sagt er.
Jürgen kichert: „Schon verloren." – „Wieso?" fragt Monika. – Jürgen deutet auf ihren warmen Kakao. „Was säufst du denn da? Überleg doch mal ..." Er spricht nicht weiter. Vater liebt keine allzu losen Reden. Er schaut

ihn mißbilligend an, und das mag Jürgen nicht. Lieber läßt er erst mal die anderen reden.
Bei Monika fällt der Groschen. „Ach so, weil der Kakao auf dem Gas warm gemacht ist."
„Nicht nur das. Auch der Kakao ist mit Technik hergestellt." Jetzt wehrt sich aber Monika: „Stimmt ja gar nicht. Kakao ist eine Pflanze. Die gibt es in Afrika. Ätsch!"
Mutter erklärt ihr: „Das stimmt, Monika. Aber man kann nicht einfach die Kakaofrüchte kochen. Die müssen erst noch in einer Fabrik zu dem Pulver gemacht werden, das wir dann verwenden können." – „Und der Transport", sagt Vater, der nun wieder zur Zeitung greift.
Monika ist etwas geknickt, daß ihr technikfreier Tag solche Schwierigkeiten macht. Sie schlägt vor: „Wenn wir jetzt gar nicht daran denken, woher wir unsere Sachen haben. Wenn wir nur mal so für heute ohne Technik auskommen wollten. Nur von jetzt an bis heute mittag, wenn wir aus der Schule kommen. Ginge das nicht?"
Jürgen fängt an, sich für das Spiel zu interessieren: „Also, von jetzt an ohne Technik. In der Schule auch keine Technik?"
„Keine Technik", bestätigt Monika.
„Bei euch im Brauereibetrieb wäre das ja eine Katastrophe", sagt Mutter zu Vater. Der brummt hinter seiner Zeitung: „Hm?" Monika sagt: „Du hättest auch keine Technik, Mutti. Erst wieder heute mittag."
Jürgen springt auf: „Wir sind zu spät dran!"
„Quatsch", sagt Monika, „die Straßenbahn fährt erst in zehn Minuten."

Diese Geschichte kann man leicht weitererzählen. Man braucht sich bloß zu überlegen, wo es auf dem Schulweg Technik gibt. Dann muß man herauskriegen, wo in der Schule technische Geräte verwendet werden. Zuletzt denkt man darüber nach, wozu die Mutter Technik braucht.
Hier einige Stichwörter: Straßenbahn, Bus, Fahrrad, Verkehrsampel, Klingel oder Blinkanlage in der Schule. Lehrer ohne Autos. Kein Strom in der Schule. – Waschmaschine, Bügeleisen, Elektroherd, Gasherd.
Jetzt kann man verschiedene Geschichten erzählen, die alle sehr lustig sein können.
Monika erzählt von ihrem technikfreien Tag.
Jürgens Geschichte: „Ein prima Schultag!"
Vater kommt spät nach Hause und erzählt: „Eine Katastrophe in der Brauerei!"
Mutter berichtet jammernd: „Ein Haushalt aus Großmutters Zeiten ist zeitraubend und anstrengend."
Alle diese Geschichten erzählen sich Monika, Jürgen und ihre Eltern. Am Ende merken sie, daß ihnen das Ausdenken von solchen Geschichten Spaß gemacht hat. Am nächsten Tag reden sie wieder darüber.

Noch mehr Vorurteile über Technik

„Na", fragt Vater seine Tochter Monika, „was hältst du nun von einem technikfreien Tag?"
„Das geht überhaupt nicht", antwortet Monika. „Fast alles, was man macht, hat ja etwas mit Technik zu tun. Man kann nicht technikfrei leben."
„Man kann schon", sagt Jürgen. „Zum Beispiel die Indianer, bevor die Weißen kamen. Die hatten keine Technik. Da waren sie glücklich." Monika fragt: „Wieso haben denn die Weißen mit ihrer Technik die Indianer unglücklich gemacht?" Jürgen kannte sich aus: „Sie hatten Gewehre. Wer mehr Technik hat, ist stärker. Die Indianer konnten ihr Gebiet nur verteidigen, wenn sie auch Technik hatten. Die bekamen sie aber nur von den Weißen. Also waren sie abhängig. Bald gehörte das ganze Land den Weißen."
Monika überlegt: „Wäre es nicht besser für die Indianer gewesen, wenn sie ganz weit weg in die Wälder geflüchtet wären? Und dort hätten sie friedlich und ohne Technik gelebt."
Jürgen versucht, ihr zu erklären, daß dies nicht möglich gewesen wäre.

Er läuft...
und läuft...
und läuft....
Mutti, Mutti !
Er hat überhaupt nicht gebohrt...!
Frohen Herzens genießen!
Das weißeste WEISS meines Lebens..
Hi Hi

Mutter sagt: „Das Schlimme an der Technik ist, daß die Leute meinen, sie müßten alles haben. Früher bist du mit dem Fahrrad gefahren, Vater. Dann kam das Motorrad. Als du dann den Unfall hattest, mußte das Auto her. Es muß immer alles besser werden!" Monika lacht: „Und du hast eine Waschmaschine und eine Bügelmaschine und eine Spülmaschine."
Mutter verteidigt sich: „Na und? – Ist doch alles für euch!" – „Ja", sagt Monika, „aber früher hast du genauso gut für uns gewaschen und gebügelt und gespült."
Vater überlegt: „Wie kommt es, daß wir immer bessere technische Geräte haben wollen?"
„Die alten gehen eben kaputt", sagt Monika.
„Und die Geschäfte und Fabriken wollen uns dazu bringen, daß wir das alles kaufen", sagt die Mutter.
Jürgen nickt mit dem Kopf: „Ja, das muß es sein! Die wollen alle, daß wir unser Geld dafür ausgeben. Ich merk' das, wenn ich Taschengeld gekriegt hab' und geh' durch die Stadt. Ich kann mich kaum zurückhalten. Wünsche gibt's genug. Neulich hätte mich beinahe so 'n Typ von Radiohändler dazu gebracht, daß ich für zehn Mark Anzahlung so 'n Kassettenrekorder gekauft hätt'."
„Für zehn Mark bloß?" wundert sich Monika.
„Anzahlung", erklärt Jürgen. „Ich hätte ihm dann zwei Jahre lang mein ganzes Taschengeld bringen müssen."
„Also wißt ihr", fängt da die Mutter wieder an, „daß ihr mir vorwerft, daß ich eine Spülmaschine gekriegt habe, finde ich nicht richtig."
„Ach, sei doch nicht gleich beleidigt", brummt Vater, „es geht hier ums Grundsätzliche."
„Aber eure Stinkautos – die sind grundsätzlich gut", mault Mutter. „Ich verpeste wenigstens nicht die Umwelt mit meiner Spülmaschine. So!"
Vater grinst. „Hast du 'ne Ahnung. Von deinen Geschirrspülmitteln sind manche Flüsse ganz mit Schaum bedeckt. Die Fische verrekken zu Tausenden. Und das Zeug ist kaum wegzukriegen. Händeschonend, zitronenfrisch und blitzsauber. Ganz schön mies, das."
„Man sollte das alles verbieten", sagt Jürgen.
„Alles, was die Umwelt verschmutzt." – „Am besten die ganze Technik", sagt Monika.
Vater holt seine Brieftasche heraus. „Ich habe ganz vergessen, euch zu sagen: Ich habe einen Bauernhof für die Ferien gefunden. Ganz kleines Dorf im Bayrischen Wald. Gar nicht teuer. Na, was meint ihr?"
„Sehr gut", sagt Mutter, immer noch etwas beleidigt. „Endlich Ferien ohne Bleivergiftung, ohne den Krach aus der Stadt. Und ohne daß eure Mutter die Fische vergiftet!"
„Jawohl", trumpft Vater auf, „technikfreie Ferien! Vielleicht ist das gar nicht so schlecht. Alltag mit Technik, Ferien ohne Technik. Na, mal sehen."

Die Ferien ohne Technik

Schon die Fahrt der Familie zum Ferienbauernhof war grauenhaft. Irgendwo auf der Autobahn hatte es ein paar Auffahrunfälle gegeben, und die nachfolgende Autoschlange mußte stundenlang in glühender Sonne im Schrittempo fahren. Der Vater schimpfte zwar manchmal vor sich hin; aber Mutter munterte ihn immer wieder auf.
„Ihr müßt euch vorstellen: Wenn wir jetzt noch unter dem Verkehr zu leiden haben, ist es nachher ohne Technik um so schöner."
Schließlich machte Vater sogar Witze, wenn sie auch bissig klangen. Jedesmal, wenn es eine neue Stockung gab, schrie er: „Kinder, der Urlaub wird immer wunderbarer. Da vorne

stehen sie schon wieder. Ist das nicht herrlich?" Die anderen Familienmitglieder wurden immer schweigsamer. Sie hatten mittags am Ziel sein wollen. Nun ging es langsam auf den Abend zu.

Endlich war die Autobahn vorbei. Man fuhr durch hügeliges Land mit Wiesen und Äckern. Die Ortsdurchfahrten waren abwechslungsreich. Die Kinder bekamen etwas zu sehen. Irgendwo kaufte Mutter einen Korb mit Pflaumen, und die Kinder machten sich darüber her.

Es wurde bereits dunkel, als sie ankamen. Es war ein großer Bauernhof. Die Leute hatten schon auf sie gewartet. Aber sie waren nicht die einzigen Sommergäste. Außer ihnen waren noch zwei andere Familien da. Man aß noch eine Kleinigkeit und ging dann müde ins Bett.

Gegen sieben Uhr früh wurden sie geweckt. Aber leider nicht durch lustiges Hähnekrähen, sondern durch einen Traktor, der nicht anspringen wollte. Immer wieder versuchte der Fahrer, die Maschine zu starten. Der Motor lief einige Sekunden, dann starb er wieder. Das wiederholte sich so oft, daß den neuen Sommergästen der letzte Nerv gezogen wurde. Mißmutig standen die Eltern auf, wuschen sich und gingen ins Frühstückszimmer. Da waren schon die Kinder. Sie hatten große Milchtassen vor sich, aber sie tranken nicht.

„Was ist, wollt ihr nichts essen?" fragte der Vater. Da kam es heraus. Beide hatten sich den Magen mit den vielen Pflaumen verdorben, die sie gegessen hatten. Beide waren die ganze Nacht zwischen Schlafzimmer und Toilette hin- und hergerannt. „Und ich weiß nicht mal, was ein Plumpsklo ist", klagte Monika. „Die haben ja genauso ein Klo wie wir!"

„Na ja", meinte die Mutter, „es wird schon werden. Wenn wir uns erst mal eingelebt haben, dann geht das schon." Aber es kam noch schöner. Gegen Mittag bemerkten sie es alle. Es ließ sich nicht verheimlichen: es stank bestialisch. Vater brach schließlich das Schweigen und sagte: ,,So schön stinkt unsere Brauerei nicht mal an Sonn- und Feiertagen! Das ist einsame Klasse. So riechen höchstens zweihundertfünfzigtausend Schweineställe zusammen.'' – ,,Oder ein mittelgroßer Chemiekonzern'', bemerkte Jürgen. Mutter wollte der Sache auf den Grund kommen. Sie fragte ein junges Mädchen, das über den Hof kam: ,,Na, wo habt ihr denn die Schweineställe?'' – ,,Mir hom koa Säu'', meldete frohgemut die Kleine.

,,Irgendwo muß doch dieser fürchterliche Gestank herkommen'', meinte Vater. Aber Mutter belehrte ihn: ,,Du hast doch selbst gehört, sie haben keine Schweine. Also mußt du sie schon ganz klar fragen, was denn so stinkt. Schließlich muß man dir als Familienoberhaupt doch sagen, was los ist. Wir bezahlen ja doch.''

Vater faßte Mut. Als er dem Bauern begegnete, fing er ein längeres Gespräch mit ihm an. Vorsichtig fragte er ihn schließlich, was denn so eigenartig rieche. Der Bauer, der sowieso wenig Zeit hatte, sagte zunächst: ,,Hier riecht nichts eigenartig. Hier riecht's nur ganz bekannt.'' Erst dann merkte er, was der Vater meinte. Und dann kam die einleuchtende Antwort: ,,Ja, wenn sich das Wetter ändert, dann stinkt halt unser Futtersilo a bissel. Dös kann länger dauern. Aber wenn's erst richtig regnet, dann geht's weg.''

Vater redete noch eine Menge andere Sachen mit dem Bauern. Er kam ganz geknickt zu seiner Familie zurück. Er hatte lauter schlechte Nachrichten. ,,Also der Silo stinkt'', begann er. ,,Aber das geht spätestens in ein paar Tagen wieder weg. Dann gibt's Regen. – Und mit dem Reiten ist's auch nichts. Sie haben keine Pferde. Im Kuhstall wollen sie möglichst wenig Störung, damit das Vieh nicht erschrickt. Melken tun sie sowieso mit der Maschine.''

Jürgen war der einzige, der zu lachen wagte. Erst nur ganz vorsichtig. Aber dann wurde ganz unverkennbar ein freches Grinsen draus.

,,Ferien ohne Technik'', sagte er laut und vernehmlich.

Wie sollen die Menschen bauen?

Webers neue Wohnung

Das sind die fünf Webers. Stefan ist 9 Jahre alt, Britta 5 Jahre und Meike 8 Wochen.

Der Vater ist schon seit einigen Jahren Kassierer bei einer Bank. Bisher hat die Familie in einem kleinen Dorf gewohnt, und Herr Weber ist jeden Tag in die benachbarte Kleinstadt zur Bank gefahren. Jetzt hat ihn seine Firma in eine große Stadt versetzt. Der Umzug steht unmittelbar bevor.

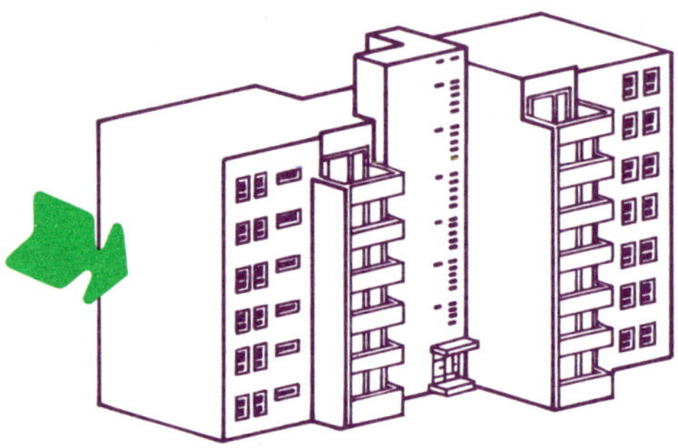

Nach einigem Suchen haben sie durch die Mithilfe der Bank, bei der Herr Weber arbeitet, eine Wohnung in diesem Hochhaus gekauft. Wo der Pfeil ist, ist die neue Wohnung.

Jede freie Minute sitzen Herr und Frau Weber mit den zwei größeren Kindern zusammen und beschäftigen sich mit den Plänen und Grundrissen der neuen Wohnung. Sie müssen nämlich jetzt eine wichtige Entscheidung treffen. Die Wohnung ist soweit fertig, daß als letztes nur noch die Trennwände eingezogen werden sollen, die die einzelnen Zimmer teilen. So, wie sie sich jetzt entschließen, werden sie dann wohnen. Deshalb diskutieren sie immer wieder die gleichen Fragen: Wie soll die Wohnung eingerichtet werden? Und: Wo sollen die Wände hin? Und: Wer bekommt welches Zimmer?

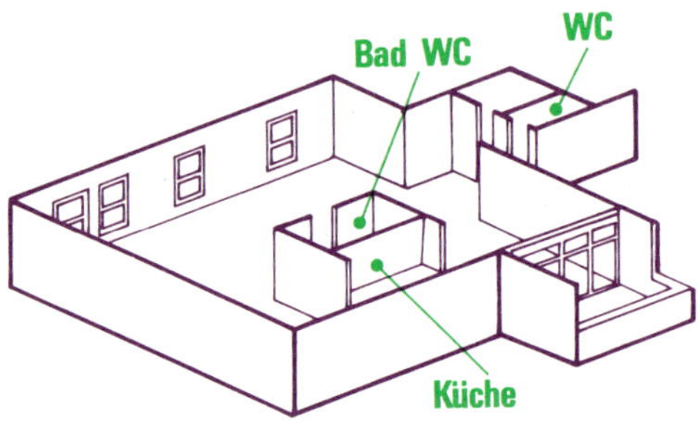

Vater sagt: „Ich brauche dringend ein Arbeitszimmer für mich. Wie oft muß ich mir etwas zu tun mit nach Hause nehmen, das geht gar nicht anders!" – „Ich brauche auch mein eigenes Zimmer", fordert Stefan. „Wo soll ich denn mit meinen neuen Freunden spielen? Vielleicht im Flur? Da bleib' ich doch lieber hier wohnen, hier können wir wenigstens im Keller spielen." – „Vaters Arbeitszimmer geht aber vor, Stefan!" schaltet sich die Mutter ein, „und außerdem, habt ihr eigentlich an mein Zimmer für die Nähmaschine und zum Bügeln gedacht? Natürlich nicht! Typische Männerwirtschaft!" Stefan sieht schon seine Felle davonschwimmen. „Brittas Puppenkram kommt mir aber nicht in mein Zimmer. Davon habe ich die Nase voll!" schimpft er. „Buuhh", kommentiert Britta die Freundlichkeiten ihres Bruders. Langsam scheint Vater die Geduld zu reißen, da taucht ein ganz neues Problem auf. Meike schreit. „Mensch, die müssen wir ja auch noch unterbringen", stellt Stefan fest. „Ach, die kommt in Brittas Zimmer." Das war zuviel. Britta heult los. „Die schreit doch jede Nacht. Jede Nacht. Da kann ich nicht schlafen." Mutter muß eingreifen: „Meike braucht ein Zimmer für sich alleine. Das geht gar nicht anders." – „Ein Glück, daß wir nicht fünf Geschwister sind", sagt Stefan, „sonst wäre absolut Essig mit unseren Plänen!"

Webers haben schon alles mögliche ausprobiert. Manchmal hätte es beinahe Krach gegeben. Immer wieder haben sie neue Zeichnungen gemacht und eingezeichnet, wo die Wände hin sollen und wer in welches Zimmer kommt. Besonders Britta und Stefan äußerten immer neue Wünsche und achteten eifersüchtig darauf, daß keiner es gemütlicher und schöner in seinem „neuen Reich" haben würde.

Wie würdest du die Wohnung aufteilen? Wo sollen Stefan, Britta und Meike schlafen? Wo sollen Stefan und Britta spielen? Und was wird, wenn Meike größer ist? Versuche aufzuzeichnen, wo die Wände hinkommen sollen. Hier ist ein solcher Grundriß, wie Webers ihn immer wieder aufgemalt und eingeteilt haben.

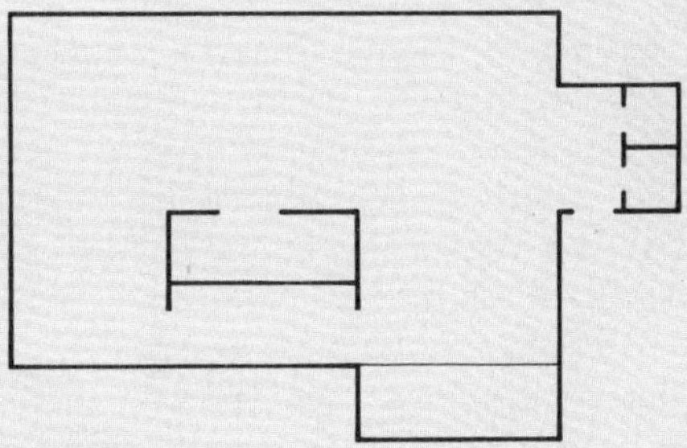

Überlege dir dabei auch, wo die Kinder spielen sollen, wenn sie Freunde zu Besuch haben oder wenn's regnet. Denk auch noch mal an die Wünsche der Mutter und des Vaters.
Hier sind jetzt drei verschiedene Vorschläge aufgezeichnet, die Webers überlegt haben. Welchen findest du am besten? Oder ist dein Grundriß besser?

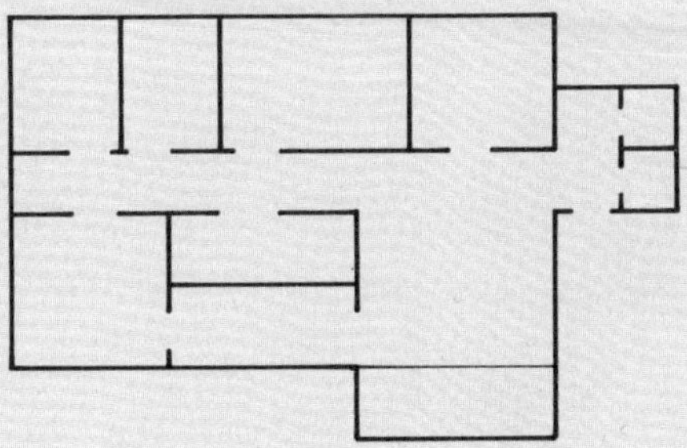

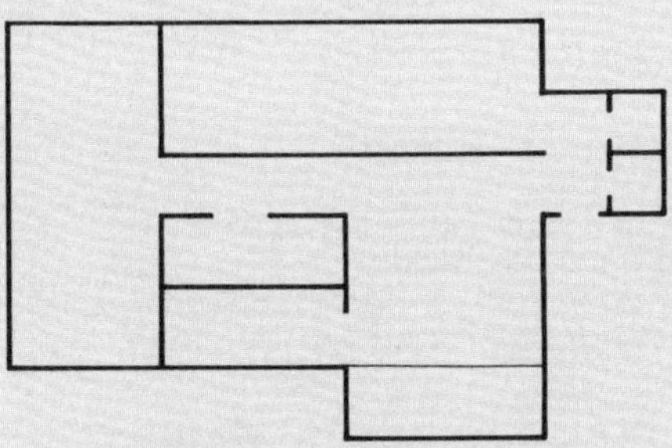

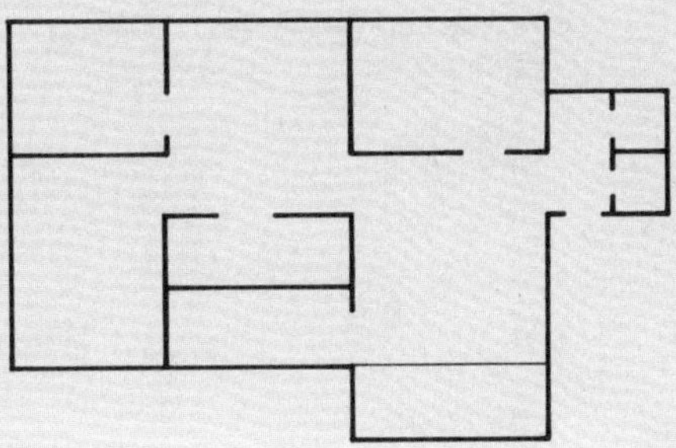

Du kannst auch deine Eltern zu Hause einmal fragen, wie sie die Wohnung einteilen würden. Achte aber genau darauf, daß sie auch ihre Gründe nennen. Die kannst du dann mit deinen Gründen vergleichen.

Spielplätze

Ein halbes Jahr wohnt Stefan jetzt mit seinen Eltern und Geschwistern im Hochhaus am Rande der Großstadt, in der sein Vater in einer Bank arbeitet. Stefans erste Begeisterung für die neue Wohnung ist wie weggeblasen. Heute ist er ganz schön sauer, daß Vater damals versetzt worden ist und sie vom Land wegziehen mußten. Oft schwärmt er Fred, seinem Freund, vor, wie toll er früher hat spielen können. Fred hat alle Abenteuer von Stefan schon zigmal gehört. Zigmal. Manche werden immer besser, je öfter Stefan sie erzählt. Fred kennt aus den Erzählungen die ganze Gegend, in der Stefan früher gespielt hat: die alte Hütte; den Weg, den er immer mit dem Fahrrad gefahren ist; die Nachbarin, die sicher froh ist, daß Stefan in die Stadt gezogen ist . . .
„Hier, auf dem Spielplatz, da macht alles keinen Spaß", jammert Stefan immer wieder. „Das ist stinklangweilig. Und wenn mal ein paar Kinder mehr da sind und man etwas anfangen könnte, dann toben die Erwachsenen über unseren Krach. Dabei spielen wir doch nur!" – „Es ist fürchterlich! Was soll man mit den zwei kleinen Sandkisten machen? Die sind kaum größer als die Kisten, die unsere frühere Nachbarin für ihre Katzen hatte", mosert Stefan. Auch die andern Kinder im Hochhaus haben keine Lust, auf diesem Spielplatz zu spielen.
Eines Samstags kommt Stefans Vater nach Hause und sagt: „Morgen fahren wir zu Schmidts am andern Ende der Stadt. Die haben uns eingeladen."
„Herr Schmidt ist ein Kollege von Vater, in der Bank", erzählt Stefan seinem Freund. „Ich habe gar keine Lust, mitzufahren. Aber alleine darf ich hier ja nicht zu Hause bleiben. Also, was hilft's!" Stefan gibt nach und fährt mit.
Schmidts haben einen Sohn, den Tim. Er ist

ein Jahr älter als Stefan und geht in die 4. Klasse. Damit die Eltern sich in Ruhe unterhalten können, soll Tim mit Stefan und Britta rüber zum Spielplatz gehen und ihnen zeigen, wo er immer spielt. „Am liebsten bliebe Tim auch noch nachts dort", erklärt Frau Schmidt den Webers, „ich kriege ihn kaum von dort weg."
Als sie am Spielplatz ankommen, kommt Stefan nicht aus dem Staunen. Er ist hell begeistert. So etwas hat er noch nicht gesehen! „Das ist ein dufter Spielplatz", sagt er und denkt sofort an die Zeit, bevor sie ins Hochhaus eingezogen waren.
Tim erzählt Stefan:

„Meine Eltern haben sich immer darüber geärgert, daß meine Freunde und ich so einen langweiligen Spielplatz hatten. Ein Sandkasten, zwei Schaukeln, ein Klettergerüst, zwei

Bänke und ein paar grüne Sträucher, das war alles. In den beiden Häusern bei uns wohnen über 30 Kinder. Trotzdem war der Spielplatz fast immer leer. Wir haben viel lieber auf der Baustelle in der Nachbarschaft gespielt. Das war Klasse! Aber die Erwachsenen hatten immer Angst und wollten uns gar nicht hinlassen.
Meine Eltern haben sich dann mit anderen zusammengesetzt. Einer hatte eine prima Idee. In der Nähe liegt eine völlig verwilderte Schlucht. Ein riesiges Gelände, wo wir nie hin durften. Dieses Gelände haben die Erwachsenen gepachtet. Sie haben einen Verein gegründet, und jeder bezahlt im Monat 20,– DM. Firmen und andere Leute haben Spielgeräte und Geld gestiftet, nachdem der Vater von Klaus in der Zeitung über den Spielplatz und den Verein geschrieben hatte. Dann wurde die Schlucht saubergemacht und unser Abenteuerplatz angelegt mit Forts und Indianerwigwams, Feuerstellen, Brettern und Gebüsch, wilden Ecken und Kletterbäumen, Trampelwiesen, Rodelbahn und großen Plätzen zum Ballspielen.

Auch in anderen Städten und Gemeinden haben Eltern schon durchgesetzt, daß es solche Spielplätze gibt. In den Ferien war ich bei Helmut, meinem Freund in Berlin. Seine Eltern haben mit Freunden auch einen Abenteuerspielplatz eingerichtet. ‚Märkische Heide' heißt das Gelände. Massenweise Büchsen, Kisten, Pappe, Bretter, Stangen und Nägel gibt es dort. Am Zaun hängt ein großes Plakat:

Hier können Kinder ab 5 Jahren von 12 bis 18 Uhr nicht nur buddeln, planschen, klettern, sondern auch malen, mauern, zimmern, soviel es ihnen Spaß macht.

Ein Spielplatzmann ist da, der gibt Hammer und Säge und neue Nägel aus, alles, was man braucht."

Auf der Heimfahrt erzählt Stefan begeistert seinem Vater von Tims tollem Spielplatz. In allen Einzelheiten berichtet er ihm, was Tims Vater zusammen mit anderen Eltern unternommen hat.

Hast du schon einmal irgendwo gespielt, wo es dir richtig Spaß gemacht hat?

Wie müßte ein Spielplatz aussehen, auf dem du gerne spielen würdest? Wenn du willst, kannst du das Gelände malen.

Mache eine Liste, auf der du aufschreibst, welche Gegenstände es dort geben muß.

Hier ist schon eine angefangen. Du kannst aber auch andere Gegenstände nehmen, wenn sie dir nicht passen.

Auf unserem Spielplatz müssen sein:
– eine rostige Badewanne;
– ein altes Haus;
– Backsteine;

Überleg dir mal, was du mit deinen Freunden zusammen unternehmen kannst, damit ihr einen solchen Spielplatz bekommt, wie ihr ihn euch wünscht.

Webers im Eigenheim

Weitere drei Jahre später

Stefans zwölfter Geburtstag. An diesen Tag wird er sicher noch manchmal denken. Aber nicht nur Stefan, die ganze Familie wird sich daran erinnern. Vater kam aus der Bank und hatte eine gute Nachricht. Er ist befördert worden und soll jetzt eine Zweigstelle der Bank in der Nachbarstadt leiten. Mutter war ganz glücklich. Sie wußte, was das für Vater bedeutete. Er hatte zwar selten darüber gesprochen, aber heimlich gehofft hatte er es wohl schon einige Zeit. Er hatte auch schon gleich einen Plan bereit: „Jetzt können wir es uns leisten, ein kleines Haus zu bauen, in dem wir unser eigener Herr sind!" Endlich keine Rücksicht mehr nehmen müssen und mal richtig Krach machen können, denkt Britta. Das wird toll.

Wie drei Jahre vorher, werden wieder Pläne geschmiedet. Vater hat eine ganze Menge Prospekte in seinem Schreibtisch. Ein Haus schöner als das andere. Dann werden verschiedene Architekten befragt und ein Grundstück gekauft.

Jedes Wochenende brüten Webers über Grundrissen und Plänen. Mutter will die Wohnung anders einrichten und ein paar neue Möbel kaufen. Stefan meldet seine Forderungen an: „Ich will einen Raum zum Tischtennisspielen." – „Und ich ein Spielzimmer für mich alleine, in dem ich meine Spielsachen auch mal rumliegen lassen kann", schließt sich Britta an. Diesmal mischt Meike selbst mit und schreit ganz aufgeregt: „Mein Zimmer ist aber ganz allein meins. Ich will meins mitnehmen!" Und wie wird der Keller ausgebaut? Bekommt Stefan dort eine Bude eingerichtet? Und Vaters Hobbyraum? Oder ein Bügelzimmer? Oder kommt dort das Gästezimmer hin, damit Tante Heidrun nicht mehr im Wohnzimmer zu schlafen braucht, wenn sie zu Besuch kommt?

Wochenlang werden alle Einzelheiten diskutiert. Wünsche und Forderungen werden angemeldet und gegen andere verteidigt. Jeder versucht, für sich möglichst viel herauszuschlagen. Dann ist der Plan für die Einrichtung fertig. Vater verkündet: „So bleibt's jetzt. Einmal muß Schluß sein." Alle finden den Plan ganz toll. Die Familie ist begeistert. Jeder hat etwas von dem bekommen, was er sich gewünscht hat. Der Krach, den es manchmal gab, ist vergessen. Alle haben sich geeinigt.

Wie sieht die Einigung der Familie Weber wohl aus? Wie werden sie das Haus geplant haben?

Du siehst hier zwei verschiedene Grundrisse für ein Haus. Unten ist immer das Kellergeschoß. Oben siehst du den Grundriß für das Erdgeschoß.

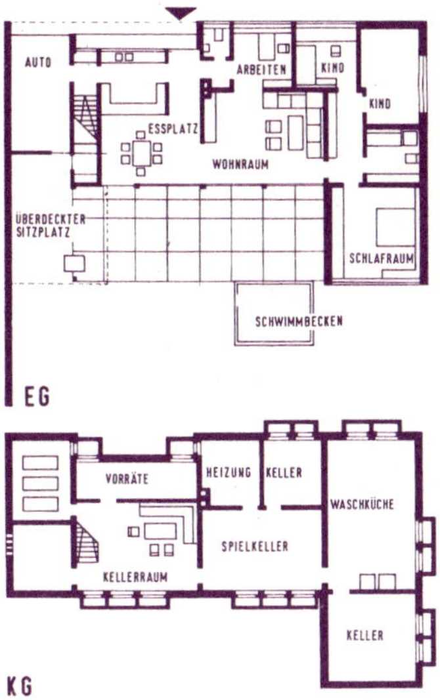

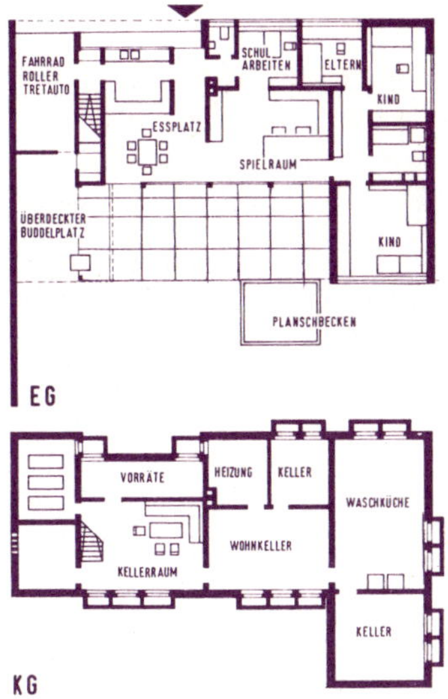

Der Architekt hat zu den beiden Häusern folgendes dazugeschrieben:

Haus für Eltern mit 3 Kindern

Die Eingangsdiele führt direkt in das Herz des Hauses, den repräsentativen Wohn- und Eßraum. Der Arbeitsraum des Hausherrn ist mit dem Wohnraum verbunden, jedoch auch ungestört von der Eingangsdiele aus erreichbar. Trockenen Fußes gelangt der Hausherr zu seinem Wagen. Der Zugang zum Schlaftrakt erfolgt nur über den Wohnraum. So wird eine stetige Kontrolle der Kinder ermöglicht. Ein Spielraum für die Kinder wurde nicht vergessen. Er liegt zwar neben Waschküche und Heizungsraum, wird jedoch durch einen schmalen Lichtschacht, der in die schattige Wohnterrasse mündet, noch ausreichend belichtet. Die Wohnterrasse mit überdecktem Sitzplatz und Swimming-pool leitet vom Wohnraum in den Ziergarten über.

Haus für 3 Kinder mit Eltern

Die Eingangsdiele führt direkt in das Herz des Hauses, den großzügigen Spielraum. Der Schularbeitsraum der Hausherren ist mit dem Spielraum verbunden, jedoch auch ungestört von der Eingangsdiele aus erreichbar. Trockenen Fußes gelangen die Hausherren zu Fahrrad, Roller oder Tretauto. Der Zugang zum Schlaftrakt erfolgt nur über den Spielraum. So wird eine stetige Kontrolle der Eltern ermöglicht. Ein Wohnraum für die Eltern wurde nicht vergessen. Er liegt zwar neben Waschküche und Heizungsraum, wird jedoch durch einen schmalen Lichtschacht, der in die schattige Spielterrasse mündet, noch ausreichend belichtet. Die Spielterrasse mit überdecktem Buddelplatz und Planschbecken leitet vom Spielraum in den Garten über.

Schreibe auf, welches der beiden Häuser für eine Familie wie Webers mit zwei Erwachsenen und drei Kindern das beste ist. Gib die Gründe an für deine Entscheidung. Du kannst aus den Beschreibungen des Architekten vieles herausholen.

Webers sind in ihr Einfamilienhaus eingezogen. Jeder hat sein Zimmer. Platz zum Tischtennisspielen, Buddelplatz, Fremdenzimmer, Näh- und Bügelzimmer, Hobbyraum – jeder hat, was er sich gewünscht hat. Die Verbote, die im Hochhaus zu beachten waren, sind schnell vergessen. Einmal saßen sie alle zusammen im Garten. Der Vater las Zeitung. Plötzlich sagte er: ,,Wir sitzen hier so schön, aber hört mal, was hier steht.'' Er liest vor: ,,So geht es nicht: Mancher von uns kann es sich leisten, aber unsere Gesellschaft kann es sich nicht leisten: das Eigenheim im Grünen.''

In diesem Haus sind Wohnungen.
Zu diesen Wohnungen gehören
Küchen, Schlafzimmer, Kinderzimmer.

In dieser Häuserreihe daneben ist es
genauso. Hier sind auch Wohnungen,
Küchen, Schlafzimmer, Kinderzimmer.

So sehen die beiden Häuser aus, wenn man von oben aus dem
Hubschrauber herausguckt.

Versuche, diese beiden Grundstücke aufzuteilen in Kinderspielplätze, Wäscheplatz, Garagen, Zufahrtswege, Wohnungen. Welche Bauweise eignet sich besser? Du kannst dir die beiden Felder auf ein Blatt abpausen.

Wie soll das in 200 Jahren aussehen?
Hier sind einige Möglichkeiten abgebildet. Welche dieser Möglichkeiten wird deines Erachtens am ehesten in 200 Jahren verwirklicht werden?
Überlege und schreibe dir für jedes Haus die Gründe dafür und die Gründe dagegen auf.

4

„Ohne neuartige Städte können wir nicht überleben", das kann man überall lesen. Wir brauchen Städte, die der Lebensweise des Menschen dienen, statt sie zu behindern oder gar Leben zu vernichten.

Wie müßten solche Städte aussehen?

Hier kann man sich etwas ausdenken: Angenommen, die Erdkugel wäre unbewohnt wie der Mond. Du bekämst den Auftrag, mit anderen aus deiner Klasse die Besiedlung der Erde zu planen. Wie würdet ihr euch eine vernünftige Stadt vorstellen?

Wie würden Kinder in der neuen Stadt wohnen und leben? (Schulwege / Spielen / Freund besuchen / Ferien / Streiche)

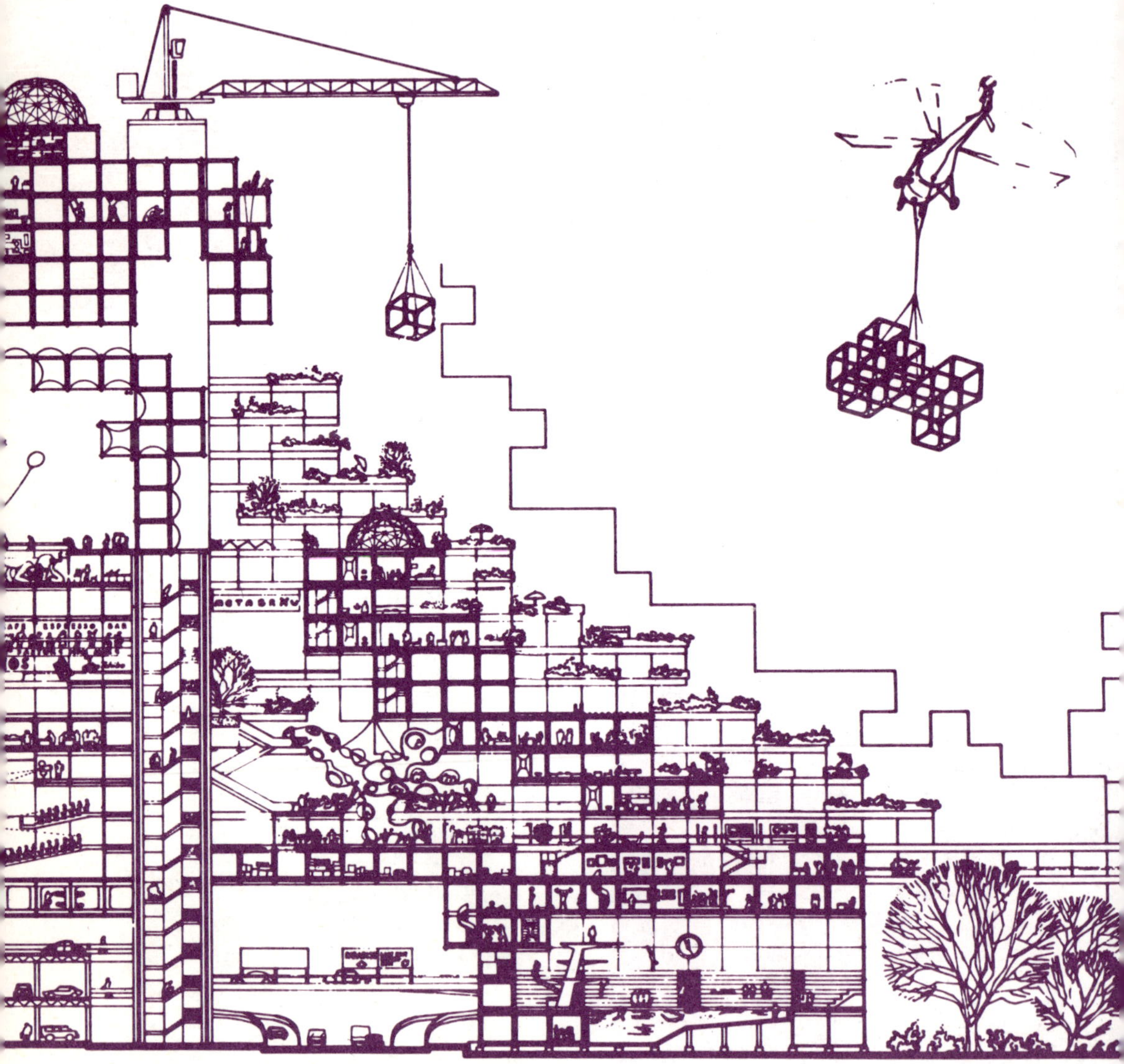

Aus einer Schülerdiskussion

In einer 5. Klasse diskutierten die Schüler über das Thema: „Wie sollen die Menschen bauen?" Hier sind einige Teile aus der Diskussion abgedruckt. Nachdem sich die Schüler darüber unterhalten hatten, wie man am besten bauen soll, wurde folgendes gesagt:

– Man müßte auch mehr Spielplätze bauen.
– Robinson-Spielplätze!
– Wald und Bäume und Wildnis müßten zu den Spielplätzen gehören!
– Die meisten Spielplätze sind nur für Kinder bis zu 8 Jahren. Das müßte aber bis zu 12 Jahren gehen.

Hier fragte der Lehrer, ober denn diese Fragen die Schüler überhaupt was angingen: „Sollen denn solche Sachen auch in euren Lehrbüchern stehen?"
Dazu sagten die Kinder:

– Die Kinder sind schließlich die Betroffenen!
– Es betrifft ja die Kinder!
– Die Stadt müßte eigentlich selber drauf kommen, etwas zu tun.
– Man muß sie darauf bringen, daß sie das macht.
– Wenn wir jetzt zu unserem Bürgermeister gehen und ihm sagen, daß wir keine Spielplätze haben, wo man auch richtig drauf spielen kann, dann sagt der natürlich nicht: „Ja, wir bauen auch so 'n Spielplatz da hin!"
– Die Schüler müssen darunter leiden.

Danach fragte der Lehrer die Kinder, ob sie meinen, daß man auch im Religionsunterricht über das Bauen sprechen soll. Die Schüler antworteten folgendes:

– Wir haben manchmal einen jungen Pfarrer, der bespricht solche Fragen mit uns.
– Aber wie!
– Ja, sicher, aber wie! Hauptsache ist, daß er's macht!
– Unser Lehrer, den wir sonst haben, würde sicher sagen, das geht ja nicht.
– Als wir noch im vierten Schuljahr waren, da haben wir auch in Religion über so was diskutiert.
– Man soll abwechseln. Nicht ein Jahr lang Religion machen bloß über Jesus und Moses und alles.
– Solche Themen passen auch in den Religionsunterricht, weil es die

Mitmenschen betrifft.
- Ich glaube nicht, daß es in den Religionsunterricht paßt.
- Bauen – das hängt eigentlich mit dem Menschen und der Heimat zusammen.
- Fast die Hälfte von dem, was der Staat einnimmt, davon kauft er Bomben und so was für die Bundeswehr.

Aus solchen Diskussionen kann man lernen, wie die anderen denken. Man kann auch üben, das zu sagen, was man selber denkt.

Vielleicht bittet ihr euren Lehrer oder eure Lehrerin, daß ihr über das Thema ,,Wie sollen die Menschen bauen?'' diskutiert. Der Lehrer braucht selber gar nichts zu sagen. Er achtet nur darauf, daß jeder, der sich gemeldet hat, richtig drankommt. Vielleicht kommt eure Klasse zu einem anderen Ergebnis als die, von der ihr oben gelesen habt.

Was wird gespielt?

Der Platz und die Kirche

Christoph und Henning wohnen im selben Haus, Christoph im Erdgeschoß, Henning im vierten Stock. Wenn sie Zeit haben, spielen sie zusammen; sie sind Freunde. Beide sammeln Briefmarken, beide spielen sehr gern Fußball. Bisher haben sie immer auf dem Platz vor dem Wohnblock gespielt. Dort war eine große Baustelle; aber es gab noch Platz zum Fußballspielen. Das geht jetzt nicht mehr. Der Neubau ist fertig; es ist eine Kirche. Der freie Platz wird jetzt zum Teil als Parkplatz verwendet. Der Rest ist mit Rasen eingesät und mit Büschen und Blumen bepflanzt.
Christoph ist im fünften Schuljahr, Henning im sechsten. Meist kommen sie um halb zwei von der Schule heim. Nach dem Essen müssen sie erst Hausaufgaben machen. Danach spielen sie etwas. Ein paarmal haben sie versucht, auf dem Kirchplatz, der vorher „ihr" Platz gewesen ist, Fußball zu spielen. Keine starken Schüsse, nur ein bißchen Zuspielen. Aber es ging nicht. Meist kam der Kirchendiener und verjagte sie. Oder ein Autobesitzer beklagte sich, sie würden bestimmt die Autos beschädigen. Jetzt haben sie begriffen, daß es mit dem Fußballspielen endgültig vorbei ist. Wenn man aus der Schule kommt, gegessen und Schulaufgaben gemacht hat, lohnt es sich nicht mehr, bis zum nächsten Sportplatz zu gehen; es ist zu weit.

Also gewöhnten sich Christoph und Henning langsam an andere Dinge. Sie gehen nicht mehr so viel nach draußen. Henning hat ein Tischfußballspiel, Christoph hat zum Geburtstag ein Drehfußballspiel bekommen. Sie laden andere Kinder ein und machen eine Tabelle wie in der Bundesliga. Aber immer kann man nicht Tischfußball spielen. Und Briefmarkentauschen geht auch nur von Zeit zu Zeit. Zum Glück gibt es ja noch das Fernsehen. Ab sechs Uhr abends kommt meist etwas Interessantes: ein Krimi oder ein Zeichentrickfilm. Wenn später am Abend ein spannendes Fußballspiel übertragen wird, dann dürfen die Jungen es ansehen.

Ein Streich

An einem Spätherbsttag, als es schon anfing, dunkel zu werden, spielten Christoph und Henning zusammen mit Joachim, einem anderen Nachbarjungen, Anschleichen. Sie hatten Taschenlampen dabei. Wenn Leute kamen, versteckten sie sich hinter Büschen, Autos oder Häuserecken. Dann warteten sie, bis die Leute vorbei waren, und leuchteten mit den Taschenlampen hinter ihnen her. Wenn sich die Leute umdrehten, schalteten sie ganz schnell ab und duckten sich, damit sie nicht gesehen wurden. Manchmal johlten sie, oder

sie machten „Hihihi" oder schrien ein Schimpfwort.
Als sie gerade in der Nähe der Kirchentür waren, kam ein älteres Ehepaar daher. Die Jungen versteckten sich zu dritt hinter einer Hecke. Die beiden Leute bogen auf den Plattenweg ein, der zur Kirche führte. Die Jungen erschraken; sie wußten nicht recht, ob die beiden etwas von ihnen wollten. Aber sie gingen vorbei, auf die Kirchtür zu. Der Mann versuchte, die Tür zu öffnen. Deutlich konnte man hören, wie er sagte: „Scheint eine evangelische Kirche zu sein. Die sind meist zu. Die katholischen sind immer offen." – Die Jungen hinter ihrem Busch warteten, bis die Leute wieder an ihnen vorbeigegangen waren. Henning schrie: „Kirchenglotzer!" Die Leute drehten sich nicht um und gingen weiter. Drei Taschenlampen waren auf die Leute gerichtet. Aber die schienen es nicht zu bemerken. „Glotzärsche!" brüllte Christoph, und die andern machten mit, weil sie das gut fanden. Aber die Leute drehten sich nicht um. Da holte einer von den Buben einen Erdklumpen aus dem Vorgarten der Kirche und warf ihn nach den Leuten. Der nächste machte es genauso. In diesem Moment drehte sich der Mann blitzschnell um und rannte auf die Jungen zu. Die konnten gar nicht so schnell verschwinden, wie es nötig war. Joachim, der jüngste, begriff es zuerst. Er war schon ein Stück voraus, als die anderen zu rennen anfingen. Der Mann immer hinter ihnen her. Joachim versteckte sich in einem Hauseingang, Christoph schaffte es auch noch, aber Henning rannte versehentlich am Eingang vorbei. Er mußte vor einem Drahtzaun anhalten. Da war der Mann bei ihm.
Er war sehr erregt und schrie ihn an: „Du hast mit Steinen nach uns geworfen! Einer hat mich hier an der Hüfte getroffen. Was denkst du wohl, wenn ich am Kopf getroffen worden wäre?" – „Ich habe nichts gemacht", wehrte sich Henning, „ich habe nichts gemacht!" „Das ist doch eine Unverschämtheit, ich habe dich doch selbst laufen sehen!"
In diesem Augenblick kam Christoph dazu. Er war nach Hause gelaufen und hatte seinen Vater geholt, weil er fürchtete, sein Freund Henning würde verprügelt. „Was ist los?" fragte der Vater. Der Mann erzählte ihm empört, daß er mit Steinen beworfen worden sei. Christoph schaltete sich ein: „Das waren ganz andere Jungen. Ich habe sie selbst weglaufen sehen."
Die Frau, die inzwischen auch gekommen war, sagte: „Sie lügen alle. Wir haben sie gesehen." Jetzt ärgerte sich der Vater von Christoph: „Was heißt ‚sie lügen'! Jetzt gehen wir alle dahin, wo es passiert ist. Dann wird alles geklärt." – „Was wollen Sie denn klären, wenn die alles weglügen?" sagte die Frau. „Sie sind wohl an einer Aufklärung nicht interessiert?" schimpfte der Vater zurück. Der Mann nahm seine Frau beim Arm und sagte: „Komm, das brauchen wir uns nicht gefallen zu lassen. Du siehst ja, erst werfen die Kinder mit Steinen, dann wird ihnen noch geholfen." Damit gingen sie.
Der Vater ging trotzdem mit den Buben an die Ecke von der Kirche, wo es passiert war. Nach einigen Fragen bekam er die Wahrheit heraus. Er war wütend auf die drei und sagte es auch den Eltern der Freunde von Christoph. Alle drei durften von da an abends überhaupt nicht mehr auf die Straße.
Sie spielten Tischfußball und sahen fern.

Ein unverschämtes Interview

An einem Samstagnachmittag wußten Henning und Christoph nichts mit sich anzufangen. Es war wunderschönes Wetter, aber sie hatten keine Idee, was man tun könnte. Die

Sache mit dem Steinewerfen war längst vergessen. Christoph hockte auf der Steinschwelle vor dem Hauseingang; Henning stand daneben. „Spielen wir Autoquartett?" fragte er. Christoph wollte nicht recht. Auch sonst fiel ihnen nichts ein. Leute gingen vorbei. Alle schienen etwas vorzuhaben. Manche kannten sie; aber die meisten gehörten nicht zu den Wohnblocks. Christoph blinzelte in die Sonne. Dann sagte er etwas, was er sonst selten sagte: „Richtig langweilig. Blöd." Henning nickte. Dabei schaute er den Leuten nach. Jetzt schien ihm etwas einzufallen. „Hast du gestern auch ferngesehen? Wie die Leute befragt wurden, ob sie ihre Kinder hauen?" – „Ja, der eine da, der Alte, der kriegte richtig 'ne Wut, wie der auf die Jugend schimpfte." – „Man denkt manchmal, sie wären neidisch, weil wir noch nicht so alt sind."

Auf einmal hatte Henning die Idee: „Weißt du was, wir könnten doch auch so was machen!" „Spinnst wohl!" – „Nicht so was mit Fernsehen, aber du hast doch einen Kassettenrekorder!" – „Klasse, Mensch, wir gehen einfach hin und fragen die Leute was!" – „Ja, aber nicht so was mit Kindern, was Richtiges!" Christoph stand auf. Im nächsten Augenblick waren sie im Haus verschwunden.
Ein wenig später erschienen sie wieder auf dem sonnigen Plattenweg. Christoph hielt den Rekorder. Henning hatte das Mikrophon in der Hand und fragte zuerst eine Frau: „Können Sie mir sagen, ob Sie aus der Kirche ausgetreten sind?" Die Frau verstand nichts. Henning hatte vor Verlegenheit genuschelt. Jetzt wiederholte er seine Frage: „Ob Sie mir sagen können, ob Sie aus der Kirche ausgetreten sind?" – „Ich? Nein! Warum?" Henning wurde mutiger: „Wir möchten gerne wissen, warum Sie noch nicht ausgetreten sind!" „Weil ich es so gelernt hab'. Und weil ich daran glaub'." Jetzt wurde es Henning beinahe zuviel. „Danke", sagte er schnell. Und die Frau sagte: „Bitte."
Die Jungen fanden, daß das ganz prima geht. Sie wunderten sich, daß sie eine Antwort bekommen hatten. Christoph fand eine Erklärung. „Vielleicht denken sie, wir machen das für den Kinderfunk." In einer halben Stunde hatten sie die Antworten von fünfzehn Leuten. Und die Antworten waren ganz interessant.

Ein alter Mann sagte: „Wenn mir oder meiner Frau etwas passiert, muß jemand dasein. Darum bleibe ich in der Kirche."
Eine Frau in mittlerem Alter sagte: „Ja, ich bin ausgetreten. Das gehört doch nicht mehr in die moderne Zeit."
Ein Kaufmann am Ladentisch: „Ich trete nicht aus, weil ich Kinder habe. Verstanden?"
Eine junge Frau sagte: „Das geht dich einen Dreck an!"
Ein junger Mann, wahrscheinlich ein Student, sagte: „Ich bin nicht in der Kirche, weil ich von Gott nichts halte."
Ein Gastarbeiter sagte in gebrochenem Deutsch: „Natürlich bin ich in Kirche. Man muß doch in Kirche sein."

Ulkig war es, als sie versehentlich den neuen Pfarrer erwischten, den sie noch nicht kannten. Der sagte, es gefiele ihm in der Kirche, und sie sollten doch auch mal kommen.

Zum Nachdenken und zum Diskutieren

In den drei letzten Geschichten kommt jedesmal die Kirche vor. Aber jedesmal ist die Kirche etwas anderes. Christoph und Henning haben das vielleicht gar nicht gemerkt. Aber wenn ihr darüber nachdenkt, dann wird es euch auffallen.
Die Kirche ist ein Haus.
Die Kirche ist der Raum, in dem Gottesdienst abgehalten wird.
Die Kirche ist ein Verein, in den man eingeschrieben werden kann und aus dem man austreten kann.
Ist das alles?
Wenn ihr mehr darüber wissen wollt, dann schaut euch einmal die folgenden Listen an. Ihr werdet merken, daß da eine ganze Menge fehlt. Die Listen sind nur angefangen.

Leute in der Kirche

Pfarrer – Gemeindehelferin – Diakon – Kindergärtnerin
Paten – Kirchenvorstand – Organist . . .

Was in der Kirche gemacht wird

predigen – taufen – erziehen – beten – pflegen . . .

Schreibt diesen Anfang ins Heft und schreibt alles dazu, was noch fehlt.

Euer Lehrer wird euch noch eine Menge von Leuten und Tätigkeiten nennen können, die alle in der Kirche vorkommen. Manches werdet ihr noch nicht kennen. Dann fragt ihr den Lehrer. Am Schluß könnt ihr vielleicht darüber diskutieren, wozu die Kirche notwendig ist. Warum man die Kirche als Gemeinschaft vieler verschiedener Menschen braucht. Wenn ihr das verstanden habt, dann könnt ihr einmal darüber reden, ob man die Kirchenbauten wirklich die ganze Woche lang leer stehen lassen soll oder ob es Tätigkeiten gibt, für die man sie montags bis samstags verwenden kann.

Aus einer Schülerdiskussion

Diese Diskussion wurde in einer Klasse geführt, in der evangelische und katholische Schüler unterrichtet werden. Lest sie durch und überlegt, was richtig und was falsch ist. Denkt darüber nach, was eure Meinung ist. Diskutiert darüber.

– Warum darf man eigentlich nicht vor der Kirche Fußball spielen?
– Kinder stören die Kirchenruhe.
– Wenn die Kinder eine Gelegenheit zum Spielen gehabt hätten, hätten sie bestimmt auch nicht die Leute geärgert.
– Die Erwachsenen verstehen das ja nicht – die schicken die Kinder wieder in den alten Trott zurück, zum Tischfußball.
– Wozu sind die Kirchen da, wenn sie immer abgeschlossen sind? Wenn sie die Kirchen zuhalten, können sie sie gleich ganz abschaffen.
– Meistens gehen die Jungen nur zur Kirche, weil die Eltern es sagen, und dann macht man's meistens mit Widerwillen.
– Manchen gefällt's auch – denen, die jeden Sonntag hingehen.
– In der Kirche wird über Gott diskutiert.
– Der Pfarrer stellt da Themen auf.
– Manche gehen auch nur in die Kirche, weil's da so Bilderchen gibt.
– Warum muß man überhaupt in die Kirche gehen? Man weiß doch gar nicht, ob's Gott überhaupt gibt. Warum soll man denn daran glauben?
– Die Eltern sagen, wenn du nicht in die Kirche gehst, dann wirst du auch nicht konfirmiert. Wenn du nicht konfirmiert wirst, dann kannst du auch nicht kirchlich getraut werden und kannst dein Kind nicht taufen lassen.
– Es sind fast nur die alten Leute, die noch an Gott glauben. Die jüngeren interessieren sich für Fußball oder so.
– Viele gehen auch nur in die Kirche, um sich konfirmieren zu lassen und dann die Geschenke einzukassieren.
– Hinten an der Kirche ist auch ein Kindergarten – da will man schon den kleinen Kindern den Glauben an Gott verkünden, oder wie man das nennt.
– Manchmal macht die Kirche Ausflüge, das ist auch ein Grund, um hinzugehen.
– Wenn die mal Feste da machen, dann gehen die Jugendlichen auch mal hin.
– In den Gottesdienst geh' ich nie, weil ich dazu keine Lust habe, aber in die Gruppenstunde geh' ich immer.
– Was man da in der Kirche macht, grenzt ja schon fast ans Militärische. Man muß genau tun, was der Pfarrer sagt – aufstehen, hinsetzen. Man meint, man wär' bei der Bundeswehr.

- Und das mit dem Klingelbeutel: Wo geht das Geld eigentlich hin? Die sagen, sie schicken das an arme Länder. Wenn das wirklich stimmt, hätt' ich nichts dagegen.
- Kirchensteuern muß man auch noch bezahlen.
- Die Kirche taugt am besten für die Uhrzeit.
- Die Kirche ist dafür da, damit die Pfarrer auch was verdienen.
- In der Kirche kann man beichten und beten. Nach dem Beten hab' ich mich auch nicht besser gefühlt.
- Kirche ist dazu da, um den Leuten zu sagen, daß es Gott gibt.
- Ich kann die Kirche überhaupt nicht ausstehen. Mein Vater sagt immer, da kriegt man zwar kein Frühstück, aber man kriegt auch nichts Schlechtes beigebracht. Ich weiß nicht, was ich davon halten soll.
- Die Kirche soll auch Leuten helfen.
- In manchen Kirchen gibt's Räume, in denen man spielen kann; das ist doch was für die Jungen.
- Man könnte doch in der Kirche auch mal Musik hören – aber flottere Musik und nicht immer so alte Lieder, die keiner versteht.
- Bei uns in der Kirche ist manchmal ein Konzert oder ein Bildervortrag.
- In der Kirche müßten mehr Musikinstrumente sein, nicht nur die Orgel.
- Die könnten für die Jüngeren auch mal interessantere Texte bringen als immer die alten Bibeltexte.

Haben die Schüler in der Diskussion eigentlich alles erwähnt, was zur Kirche gehört? Überlegt das einmal! Vergleicht mit dem, was nach den drei Geschichten von der Kirche gesagt wird. Fragt euren Lehrer oder die Lehrerin!

Der letzte Amerikaner

Dies ist eine merkwürdige und spannende Geschichte, in der so viel vorkommt, daß man mit anderen Kindern und auch mit dem Lehrer darüber reden muß.
Es ist gut, wenn man die Geschichte zuerst durchliest oder wenn sie jemand vorliest.

Henry lebt seit einigen Wochen weitab von der nächsten Stadt in einem Gebirge im Westen der Vereinigten Staaten von Amerika; er erforscht die Pflanzen und Tiere in diesem Gebiet.

Eines Tages wird er unterwegs von einer Schlange gebissen; er hat zwar ein Gegenmittel in seiner Hütte, aber bis er dort ist, hat sich das Gift schon ausgebreitet, und er wird krank.

Er liegt in seiner kleinen Hütte, als er ein Auto vorfahren hört. Zwei Männer kommen herein. Sie sehen ihn nicht gleich in der dunklen Ecke, in der sein Lager steht, er ruft: „Hierher! Ich bin krank!" Die Männer drehen sich um und fliehen in anscheinend wahnsinniger Angst. Henry wundert sich darüber sehr.

Nach einiger Zeit geht es ihm besser, er kann wieder stehen und gehen und fährt ins nächste Dorf, um Lebensmittel einzukaufen.

Er hält an einer Tankstelle, wo er immer Benzin kauft – weit und breit ist kein Mensch zu sehen. Er bedient sich selbst, schreibt einen Zettel, daß er getankt hat, und fährt weiter. Als er ins Dorf kommt, ist auch hier alles menschenleer. Er kommt an einen verschlossenen Zeitungsladen. Durch die Schaufensterscheibe kann er eine Schlagzeile erkennen: „Menschheit stirbt aus!!!"

Er holt einen Hammer und bricht die Tür auf. Zwar hat er ein schlechtes Gewissen dabei, aber er denkt: Ich kann die Tür ja bezahlen. Als er eine Zeitung aufnimmt, stutzt er. Sie war noch vor wenigen Wochen mindestens zwanzig oder dreißig Seiten dick. Nun besteht sie aus einem einzigen Blatt. Unter der Schlagzeile steht: „Rätselhafte Seuche breitet sich mit rasender Geschwindigkeit aus! Präsident der Vereinigten Staaten gestorben! Menschen, weicht einander aus!"

Henry ist entsetzt. Er fragt sich, warum er als einer der wenigen, ja vielleicht als einziger überleben mußte. Da fällt ihm der Schlangenbiß ein. Das Gift hat wahrscheinlich in seinem Körper gegen die Krankheit gekämpft und ihn so geschützt.

Henry will noch nicht glauben, was er erfahren hat. Er findet einen Radioapparat und sucht alle Bereiche nach einem Sender ab, aber nur Rauschen und manchmal ein Knacken kommen aus dem Lautsprecher.

Nun kommt er sich plötzlich völlig verlassen vor.

Die Technik funktioniert einstweilen auch ohne Menschen weiter. Das macht alles noch unheimlicher.

Es gibt elektrischen Strom und Licht; die Eisschränke funktionieren; die Telefone sind sprechbereit; das Wasser läuft.

Henry versucht, über das Telefon jemanden zu erreichen; er wählt eine Reihe von Nummern, es tutet, aber niemand hebt ab.
In der Zeitung hatte Henry gelesen, daß schon über die Hälfte der Erdbevölkerung umgekommen sei. In dem kleinen Dorf, in dem er gerade ist, kann er allerdings niemanden entdecken.
Er macht sich auf den Weg in die nächste Stadt. Kein Auto fährt auf der Straße, aber es ist eine Nebenstraße, und er hofft, auf der Hauptstraße jemandem zu begegnen. Als er an eine Kreuzung kommt, steht die Ampel auf „Rot". Henry hält an – kein Auto weit und breit. Mit etwas schlechtem Gewissen fährt er trotz „Rot" weiter. Ein Fuchs läuft ihm mitten auf der vierspurigen Straße entgegen; Henry hupt. Er wundert sich, wie rasch sich die Tiere an die veränderte Situation gewöhnen.
Als er in die große Stadt kommt, ist es Abend. Henry fährt durch die Straßen, die ihm unheimlich breit vorkommen – er kann keine Menschenseele entdecken.
Die Leuchtreklamen flimmern und fordern zum Kaufen auf, obwohl es anscheinend keine Käufer und keine Verkäufer mehr gibt.
Henry übernachtet im leeren Haus seiner Eltern. Hier scheint alles sehr überstürzt vor sich gegangen zu sein, denn er findet ein großes Durcheinander vor. Er räumt ein bißchen auf und legt sich dann schlafen.
Am nächsten Morgen fährt er wieder durch die Stadt. Nun kann er mehr sehen:
Hunde und Katzen sind auf den Straßen; sie sind auf der Jagd. Katzen stellen den Mäusen und Vögeln nach, um ihren Hunger zu stillen, das Mäusefangen ist für sie kein Spiel mehr.
Er kommt an einem großen Bankgebäude vorbei und sieht, daß die Gitter und die Fenster aufgebrochen sind. Henry lächelt. Ob die Räuber von ihrem Geld noch was gehabt haben?
Beim Fahren durch die Straßen hält Henry öfter an und hupt. Er lauscht und wartet, ob jemand antwortet. Plötzlich hört er, weit entfernt: tuut, ttuuut. Zuerst meint er, es sei das Echo seiner Hupe, dann aber geht es weiter: tuut, tuut. Aufgeregt macht sich Henry auf den Weg, zwischendurch hupt er immer wieder und bekommt Antwort.
Schon klingt die Hupe ganz laut und nah, als sie plötzlich in einen Dauerton übergeht.
Henry biegt um eine Ecke – da steht ein Wagen mit offenen Türen; über dem Lenkrad liegt zusammengesunken ein Mann; er ist gerade gestorben.
Wenn Henry Hunger hat, geht er einfach in den nächsten Laden und holt sich, was er braucht. Zwar sind viele Geschäfte geplündert worden, als die große Katastrophe über die Menschheit kam. Aber es ist immer noch vieles im Überfluß vorhanden.
Das Obst ist verfault und das Brot ist verschimmelt, aber Henry ernährt sich aus Dosen und, da es noch elektrischen Strom gibt, von Tiefkühlkost. Auch seine Kleidung holt sich Henry einfach aus dem nächsten Laden. Er braucht nichts zu waschen. Was schmutzig ist, wirft er weg und holt sich Neues. Es scheint ja sonst keiner mehr dazusein, der es außer ihm gebrauchen könnte.
Schon nach diesen wenigen Wochen ohne Menschen verändert sich das Bild der Stadt. Besonders das bisher mühsam eingedämmte Unkraut breitet sich überall aus, setzt sich in Häuserritzen und auf den Straßen fest und überwuchert die Gärten.
Eines Abends sitzt Henry zu Hause und liest. Nach einer Weile zwinkert er mit den Augen, weil die Buchstaben anfangen undeutlich zu werden. Er blickt auf: der ganze Raum ist dunkler geworden. Das Licht ist schwächer geworden, der elektrische Strom geht zu Ende. Die Kraftwerke, die den Strom produzieren, waren einst für automatischen Betrieb eingerichtet worden, aber die Maschinen mußten

doch einmal im halben Jahr gewartet werden. Die Lager liefen heiß, als kein Öl mehr nachgefüllt wurde, und ein Kraftwerk nach dem anderen schaltet sich nun ab.
Henry überlegt, wo es irgendwo im Lande noch Menschen geben könnte. Er unternimmt Vorbereitungen für eine große Fahrt. Zuerst sucht er sich unter den vielen tausend Autos, die auf den Straßen und in den Garagen stehen, das beste aus.
In einem Lebensmittelgeschäft versieht er sich mit Vorräten: Kekse, Käse, Konserven. Aus anderen Läden holt er sich einen Schlafsack, eine Axt, eine Schaufel, Regenbekleidung, ein Jagdgewehr.
Henry fährt nach New York: Wenn irgendwo jemand überlebt haben wird, dann in der größten Stadt des Kontinents. Sie ist am anderen Ende des Landes, und Henry hat eine weite Fahrt vor sich.
Auf dem Weg nach New York hat Henry zunächst eine Wüste zu durchqueren. Er füllt drei große Kanister mit Wasser und lädt sie in sein Auto. Aber er hat Angst, daß der Wagen mitten in der Wüste stehenbleiben könnte. Da fällt ihm ein Motorrad auf, das am Straßenrand steht; es ist ein Polizeimotorrad. Er bindet es hinten auf seinem Wagen fest und kommt sich sehr frech vor, gerade dieses zu „stehlen".
Nachdem Henry die Wüste ohne Zwischenfall durchquert hat – hier und da beginnt sich allerdings der Sand schon über die Straße vorzuschieben –, kommt er durch ein weites Steppengebiet. Über die Straße ziehen nun öfter große Rinderherden, die aus ihren Weiden ausgebrochen sind. Kühe, Pferde und Schafe in den Ställen sind verhungert, aber die Tiere, die im Freien waren, können sich ihr Futter selber suchen, ziehen durch das Land und verwildern.
Für Pferde und Rinder gibt es keine natürlichen Feinde, aber die Schafe werden ohne den menschlichen Schutz bald ausgerottet sein. Verwilderte Hunde, Wölfe und Kojoten reißen sie zu Hunderten. Einmal sieht Henry eine geschlossene Schafherde, die von zwei Hunden bewacht wird. Zwar ist der Hirt nicht mehr da, aber die Hunde halten die Herde weiter zusammen, wie es ihnen beigebracht wurde.
Bei seiner Fahrt durchs Land begegnet Henry keinem Menschen. Er kommt durch viele Dörfer und Städte, schläft in leerstehenden Häusern und Hotels, bedient sich in Kaufhäusern und tauscht ab und zu sein Auto gegen ein besseres aus.
Wegen einer umgestürzten Pappel, die ihm die Straße versperrt, muß Henry einen Umweg über kleinere Nebenstraßen fahren. Als er aus einem Dorf hinausfährt, stutzt er, weil er plötzlich einen gut angelegten und gepflegten Garten sieht. Er hält an und begegnet den ersten Menschen. Es sind eine Frau, ein Mann und ein kleiner Junge. Sie sind schwarze Amerikaner.
Sie unterhalten sich, aber Henry ist ganz offensichtlich unwillkommen. Die Leute haben erst nach der Katastrophe zusammengefunden und empfinden seinen Besuch als Störung. Vielleicht haben sie sogar Angst, daß er dableiben könnte. Da beeilt er sich, weiterzufahren, nachdem er für einige Kleidungsstücke frisches Obst eingetauscht hat.
Überhaupt hat es Henry langsam satt, sich nur von Konserven zu ernähren. Er lernt es, sein Jagdgewehr zu benutzen, und schießt ab und zu ein Kalb oder ein Schwein, von denen er sich dann ein kleines Stück brät und den Rest den Hunden überlassen muß.
Henry lernt es, Dörfer und Städte, die er durchfährt, zu beurteilen. Er kann im voraus sagen, ob sie ganz unbewohnt sind, oder ob er nach einigem Suchen doch noch einen – vielleicht auch mehrere – Menschen aufspüren kann. Manche haben sich regelrecht versteckt,

und die meisten bleiben unbeirrt dort wohnen, wo sie vor der Katastrophe schon gewohnt hatten.
Kein einziger wünscht, mit ihm zu fahren, und nur selten scheint jemand zu wollen, daß er dableibt.
Dann, eines Tages, fährt Henry in die Vororte von New York ein. Ein Tunnel führt unter einem Fluß hindurch in die Stadt. Henry steuert auf die Einfahrt zu, dann aber überfällt ihn Angst. Der Tunnel könnte voll Wasser stehen oder einstürzen, deshalb nimmt er lieber einen Umweg über eine Brücke in Kauf.
Henry fährt über die breiten Straßen der Stadt. Hier und da stehen Autos auf der Fahrbahn ineinander verkeilt, aber die meisten sind ordentlich am Rande abgestellt. Die Straßen sind nicht mehr alle befahrbar, die Kanalisation ist an manchen Stellen verstopft. Sand und Laub aus den Parks und Promenaden häufen sich, vom Wind aufgeweht; Gras sprießt aus den Ritzen im aufgesprungenen Asphalt.
Henry glaubt fest daran, daß er in einer Stadt, in der früher Millionen Menschen wohnten und arbeiteten, Überlebende finden wird. Er fährt durch die Stadt und hupt immer wieder, um sich bemerkbar zu machen.
Henry kommt bei seiner Suche ans Meer. Am Ufer ist ein großes Passagierschiff aufgelaufen. Es muß bei Hochflut auf Grund geraten sein, und nun, bei Ebbe, ragt es hoch aus dem Wasser hervor. Sicherlich wollte es den nahen Hafen noch erreichen. Langsam wird es im angeschwemmten Sand und im Uferschlamm versinken.
Gegen Abend – er hat keine Menschenseele zu Gesicht bekommen – steigt Henry aus seinem Auto, um sich ein Haus oder Hotel zum Übernachten zu suchen. Plötzlich hört er einen Ruf: „He! Hierher!" Ein Mann kommt über die Straße auf ihn zu. Er bittet Henry in seine Wohnung. Nach der großen Katastrophe hat er einen anderen Mann getroffen, der ebenfalls alle seine Leute verloren hatte, seitdem wohnen sie zusammen.
Was in der Stadt vorgeht, wissen sie nicht, sie kennen nur die Läden in den benachbarten Straßen und einen kleinen Park in der Nähe, in dem sie ab und zu spazierengehen. Sie bieten Henry etwas zu trinken an und entschuldigen sich gleichzeitig, daß die Getränke alle warm sind – die Kühlschränke funktionieren in New York schon lange nicht mehr.
Milt und Richard, so heißen die beiden, leben untätig vor sich hin. Sie spielen Karten um Geld – Richard schuldet Milt bereits einige Millionen – und holen sich Romane aus den umliegenden Büchereien.
Sie sind die ersten Menschen, die Henry bitten, bei ihnen zu bleiben, aber ihm gefällt dieses Leben nicht.
Henry fährt die weite Strecke in den Westen zurück. Es ist später Sommer, und zahlreiche Wald- und Steppenbrände behindern seine Fahrt.
Er kommt in seine Heimatstadt und in sein Haus – es ist alles so, wie er es verlassen hat.
Henry ist enttäuscht, obwohl er es doch nicht anders erwartet hat. In den nächsten Tagen und Wochen beginnt sich Henry für immer einzurichten.
Er erforscht nun planmäßig die engere und weitere Umgebung. Henry hortet zahlreiche Dinge des täglichen Bedarfs. In den umliegenden Häusern bewahrt er auf, was er sammelt:
– Lebensmittel;
– Werkzeuge jeder Art für Haus, Garten und Auto;
– Holz für den Kamin;
– Gasöfen und Gasflaschen;
– Möbel;
– Kerzen, Streichhölzer, Taschenlampen;
– Seife und Rasierklingen;
– Kleidung;
– Bücher und Lexika, auch Anleitungen für die verschiedensten Arbeiten: für Garten- und

Ackerbau, für Tierhaltung, ,,Wie repariere ich mein Haus?'', für Metallarbeiten, für Autoreparaturen, auch ein Buch für Zahnärzte und ein Gesundheitslexikon.
Es ist später Herbst, fast Winter, als Henry eines Tages in der stillen, klaren Luft eine viele Kilometer entfernte dünne Rauchsäule entdeckt.
Dort scheinen Menschen zu wohnen. Henry hat bisher wenig gute Erfahrungen gemacht mit den Leuten, die er traf. Deshalb läßt er sich Zeit, hinzufahren. Als aber in den nächsten Tagen immer an der gleichen Stelle Rauch aufsteigt, macht er sich auf den Weg. Es ist nicht leicht, die Rauchsäule auf der Fahrt mit dem Auto im Blick zu behalten, doch schließlich steht Henry vor dem Haus, aus dessen Schornstein Rauch aufsteigt.
Henry hat Angst. Er weiß nicht, wer das Haus bewohnt. Wird er als Freund oder Feind empfangen werden?

Er steigt aus seinem Auto. Aus dem Garten stürzt laut kläffend ein kleiner Hund auf ihn zu. Hinter dem Hund kommt eine Frau gelaufen und ruft: ,,Zurück, Prinzeß!''
Die Frau ist mittelgroß und vielleicht etwas älter als Henry. Nachdem sie den Hund beruhigt hat, begrüßt sie Henry.
Sie können beide kaum Worte finden, so lange haben sie schon mit keinem Menschen gesprochen. Die Frau, sie heißt Ann, lädt Henry in ihr Haus ein. Sie wohnt allein.
Sie beschließen, zusammenzubleiben.
Zunächst suchen sie ein gemeinsames, größeres Haus am Rande der Stadt. Es war früher eine Farm, und in den großen Scheunen und Lagerhäusern können die Vorräte, die beide angehäuft haben, untergebracht werden.
Einige Zeit später merkt Ann, daß sie ein Kind erwartet. Die beiden Menschen haben Angst, dieses Kind auf die Welt zu bringen. Es gibt ja keine Ärzte, Hebammen und Krankenhäuser mehr, die helfen können. Sie können sich nur aus Büchern informieren.
Henry holt aus den umliegenden Büchereien mehrere Werke über Geburtshilfe.
Es ist alles gutgegangen. Das Kind, ein Junge, ist da. Sie geben ihm den Namen John.
Bisher leben die beiden Menschen ohne Zeitrechnung. Nun wollen sie, des Kindes wegen, die Jahre zählen. Sie beginnen mit dem Jahr, in dem John geboren wurde, und nennen es das Jahr 1 oder das ,,Baby-Jahr''.
Ohne große Aufregungen leben sie nun eine Zeit vor sich hin. Manchmal kommen Wanderer bei ihnen vorbei. Es sind Leute, die es nirgends lange aushalten und sie bald verlassen. Nur einer, Ezra mit Namen, bleibt einige Zeit bei ihnen. Doch dann schicken Ann und Henry ihn weg; er soll sich auch ein Mädchen suchen und wiederkommen.
Gegen Ende des Jahres 2 wird das zweite Baby geboren. Es ist ein Mädchen, und sie nennen es Mary.

Das Jahr 3 nennen Henry und Ann das „Jahr der Ankunft". Eines Tages fährt ein vollbepacktes Auto vor; heraus steigen Ezra, zwei Frauen und ein kleiner Junge. Ezra stellt sie vor: „Molly, meine Frau" und „Jean, meine Frau". Der Junge heißt Ralf. Sie wollen bei ihnen bleiben.

Nun sind sie schon acht Leute und bezeichnen sich manchmal scherzhaft als „Stamm".

Im gleichen Jahr noch fahren Henry und Ezra für ein paar Tage fort. Sie suchen Georg und Maurine auf, denen Ezra bei seinen Streifzügen begegnet war. Sie fordern sie auf, zu ihnen zu ziehen. Das Jahr 6 ist das „Jahr der Dürre". Die riesigen Rinderherden ziehen auf Nahrungssuche durchs Land. Sie sterben zu Tausenden an Gras- und Wassermangel. Ihre Kadaver verpesten die Luft. Wahnsinnig vor Hunger, durchbricht eine Herde eines Nachts den Zaun um den Gemüsegarten der Menschen.

Im Jahre 11 sind es nun schon sieben Erwachsene und dreizehn Kinder, die den Stamm – so nennen sie sich immer öfter – bilden. Es geht ihnen gut.

Bald nach Beginn des Jahres kommt ein Mann. Es ist einer jener Wanderer, wie sie nach wie vor, wenn auch immer seltener, vorbeikommen. Er wird gastfreundlich aufgenommen und zieht am nächsten Tag weiter.

Kaum ist er fort, als alle anfangen, über Halsschmerzen zu klagen; die Nasen laufen, und sie haben Fieber. Der ganze Stamm leidet an Grippe, die der Besucher wahrscheinlich eingeschleppt hat. Er hat sie alle angesteckt. Glücklicherweise geht die Krankheit nach einigen Tagen vorüber.

Die Wasserleitungen sind nun schon über 10 Jahre ohne Beobachtung und Wartung. Für Henry und seine Leute ist es selbstverständlich, daß das Wasser läuft, wenn sie in ihren Häusern den Hahn aufdrehen.

Aber in dem komplizierten und ausgedehnten System der Dämme und Tunnel, Brücken und Wasserspeicher ist eine Verbindung zwischen zwei Rohren schadhaft geworden. Ein Kontrolleur hätte es früh genug gemerkt, doch es gab keinen mehr.

Zuerst sind es nur wenige Tropfen, die aus den Rohren herausquellen. Daraus wird bald ein kleines Rinnsal. Dann frißt der Rost weiter. Unter der Rohrleitung weicht der Boden auf. Die Betonpfeiler, auf denen die Rohre liegen, sinken Millimeter um Millimeter in den schlammigen Boden ein. Das Loch wird immer größer. Nun sprudelt schon ein schmaler Bach hervor.

Immer weniger Wasser fließt durch das Rohr weiter in den Wasserspeicher, aus dem der Stamm sein Wasser bezieht. Der Wasserspiegel sinkt ständig.

Eines Tages ist es dann soweit. Aus den Wasserhähnen in den Häusern kommen nur noch einige Tropfen, dann gar nichts mehr. Die Menschen sind ratlos. Sie finden zwar das Sammelbecken und sehen, daß es leer ist. Aber sie wollen sich nicht die Mühe machen, das weitverzweigte, kilometerlange Rohrnetz abzusuchen. So graben sie Brunnen in der Nähe ihrer Häuser und holen das Wasser mit Handpumpen aus der Tiefe.

Das Jahr 18 ist bemerkenswert, weil in diesem Jahr die erste Hochzeit stattfindet. Ralf, der Sohn von Molly, heiratet Mary, die Tochter von Ann und Henry. Bevor das Jahr zu Ende geht, bringt Mary ein Kind zur Welt. Aus diesem Grund wird das Jahr 18 das „Jahr des Enkels" genannt.

Das Jahr 19 erhält den Namen „Jahr des Schulunterrichts". Jeden Morgen ruft Henry die Kinder des Stammes zusammen. Er versucht, ihnen Lesen, Schreiben und Rechnen beizubringen. Doch es ist schwierig.

Die Kinder sehen nicht ein, warum sie lesen lernen sollen, denn es gibt nichts, was sie lesen könnten. Die alten Bücher aus der Zeit vor der

Katastrophe interessieren sie nicht. Die meisten sind ohnehin von den Ratten gefressen worden. Neugedrucktes – Bilderbücher, Bücher, Zeitungen – gibt es nicht.
Auch rechnen wollen sie nicht lernen. Was sie draußen brauchen, können sie an den Fingern abzählen.
Die Kinder gehen lieber fischen und jagen oder stöbern in den vielen halbzerfallenen Häusern herum.
Dazu kommt, daß inzwischen das Papier knapp geworden ist. Meist ist es feucht und vermodert. Keiner im Stamm weiß, wie man Papier herstellt.
Um Nahrungsmittel und Kleidung aus den Lagerhallen der ehemaligen Kaufhäuser zu finden, muß man sehr weit laufen.
Lebensmittel sind nur noch zu genießen, wenn sie in Dosen oder Gläsern luftdicht verschlossen sind. Auch Kleidungsstücke müssen gut verpackt sein, wenn sie noch brauchbar sein sollen. Fast überall haben Feuchtigkeit und Ungeziefer gewirkt; die meisten Sachen bestehen nur noch aus einzelnen Flicken.
Immer seltener funktionieren die Patronen der Jagdgewehre. Wölfe und Pumas sind aus den Wäldern und Bergen bis in die Städte herabgezogen. Es kann lebensgefährlich sein, wenn ein Gewehr versagt. Nicht selten gibt es nur ein Klicken, wenn ein Schuß abgegeben werden soll.
Schwieriger noch: Die Streichhölzer gehen zur Neige. Lange Zeit konnte man sie großzügig verbrauchen. Millionen und Abermillionen von Hölzchen standen zur Verfügung. Nun heißt es sparen.
Henry überlegt, was zu tun ist, wenn sie alle einmal aufgebraucht sind.
Ihm fällt ein, daß die Menschen in der Steinzeit durch Bohren Feuer entzündeten.
Dies geschieht im Jahre 21.
Eines Tages hört Henry auf, Schule zu halten. Was er ihnen beibringt, wollen die Kinder nicht lernen. Henry sieht ein, daß sie es auch nicht brauchen können.
Was sie lernen müssen, ist:
– wie man Kleidung herstellt, wenn es keine Stoffe mehr gibt;
– wie man Feuer anzündet, wenn die Streichhölzer verbraucht sind;
– wie man ohne Jagdgewehr jagen kann;
– wie man Lasten befördert.
Kleidung herzustellen ist nicht so schwer. Jeden Tag erlegen die Männer des Stammes mehrere Tiere: Kaninchen, Rinder, Büffel, auch Pumas.
Henry nimmt einige Felle, säubert sie, klopft sie weich, schneidet sie zurecht und näht sie zusammen. Kinder und Erwachsene, denen er die fertigen Stücke vorführt, sind begeistert; und zum Spaß machen sich nun alle solche „Mode"-Kleider.
Henry ist zufrieden, obwohl die meisten gar nicht begriffen haben, daß er ihnen etwas zeigen wollte, was sie später brauchen werden.
Er schlägt nun einen anderen Weg ein, um den Kindern etwas beizubringen.
Eines Sommertages setzt er sich vor sein Haus und beginnt, einen Feuerbohrer zu bauen.
Er schlingt eine lockere Sehne, die an einem bogenförmigen Stab befestigt ist, in der Mitte um einen Holunderstab. Den Stab setzt er in eine kleine Kuhle auf ein Holzbrett auf, in dieser Kuhle liegen kleine Moosstückchen. Oben wird der Stab durch einen flachen Stein fest-

gehalten. Nun bewegt Henry den Bogen hin und her, der Holunderstab dreht sich rasend schnell wie ein Quirl. Nach kurzer Zeit schon steigt aus dem Moos dünner Rauch empor. Henry pustet ein bißchen, und kleine Flämmchen schlagen auf. Längst schon stehen alle Kinder des Stammes um ihn herum. Sie wollen sehen, was er da macht. Als sie das Feuer sehen, jubeln sie. Eine Zeitlang basteln alle Feuerquirle.

Doch bald wird ihnen dieses neue Spiel langweilig, und sie wenden sich anderem zu.

Henry stört das nicht. Er weiß, sie werden sich daran erinnern, wie man Feuer macht, auch wenn er nicht mehr dasein wird und es ihnen zeigen kann.

Als nächstes bringt Henry den Kindern das Schießen mit Pfeil und Bogen bei. Er schneidet einen daumendicken Ast von einem Zitronenbaum und stutzt ihn zurecht. Dann schneidet er eine Rinderhaut in dünne Streifen, um sie zu einer Schnur zusammenzuflechten.

Zwar hätte er vom noch vorhandenen Bindfaden nehmen können, aber er will nur Dinge verwenden, die immer zur Verfügung stehen werden. Dann spannt er den Bogen. Dünnes Rohr nimmt er als Pfeile. Bald laufen alle Kinder mit Pfeil und Bogen durch die Gegend, sehr zum Schrecken ihrer Mütter.

Viele Dinge, die der Stamm im täglichen Leben braucht, müssen von weit hergeholt werden. Die Menschen schleppen sich damit ab, denn Autos funktionieren längst nicht mehr; außerdem gibt es keine befahrbaren Straßen mehr.

Pferde oder Esel, die dem Menschen die Last abnehmen könnten, haben Henrys Leute in ihrer Gegend noch nicht zu Gesicht bekommen. Die Kinder bringen Henry auf eine Idee. Immer wieder richten sie einige der vielen wild oder halbwild umherlaufenden Hunde dazu ab, kleine Dinge für sie zu holen. Henry überlegt, warum sollte es nicht möglich sein, einen Wagen von größeren Hunden ziehen zu lassen.

Ein kleines Wägelchen wird gebaut, und nach vielen vergeblichen Versuchen ist schließlich ein Gespann von acht Hunden zusammen, die brav im Geschirr gehen.

Viele Jahre sind ins Land gegangen.

Im Jahre 50 ist ein zweiter, kleinerer Stamm zu ihnen gestoßen. Henrys Leute nennen sie „die Anderen“; sie selbst sind „die Ersten“. Das liegt nun auch schon sieben Jahre zurück. Von den Erwachsenen, die einst den Stamm gegründet haben, lebt nur noch Henry. Er ist der letzte Amerikaner.

An einem frühen Sommertag sitzt Henry vor seinem Haus auf der Bank. Er ist alt geworden. Die Beine tragen seinen Körper nicht mehr. Wenn er etwas besichtigen will, läßt er sich tragen oder in einem Wägelchen fahren.

Oft kommen die Leute zu ihm, um Rat zu holen.

Kinder fragen ihn nach Dingen, die sie gefunden haben: verrostete Münzen und Werkzeuge, altes Geschirr, elektrische Geräte, Schmuck und vieles andere mehr. Sie wissen ja nicht, wozu sie einst verwendet wurden, und hören aufmerksam zu, wenn Henry von früheren Zeiten erzählt.

Der Stamm lebt inzwischen hauptsächlich von der Jagd und vom Fischfang. Nur Kartoffeln und ein bißchen Gemüse werden in den Gärten um die Häuser herum angebaut.

Von den Dingen, die aus der Zeit vor der Katastrophe übriggeblieben sind, ist nichts mehr brauchbar, weder Nahrung noch Kleidung. Was Henry den Kindern einst im Spiel beigebracht hat, haben sie inzwischen täglich zu verwenden gelernt, dazu vieles andere mehr. Fast die Hälfte des Stammes wohnt schon in Holzhäusern oder Zelten.

Die alte Stadt gibt nichts mehr her. Der Stamm wird unabhängig. Er richtet sich längst nicht mehr nach den Lebensmittel- und ande-

ren Läden aus, sondern nach den besten Jagd- und Fischgründen.
Und eines Tages beraten die Männer, Frauen und Kinder, ob es nicht besser ist, von hier wegzuziehen. Eine Kundschaftergruppe war ausgeschickt worden. Sie hat berichtet, daß es sich über den Bergen, nahe am Meer, viel besser leben läßt.
Henry versteht erst langsam, um was es geht, dann erschrickt er. Er will nicht weg von dem Ort, an dem er so lange gelebt hat. Aber der Stamm beschließt trotzdem, wegzuziehen.
Nun beginnt eine lange Vorbereitungszeit, und eines Tages ist es soweit.
Einige junge Männer haben einen Tragsessel gebaut. Am Morgen des Aufbruchs setzen sie Henry hinein. Er weint wie ein kleines Kind.
Die Männer tragen leicht an dem alten Mann, auch wenn es über Hügel und Berge geht.
Auf der Höhe des Gebirges erblicken sie das Meer. Die Kinder jubeln laut. Der Stamm rastet.
Man setzt Henry nieder und läßt ihn allein.
Der Stamm will weiterziehen. Die jungen Männer kommen zurück. Mit vornübergesenktem Oberkörper sitzt Henry da. Man ruft ihn an, man schüttelt ihn. Aber der letzte Amerikaner ist tot.

Nachdem ihr diese Geschichte gelesen und euch mit ihr beschäftigt habt, könnt ihr selbst eine oder mehrere ähnlich phantastische Geschichten erfinden, erzählen und aufschreiben.
Eine kann vielleicht so anfangen:

Die grüne Wolke

Vier Jungen und drei Mädchen, die mit ihrem Lehrer und Freund Alexander in einem Internat (das ist eine Schule, in der man auch wohnt) in England leben, bekommen Besuch von einem dicken Millionär, der mit einem Luftschiff anreist. Das Luftschiff sieht aus wie eine große Zigarre.
Er lädt sie ein zu einem Flug. Sie klettern in die Gondel und starten.
Sie sind schon über zwanzig Kilometer hoch gestiegen, als sie unter sich plötzlich eine riesengroße grüne Wolke über die Erde ziehen sehen.
Sie wundern sich, denn sie dachten, Wolken seien weiß oder grau. Höher trauen sie sich nicht, denn sie haben die Fallschirme zu Hause vergessen. Langsam sinkt das Luftschiff wieder zur Erde nieder. Sie landen auf dem Sportplatz nahe der Schule. Die Kinder rennen ins Haus, die älteren Herren folgen langsam nach.
Am Eingang des Schulhauses steht ein Lehrer.
„Hallo", sagt David und faßt ihn am Arm. Der Arm bricht ab. David hält ihn in der Hand und läßt ihn kreischend fallen. Entgeistert kommt Alexander herbei. „Was ist los?" fragt er. Er schüttelt den Kollegen. Da rollt dessen Kopf von den Schultern.
Robert war hinzugekommen, auch er ist sehr erschrocken. Er schreit: „Habt ihr bemerkt, daß er gar nicht blutet? Der Arm sieht aus wie blanker Stein."
Nachdem der erste Schreck vorbei ist, drängen sich die Kinder an der kopflosen Figur vorbei ins Haus.
Sie kommen in die Küche. Maisie, die Köchin, steht über den Herd gebeugt. „Was ist eigentlich los?" fragt Robert.
Maisie gibt keine Antwort. Robert bückt sich und zieht sie am Fuß. Schon hat er den Fuß in der Hand. Alle schreien auf.
„Was hat das alles zu bedeuten?" ächzt Betty.
„Vielleicht gibt es noch mehr", meint Michael. Sie stürmen durch das Haus. Ja, alle sind zu Stein geworden.
„Wie schrecklich", kichert Betty, „aber komisch ist es auch. Seht euch doch die Leute an!"

Alle sind mitten in einer Bewegung plötzlich versteinert: der eine beim Essen – er schiebt immer noch ein Stück Brot in den Mund –, ein anderer räkelt sich gerade im Sessel, ein dritter hebt im Garten die Hacke.
„Warum sind eigentlich wir nicht zu Stein geworden?" fragt Hanna plötzlich. Niemand weiß es.
„Ich weiß", sagt David, „die grüne Wolke. Es muß die Wolke gewesen sein, die jeden in Stein verwandelt hat." Alle nicken. Es klingt einleuchtend.
Alexander sagt: „Ich glaube, David hat recht. Wir waren über der Wolke. Die Wolke scheint zwar keinen Einfluß auf die Tiere gehabt zu haben", er zeigt auf eine Katze, die vorbeischleicht, „aber wahrscheinlich sind wir jetzt die letzten lebenden Menschen auf der Erde."
„Schrecklich", sagt Robert.
„Herrlich", sagt Evelyn.

Erzählt die Geschichte weiter. Was könnten Alexander, der dicke Millionär und die Kinder jetzt unternehmen?

Schaut euch die Vorschläge an, die im folgenden gemacht werden. Erfindet neue Möglichkeiten. Schreibt eure Ideen auf.

Sagt euch gegenseitig, was ihr von euren Geschichten haltet.

Das Folgende könnte in dieser Geschichte noch vorkommen:
– sie überlegen, was sie mit ihren versteinerten Bekannten und den vielen anderen Steinmenschen machen;
– sie fahren Auto – bedenke: die Straßen sind verstopft;
– sie fahren nach London und holen sich aus den Läden jeder das, was er möchte;
– sie lassen die Tiere im Zoo aus ihren Käfigen frei;
– sie lernen Zahnarzt;
– sie fangen Pferde ein und reiten sie zu;
– sie probieren, eine Lokomotive in Bewegung zu setzen – bedenke: die Gleise sind von stehenden und ineinandergefahrenen Zügen verstopft;
– sie kämpfen mit verwilderten Hunden;
– ein großer Schäferhund entführt eines der Mädchen;
– sie müssen sich gegen Löwen und Elefanten wehren, die sie aus ihren Zookäfigen befreit hatten;
– sie kommen auf einen Flugplatz und probieren, ein Flugzeug zu fliegen;
– sie machen eine Weltreise;
– sie begegnen Gangstern, die sich vor der Polizei im höchsten Gebirge versteckt hatten;
– sie kriegen Krach mit den Gangstern;
– sie kommen ans Meer, richten ein Schiff her und wechseln sich als Kapitän ab;
– sie kommen nach Afrika und entdecken eine Affenherde, die mit menschlichen Werkzeugen, Säge, Axt, Hammer, beginnt, Häuser und Boote zu bauen.

Birne spricht mit Jesus

Wenn Birne in der Stadt unterwegs ist, sieht sie oft ein großes Gebäude aus roten Ziegelsteinen. Das Haus hat viele Bogenfenster und einen Turm mit einer Uhr. Auf dem Turm blinken rote Warnlampen, damit kein Flugzeug gegen den Turm stößt.
Um das Haus herum führen Schnellstraßen, auf denen viel Verkehr herrscht. Es ist nicht möglich, die Schnellstraßen zu überqueren, die Autos würden jeden umfahren. Manchmal sieht Birne trotzdem Menschen in das Haus gehen.
„Was ist das für ein Gebäude?" fragt sie eine schöne Frau.
„Das ist eine Kirche", sagt die schöne Frau.
„Wie kommt man über die Straße?" fragt Birne.
„Du mußt mir folgen", sagt die schöne Frau.
„Sie wundern sich ja gar nicht, daß eine Birne sprechen kann", sagt Birne.
„Warum soll eine Birne nicht sprechen können", sagt die schöne Frau. „Es gibt zum Beispiel Elefanten, die tanzen, und Seelöwen, die Bälle auf der Nase balancieren."
„Nur im Zirkus werden solche Kunststücke vorgeführt", sagt Birne.
„Wenn man daran glaubt, kann man sich alles vorstellen", sagt die schöne Frau. Sie geht durch eine Unterführung und steigt auf der anderen Seite der Schnellstraße wieder nach oben, mitten in die Kirche hinein.
„Man kann also nur zu Fuß in die Kirche kommen", sagt Birne.
„Es gibt einen Parkplatz bei der Kirche", antwortet die schöne Frau. „Die Autofahrer steigen aus und gehen in die Kirche."
„Jeden Tag", fragt Birne.
„Nur sonntags", sagt die schöne Frau, „werktags arbeiten fast alle."
„Ich arbeite nur nachts", sagt Birne.
In der Kirche ist es ziemlich dunkel, obwohl die Fenster groß sind. Sie bestehen aus buntem Glas, das Bilder darstellt wie Gemälde.
„Hier ist alles voll Geschichten", sagt die schöne Frau. „Jesus hat vor zweitausend Jahren gelebt. Seine Abenteuer stehen in einem Buch, das Bibel heißt. Der Vater von Jesus ist hundertmaltausendmalmillionen Jahre alt. Über ihn und die Menschen, die vor dreitausend, fünftausend oder zehntausend Jahren gelebt haben, gibt es auch Geschichten."
„Ich finde das blöd", sagt Birne. „In jeder Kirche hängt dieser Jesus am Kreuz. Er sieht schrecklich aus, und die Geschichten, die man erzählt bekommt, sind alle alt. Warum baut man überhaupt Kirchen, wenn alles, was damit zu tun hat, längst vergangen ist?"
„Eine Kirche ist zur Erinnerung da", sagt die schöne Frau. „In Kirchen ist es still, man kann darin beten oder eine Predigt hören."
„Was ist das?" fragt Birne.
„Beten ist, wenn man um etwas bittet. Und eine Predigt ist ein Vortrag, eine Erzählung, die von Jesus oder seinem Vater handelt."
„Dazu braucht man keine Kirchen", sagt Birne. „Beten und predigen kann man überall."
„Kann man nicht", sagt die schöne Frau.
„Kann man doch", sagt Birne.
„Dann mach es mir vor."
Sie gehen durch die Unterführung wieder auf die andere Seite der Schnellstraße.
„Jetzt mußt du weinen", sagt Birne zu der schönen Frau, „damit es aussieht, als würde es dir schlechtgehen."
„Ich kann nicht auf Befehl weinen", sagt die schöne Frau.
Birne kauft eine Zwiebel und quetscht sie vor der schönen Frau aus. Die scharfen Dämpfe des Zwiebelsaftes steigen in die Augen der schönen Frau, und sie weint.
„Sie weint, sie weint", sagt Birne zu einem Mann, „die schöne Frau weint, hilf ihr."
„Das geht mich nichts an", sagt der Mann.
„Ich halte dir jetzt eine Predigt, einen Vortrag, daß du der Frau helfen mußt", sagt Birne.

,,Laß mich in Ruhe'', sagt der Mann. Er schlägt nach Birne, als sei sie ein Ball. Birne kann gerade noch ausweichen. Die schöne Frau aber erschrickt so sehr, daß sie nun wirklich zu weinen beginnt.
,,Die Leute sind böse'', sagt sie.
,,Ich bin schneller als der Mann'', sagt Birne. ,,Ich hätte ihm einen Stromstoß versetzen können. Vor Angst wäre er in die Höhe gesprungen, aber ich habe es nicht gemacht.''
In diesem Augenblick kracht es auf der Schnellstraße, die um die Kirche führt. Zwei Autos sind zusammengestoßen. Birne fliegt in der Mitte der Straße in die Höhe, damit sie von allen gesehen wird, und blinkt rot. Die Autos halten, die Fahrer wissen, daß ein Unfall geschehen ist. Die schöne Frau eilt zur nächsten Telefonzelle und ruft die Polizei an.
,,Zwei Autos sind bei der Kirche zusammengestoßen'', sagt sie, ,,wir brauchen einen Krankenwagen.''
Bei den zertrümmerten Autos stehen viele Leute und sehen zu, wie Blut auf die Straße fließt. Sie helfen den Verletzten nicht, sie reden nur. Rot, gelb und blau blinkend saust Birne zwischen den Leuten hin und her, bis sie eine Gasse bilden. Die Verletzten stöhnen und werden bewußtlos. Die Zuschauer reden immer noch und fürchten sich vor dem vielen Blut. Da fliegt Birne durch die Unterführung in die Kirche und ruft:
,,He, Jesus, wir brauchen dich! Draußen liegen Verletzte. Komm herunter von deinem Kreuz!''
,,Sofort'', sagt Jesus. ,,Ich muß mir nur noch die Nägel aus Händen und Füßen ziehen.''
Er macht sich vom Kreuz los und steigt herunter. Birne, die neben ihm herschwebt, zeigt ihm den Weg durch die Unterführung. Auf der Straße stillt er sofort die Wunden der Verletzten. Einen Sterbenden belebt er wieder durch Mund-zu-Mund-Beatmung. Die Neu-

gierigen, die nur zugesehen und nichts getan haben, staunen, wie leicht es diesem Mann aus der Kirche fällt, Verletzten zu helfen.
„Jeder kann helfen", ruft Jesus. „Ihr müßt nicht staunen, sondern handeln."
„Jesus, Jesus", ruft die schöne Frau. „Das ist Jesus! Er ist von seinem Kreuz gestiegen."
„Jesus, Jesus", rufen alle.
Sie heben ihn hoch und tragen ihn in die Kirche zurück. Sie können sich nicht vorstellen, daß es Jesus auch außerhalb der Kirche gibt. Als sie ihn wieder ans Kreuz hängen wollen, springt er auf den Altar und ruft:
„Ich will nicht mehr ans Kreuz! Wollt ihr denn immer einen Verletzten als Vorbild? Ich bin wie ihr! Ich will mich freuen und anderen helfen, die in Not sind."
Und mit einem Sprung steht Jesus zwischen den Zuschauern und geht mit ihnen aus der Kirche. Seitdem wird in Kirchen wieder gelacht, vielleicht sitzt Jesus manchmal auch unter der Gemeinde, auf jeden Fall hängt kein Verletzter mehr am Kreuz. Die Kreuze wurden abgeschafft.

Aus einer Schülerdiskussion

Über diese Geschichte von der Birne, die mit Jesus spricht, haben Schüler aus dem fünften und sechsten Schuljahr diskutiert. Die Lehrer beteiligten sich daran nicht; sie achteten nur darauf, daß die Kinder so drankamen, wie sie sich gemeldet hatten. Die Diskussion fand nicht im Religionsunterricht statt. Deshalb war es möglich, daß sich evangelische und katholische Schüler beteiligten, außerdem auch solche, die in gar keiner Kirche sind. Die Diskussion war sehr lebhaft und dauerte eine Stunde lang. Alles Mögliche kam darin vor: ob man Figuren und Bilder von Jesus aufstellen soll – ob es etwas nützt, wenn man betet – ob es überhaupt einen Gott gibt, und vieles andere.

Wir drucken hier etwas von dem ab, was die Schüler gesagt haben. Vielleicht sind das Fragen, die auch euch interessieren und über die ihr vielleicht auch einmal diskutieren wollt.

Über die Geschichte mit der Birne wurde folgendes gesagt:

- Die Geschichte war lustig.
- Eine Birne kann nicht sprechen und nicht fliegen und keine Stromstöße geben.
- Das stimmt nicht, daß eine Figur vom Kreuz heruntersteigen kann.
- Die meinen wohl, daß Jesus nicht nur ein toter Gegenstand ist, der am Kreuz hängt, sondern daß er auch einem helfen kann.

Dann sagten die Kinder, was sie über Jesus wissen oder welche Meinung sie darüber haben. Wenn ihr das lest, müßt ihr natürlich wissen, daß nicht alles richtig sein muß, was die Kinder da gesagt haben:

- Es heißt, Jesus sei Gottes Sohn.
- Er könnte schwerkranke Leute auf einen Schlag gesund machen.
- Jesus war ein Zauberer.
- Jesus war ein hilfsbereiter Mensch.
- Jesus hat vor 2000 Jahren gelebt; er konnte Tote zum Leben erwecken.
- Es heißt, er sei mit seinen Jüngern herumgereist.
- Er hat auch mal seinen Jüngern die Füße gewaschen, aber ich weiß nicht, warum.
- Er ist in ein Land gegangen, wo die Leute nicht an ihn geglaubt haben, sondern an irgendwas anderes. Da hat er was gesagt oder was gemacht. Und da haben ihn die anderen gekreuzigt.
- Einer von den Jüngern war gegen Jesus. Er hat den andern verraten, was Jesus gemacht hat.

– Jesus war katholisch.
– Ich weiß, daß viel Unsinn über Jesus geschwätzt wird.

Fast jede von diesen Fragen wurde heftig diskutiert. Trotzdem merkt man, daß diese Kinder längst nicht alles gesagt haben, was man über Jesus weiß.
Versucht einmal, alles zu sammeln, was *ihr* über Jesus wißt. Auch wenn ihr nicht sicher seid, ob alles stimmt. Der Lehrer oder die Lehrerin hilft euch dann weiter.
Am Schluß der Diskussion haben die Schüler gesagt, was sie für Fragen haben: was sie über Jesus gerne wissen möchten. Hier sind einige von ihren Fragen:

– Woher hatte Jesus diese Kräfte, daß er Kranke heilen konnte? Wie hat Gott das gemacht, daß Jesus solche Kräfte bekam?
– Was hat Jesus gemacht, daß er gekreuzigt worden ist?
– Wie ist das Verhältnis zwischen Gott und Jesus?
Früher hat Jesus viele Taten vollbracht. Heute gibt es oft Krieg. Warum
– greift er da nicht ein?
– Warum sieht man eigentlich den lieben Gott nicht?
– Jesus hängt in allen Kirchen am Kreuz. Wie soll er da in allen Kirchen gleichzeitig auferstehen?
– Wer hat den Jesus eigentlich zuerst entdeckt?

Über die Geschichte von Birne und Jesus – das habt ihr nachlesen können – kann man ganz verschieden denken.

Die einen sagen: Es ist nicht richtig, daß man solche Geschichten erzählt, die gar nicht geschehen sind und auch gar nicht möglich sind.

Die anderen sagen: Es gibt keine Birne, die sprechen und herumfliegen kann; es gibt auch keinen Jesus, der helfen kann.

Wieder andere sagen: Was ist nun wichtig an der Geschichte? Was kann man über Jesus wirklich wissen?

Bitte, denkt darüber nach. Sprecht leise mit eurem Nachbarn darüber. Diskutiert in der Klasse. Vielleicht merkt ihr, daß ihr viel zuwenig wißt, um etwas Richtiges sagen zu können. Dann müßt ihr mit dem Lehrer besprechen, was in den nächsten Religionsstunden alles behandelt werden muß. Probiert es einmal, ihr werdet merken, wie interessant das ist!

Die Menschen sterben - früher oder später

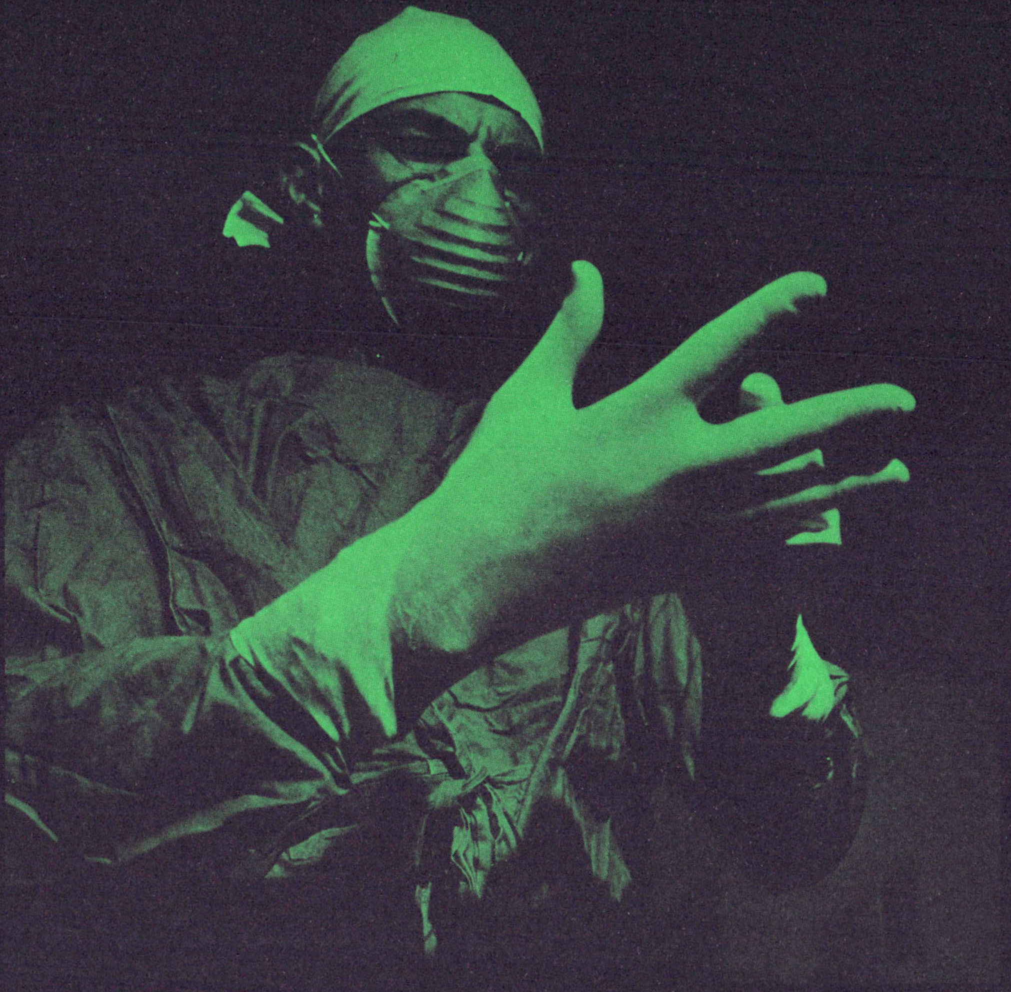

Die Menschen sterben – früher oder später

Manche sterben schon sehr jung, manche sterben in hohem Alter.
Im Jahre 1850 wurden die Menschen durchschnittlich nur 30 Jahre alt – so hoch lag damals die ,,durchschnittliche Lebenserwartung'' (das ist die durchschnittliche Zahl von Jahren, die ein Mensch voraussichtlich leben wird).
Wie vom Menschen, weiß man auch von den Tieren, wie lange sie etwa leben. Hier einige Beispiele:

Fliegen werden
bis zu zwei Monaten alt.

Gorillas bringen es
auf dreißig Jahre.

Löwen können
40 Jahre alt werden.

Schildkröten leben
bis zu 200 Jahren.

Heute beträgt die durchschnittliche Lebenserwartung des Menschen:
bei Frauen: 71 Jahre;
bei Männern: 67 Jahre.
Ein Mädchen kann also erwarten, älter zu werden als ein Junge.
In den nächsten 30 Jahren wird die durchschnittliche Lebenserwartung voraussichtlich auf 85 Jahre steigen. Das sagt der ,,Bericht des Gesundheitsministeriums'' aus dem Jahre 1971.
Allerdings konnten auch früher schon Menschen sehr alt werden: 70 oder 80 Jahre und noch älter, aber das waren nur wenige.

Was wäre, wenn die Menschen nicht stürben?

Woran sterben die Menschen?

Obwohl es der medizinischen Wissenschaft gelungen ist, das Leben vieler Menschen zu verlängern, ist es doch nicht möglich gewesen, den Tod aufzuheben, zu erreichen, daß die Menschen nicht mehr sterben müssen.
Alter, Krankheit und Unfälle sind die Hauptursachen dafür, daß Menschen sterben.

Viele tausend Menschen starben früher an ansteckenden Krankheiten. Große Seuchen wie Pest und Cholera breiteten sich über ganze Erdteile aus.

„Der Schwarze Tod"

In einer aus dem Jahre 1350 stammenden Chronik schreibt Michael von Piazza: „Anfang Oktober des Jahres 1347 kamen zwölf Galeeren in den Hafen von Messina. Die Matrosen trugen aber in ihren Gebeinen eingeschlossen eine solche Krankheit, daß, wer mit ihnen sprach, von einem tödlichen Leiden ergriffen wurde und dem Tod auf keine Weise entfliehen konnte. Die Ansteckung teilte sich jedem mit, der mit den Kranken verkehrte. Der Angesteckte fühlte sich am ganzen Leibe von Schmerz durchbohrt und gleichsam erschüttert. Dann entstand ihm eine linsengroße Pustel am Oberschenkel oder Arm, welche die Leute Brandbeule (Beulenpest) nannten. Diese durchdrang den Körper und verseuchte ihn, daß der Kranke heftig Blut spie. Das Blutspeien dauerte drei Tage unaufhörlich, ohne daß es ein Mittel dagegen gegeben hätte, und dann hauchte der Kranke sein Leben aus. Es starben aber nicht nur alle, die mit ihm verkehrten, sondern auch diejenigen, welche seine Sachen kauften oder sie berührten oder gebrauchten."
Der hier beschriebene Beginn der Pest weitete sich in den Jahren 1348 bis 1351 zu einer Massenerkrankung (Epidemie) aus, die ganz Europa in Verzweiflung trieb. Bis dahin war die Pest nur an vereinzelten Orten in Asien, Äthiopien, Vorderindien und Arabien aufgetreten. Im Jahre 164 n. Chr. wütete sie sechzehn Jahre lang in Rom. Um das Jahr 200 n. Chr. beschrieb ein römischer Arzt (Galenus) neben Pocken, Tollwut und Schwindsucht (Tuberkulose) auch die Pest, ohne aber ihre Ursachen oder ihre Heilung angeben zu können. Dann blieb Europa von dieser Krankheit verschont, bis sie ab 1347 in jedem Jahrhundert wiederkehrte. Seit 1721 tauchte sie in Europa nicht wieder auf. Wie vernichtend eine solche Seuche sein kann, sollen hier einige Zahlen bezeugen, die in Kirchenbüchern der Zeit um 1350 verzeichnet wurden. In Florenz lebten nach dem Erlöschen der Pest von 130000 Menschen noch 30000; in Lübeck starben 90%, in Bologna 75%, in Padua 66%, in Straßburg starben 16000, in Erfurt 15000, in Basel 1400 Einwohner; von Wien wird gemeldet, daß dort täglich 500 bis 700 Tote beerdigt wurden. Selbst eine fromme Mönchsgemeinschaft, die sich als „Barfüßerorden" der Pflege der Pestkranken widmete, verlor in den drei Seuchenjahren 100000 ihrer opferbereiten Helfer. Insgesamt wurden in der päpstlichen Kanzlei in Rom an Pesttoten 42836486 errechnet, das bedeutet nahezu 50% der damaligen europäischen Bevölkerung. Der Name „Schwarzer Tod" rührt her vom Aussehen der Kranken. Die Hautbeulen verursachten Blutungen unter der Haut, die, ähnlich wie bei einem Bluterguß, als dunkle Flecken am Körper erschienen.

Unvorstellbar viele Menschen sind im letzten Weltkrieg umgekommen oder ins Elend gestürzt worden, unvorstellbar viele Menschen sind in den Konzentrationslagern der Nationalsozialisten ermordet worden:
14450000 ums Leben gekommene Soldaten;

29650000 verwundete oder kriegsversehrte Soldaten;
2800000 in Bombenangriffen umgekommene Zivilpersonen;
11000000 Menschen wurden in Konzentrationslager verschleppt, viele sind dort umgekommen;
3500000 Menschen sind in Konzentrationslagern vergast, ermordet und verbrannt worden.

Heute sterben sehr viele Mitbürger bei Unfällen im Straßenverkehr. 1972 waren es 18793; so viele, wie eine kleine Stadt Einwohner hat.

Auch viele Kinder sterben im Straßenverkehr, auf dem Schulweg oder beim Spielen; 1972 waren es ca. 2000.

Was heißt das – sterben?

Zwei vierzehnjährige Jungen versuchten zu beschreiben, wie sie das Sterben anderer erlebt haben. Der eine sagte:
„Ich habe schon mehrere Beerdigungen und einen Todesfall miterlebt. Bei einem Todesfall war es schrecklich dabeizusein. Wenn man sieht, wie sich der Mensch mit letzter Kraft noch einmal hochhebt und dann einschläft und nicht mehr erwacht . . ."

Der andere meinte:
„Ich habe schon einmal einen Todesfall miterlebt und bei der Beerdigung des gleichen Toten teilgenommen. Der Sarg wurde in die Tiefe hinuntergelassen und mit Erde zugeworfen. Das war alles, und nach vier Monaten war der Verstorbene vergessen, und es wurde nicht mehr darüber gesprochen . . ."

Tot sein heißt unter anderem:
– einschlafen und nicht mehr aufwachen;
– nicht mehr lachen;
– nicht mehr weinen;
– vergessen werden.

Verlängerung des Lebens

Meistens sterben die Menschen im Alter am Versagen einzelner Organe, z.B. der Leber, der Niere und besonders des Herzens. Deswegen war es eine Sensation und zugleich eine Hoffnung für viele Menschen, als im Jahre 1968 der südafrikanische Arzt Christiaan Barnard zum ersten Mal ein menschliches Herz verpflanzte, d.h. das Herz eines gerade eben Gestorbenen einem Todkranken einsetzte.
Man hat die Herztransplantation (d.h.: -verpflanzung) oft mit dem Einbau von Austauschmotoren in ein altes Auto verglichen. Das zweite Herz wäre also eine Art Austauschpumpe für ein zweites Leben. Aber der Vergleich stimmt nicht: lebende Wesen sind keine Maschinen. Das überpflanzte Herz hat Minuten vorher noch in einem anderen Körper geschlagen, und es muß immer erst ein anderer Mensch sterben, bevor ein Herz übertragen werden kann.
Allerdings gibt es verschiedene Möglichkeiten, Ersatzkörperteile zu gewinnen:
– aus dem Organismus des Kranken selbst (z.B. kann ein Stück Haut vom Bein auf den Arm verpflanzt werden);
– aus dem Körper anderer Menschen (z.B. Herz, Lunge, Niere);
– aus Tieren (versuchsweise z.B. Haut, Herz).

Auf diese verschiedenen Arten können 29 Organe oder Körperteile beim Menschen schon ersetzt oder ausgetauscht werden.

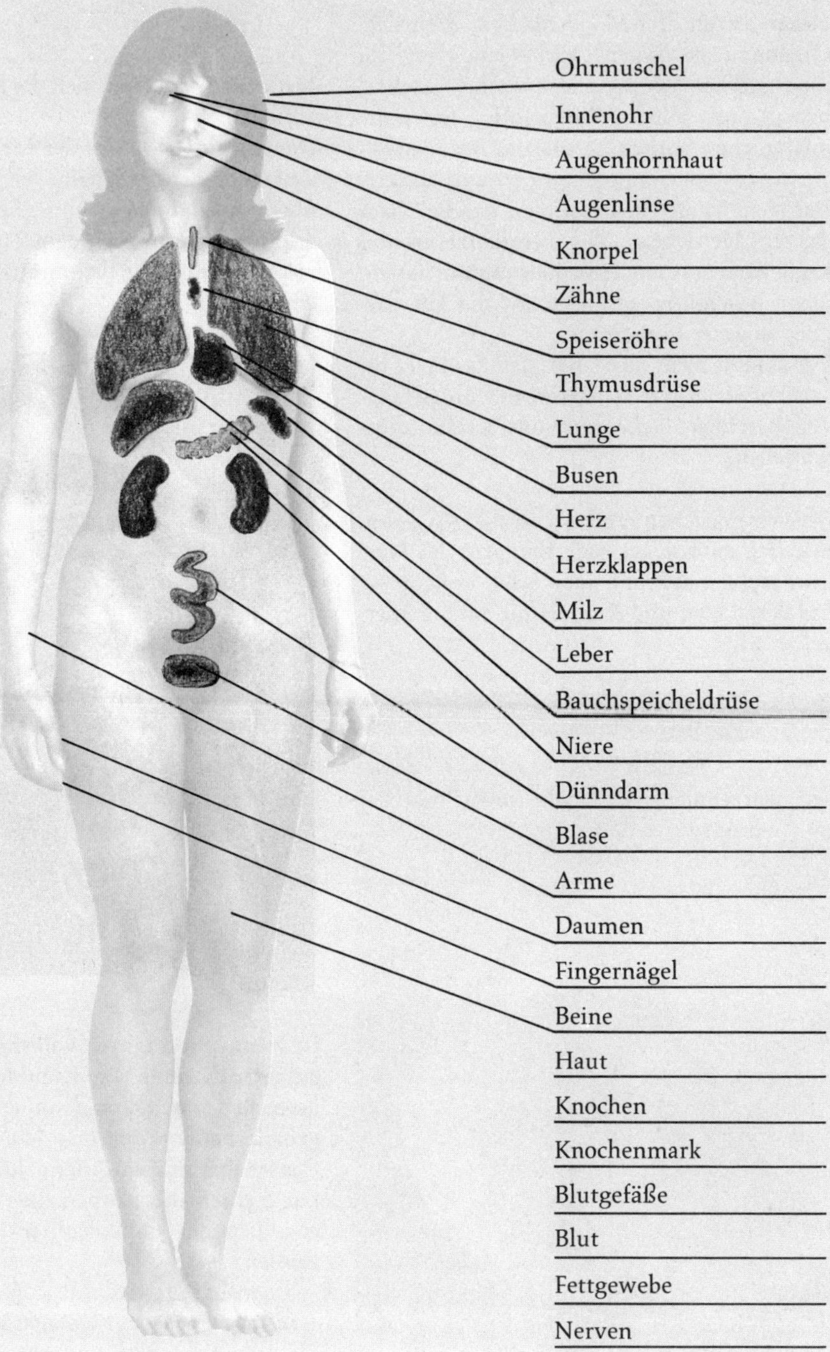

Ohrmuschel
Innenohr
Augenhornhaut
Augenlinse
Knorpel
Zähne
Speiseröhre
Thymusdrüse
Lunge
Busen
Herz
Herzklappen
Milz
Leber
Bauchspeicheldrüse
Niere
Dünndarm
Blase
Arme
Daumen
Fingernägel
Beine
Haut
Knochen
Knochenmark
Blutgefäße
Blut
Fettgewebe
Nerven

Neben diesen drei Möglichkeiten, natürliche Organe zu „gewinnen", gibt es eine vierte, die menschlichen Körperteile künstlich nachzubilden: aus Silber, Kunststoff oder gummiähnlichen Stoffen.

Das Herz ist also nicht, wie du gesehen hast, das einzige Organ, das verpflanzt werden kann. Aber die erste Herzübertragung hat viel mehr Beachtung gefunden als die Übertragung anderer Körperteile.
Das kommt nicht nur daher, daß das Herz besonders wichtig ist. Dem Herzen wurden lange Zeit besondere geheimnisvolle Kräfte zugeschrieben.

Bei verschiedenen Völkern war es Gewohnheit, daß die Krieger nach Kämpfen das Herz ihrer tapfersten Feinde aßen, weil sie glaubten, daß deren Mut und Kraft damit auf sie übergehen würde.

Tiefkühlgräber

Mit dem Tod wollen sich die Menschen nicht abfinden.
Die Hoffnung, daß es der Medizin in einiger Zeit gelingt, Krankheit, Alter und Tod zu überwinden, brachte einige Leute in Amerika dazu, sich gleich nach dem Tod in einer Spezial-Tiefkühltruhe (bei minus 230 Grad) einfrieren zu lassen.

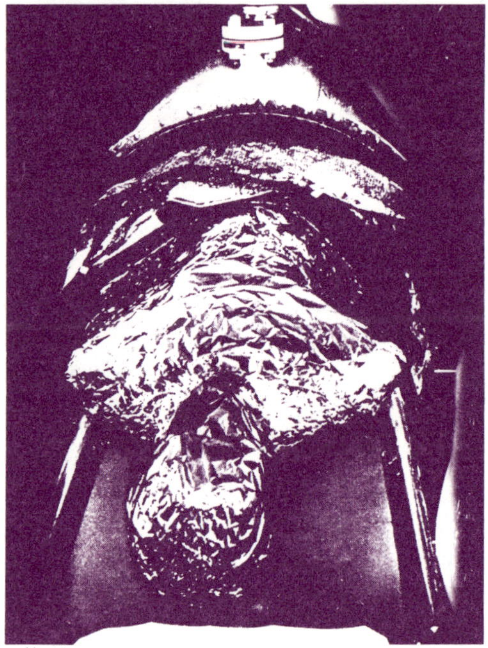

In 50 oder 100 Jahren will man dann wieder aufgetaut werden. Die Krankheit, an der man gestorben wäre, kann dann – so meint man – geheilt werden, und man lebt weiter.
Das ist aber unsinnig, denn durch das Einfrieren werden die Körperzellen zerstört – ein eingefrorener Körper kann nicht wieder belebt werden.

So sieht ein Herz aus Kunststoff aus.

Totenbräuche

Bei manchen Völkern und früher auch in Deutschland bereitete man sich ein ganzes Leben lang auf den Tod vor.
Ein Vers einer alten Litanei, die auch in unserem Gesangbuch steht (Nr. 138), bittet:
„Vor bösem, schnellem Tod behüt uns lieber Herre Gott!"
Im Mittelalter hatten viele Bauern, Bürger und Fürsten zu Lebzeiten schon ihr Sterbehemd im Schrank.
Kinder in der Pfalz und auch in Siebenbürgen mußten sogar die nackte große Zehe einer aufgebahrten Leiche küssen oder in sie hineinbeißen, damit sie sich an den Tod gewöhnten und die Angst vor ihm verloren.
Die Herrscher der Ägypter, die Pharaonen, ließen sich schon zu Lebzeiten von Tausenden von Sklaven ihre Grabmäler, die Pyramiden, bauen.
Nach dem Glauben der Ägypter mußte jeder Tote vor dem Totenrichter erscheinen. Seine Seele konnte nur weiterleben, wenn auch der Leib vor der Verwesung geschützt wurde. Deshalb wurden die Toten mit Salbe einbalsamiert und in Leinentücher gewickelt. Solche hergerichteten toten Körper nennt man heute Mumien.
In späterer Zeit wurden die Pharaonen in Felsenkammern begraben. Vor etwa vierzig Jah-

ren wurde ein solches Königsgrab fast unversehrt entdeckt.
Dem Pharao Tut-ench-Amun war in sein Grab eine Vielzahl von Dingen mitgegeben worden, die auch im Totenreich das Leben angenehm machen sollten:
Mehr als 40 Krüge Wein, über 100 Körbe mit Datteln, Nüssen, Melonenkernen, Brot und Bratenstücken; dazu Weizenkörner. Auch an Bequemlichkeit und Unterhaltung sollte es dem König nicht fehlen: goldene Sandalen, ein Brettspiel, ein Jagdwagen, Waffen, Schreibgerät – sogar eine Kleiderbürste.

Grabdenkmäler

Nicht nur in Deutschland und anderen Ländern Europas, sondern auch in Afrika, Asien und in der Südsee findet man solche Gebilde wie das hier abgebildete: ein Ring von Steinen, über dem ein großer, flacher Stein liegt.
Es sind Hünengräber, Grabstätten von Menschen, die vor 3000 und mehr Jahren gelebt haben. Ursprünglich waren sie mit Erde bedeckt, die der Regen im Lauf der Jahrhunderte weggewaschen hat. In der Mitte des Rings wurde der Tote begraben.

Bei Ausgrabungen sind häufig noch Knochenreste, Waffen, Schmuck und Hausgeräte gefunden worden. Aus diesen Grabbeigaben kann man sehen und schließen, wie die Menschen damals gelebt haben, wie sie aussahen, wie sie wohnten und sich kleideten.
Und auch an der Art und Weise, wie die Menschen ihre Toten begraben, kann man oft erkennen, wo und wie sie leben.
Auf unseren Friedhöfen kann man sehr verschiedene Gräber, Grabsteine und auch Grabfiguren sehen.

In manchen Gegenden Deutschlands findet man noch jüdische Gräber. Die dazugehörigen Grabsteine sind mit hebräischen Buchstaben beschriftet.

Das Bild auf dieser Seite zeigt den Grabstein einer Mainzer Märtyrerin aus dem Mittelalter, die im Jahre 1149 nach unserer Zeitrechnung wegen ihres Glaubens umgebracht wurde.

Die Zahlen in der folgenden Übersetzung bezeichnen die Zeilen auf dem Stein. In der ersten und dritten Zeile fehlen einige Wörter, die aus dem Stein gebrochen sind; in der fünften Zeile sind Wörter nach dem Sinn ergänzt:

1 . . .
2 die Tochter des
3 . . . Isaak . . .
4 und die ertränkt wurde
5 wegen (des Bekenntnisses zur) Einheit des (Gottes)namens
6 im Jahre 909,
7 5. Ijjar, Wochentag 6. Und sie ruhe
8 in Eden, dem Garten.

Früher hatten die Menschen noch sehr viel Platz, ihre Gestorbenen auf großangelegten Friedhöfen zu begraben. Bis zu 500 Jahren konnte ein Toter in seinem Grabe ruhen. Heute werden in Großstädten Grabstellen schon nach 25 Jahren wieder belegt; in München sogar bereits nach 7 Jahren. Weil die Städte immer weniger Platz haben, überlegte man sich, ob der Raum, den die Friedhöfe beanspruchen, nicht für Wohnhäuser, Spielplätze, Parkanlagen und Straßen dringender gebraucht wird. Es gibt den Vorschlag, die Toten zu verbrennen und ihre Asche in Tongefäßen (sogenannten Urnen) in einem Hochhaus aufzubewahren.

Ein anderer Vorschlag meint, man sollte auf einzelne Gräber völlig verzichten.
In der schwedischen Stadt Malmö gibt es schon einen Friedhof, auf dem die Asche aller Toten an nicht bekannten Stellen unter den Rasen gestreut wird. 65 000 Gestorbene sind dort „begraben".
Dort gibt es auch keine Grabsteine. Als Gedenkstätte gibt es für alle Toten einen einzigen Gedenkstein.

Dürfen Kinder auf dem Friedhof spielen?

Bericht aus einem Kinderladen:

Die Kinder stellen sich seit einiger Zeit Fragen zum Thema Tod. Erika schlug vor, den Johannesfriedhof zu besuchen. Die Kinder interessierten sich hauptsächlich für Namen und Alter der Gestorbenen. An einem Kindergrab konnte Erika ihnen erklären, daß Sterben nicht unbedingt mit dem Alter zusammenhängt. Während Erika sich mit einem Bekannten unterhielt, setzten sich die Kinder auf zwei alte, liegende Grabsteine, probierten aus, auf welchem sie besser sitzen konnten, und redeten miteinander und versuchten, von einem zum anderen Stein zu hüpfen. Dies war für sie eine ganz normale Spielsituation. Eine Frau kam auf die Gruppe zu und begann unvermittelt mit Erika und den Kindern zu schimpfen: „Das tut man doch nicht – man setzt sich doch nicht auf einen Grabstein." Spontan sagte Ekkehard: „Aber der Tote spürt das doch gar nicht mehr." Darauf ging sie nicht ein, sondern schimpfte weiter und drohte, die Polizei zu holen. Die Kinder waren verwirrt und fragten Erika, warum sie sich nicht auf den Stein setzen dürften. Erika wollte das von der Frau erfahren, deren einzige Antwort blieb: „Das gehört sich doch nicht – und überhaupt – mit sieben Kindern auf einem Friedhof – ich hole die Polizei." Die Kinder wurden ängstlich und stellten sich dicht zu Erika. Erika forderte die Frau auf, die Polizei zu rufen, und zeigte den Kindern, daß sie voll hinter deren Verhalten stehe. Dadurch bekamen sie ihre Sicherheit zurück und erklärten: „Wir haben doch gar nichts getan" – fühlten sich stärker: „Dann hol doch die Polizei – hol doch die Polizei", und während Erika weiterhin versuchte, die Frau dazu zu bringen, ihre Haltung zu begründen, riefen sie: „Blöde Frau." Da die Situation mit einer Diskussion nicht zu klären war, regte Erika an zu gehen. Die Kinder waren einverstanden. Die Frau lief schimpfend hinterher und sprach andere Leute an. Erika weiß, daß es besser gewesen wäre, die Auseinandersetzung mit den anderen fortzusetzen, war aber in der Situation der Meinung, daß die Kinder überfordert werden würden. Auf dem Weg zum Kinderladen machten sich die Kinder Luft und imitierten das nörgelnde Schimpfen der Frau. Im Kinderladen bestanden sie darauf, daß die Frau blöd sei, aber Erika versuchte ihnen deren Verhalten zu erklären:
1. Die Frau hat als Kind und auch später nie etwas anderes gehört als „das tut man nicht".
2. Sie hat es nicht gelernt, selbständig über etwas nachzudenken. 3. So wie diese Frau würden sich die meisten Menschen verhalten, weil sie viele Dinge und Orte für wichtig und heilig halten, ohne genau zu wissen, warum – sie glauben daran.
Dagegen wollen wir immer erst darüber nachdenken, ob wir die richtige Einstellung haben, bevor wir urteilen. Wir finden das Schimpfen der Frau nicht richtig, aber wir wissen auch, daß sie gar nicht anders konnte. Trotzdem ist es sehr wichtig, daß wir das, was wir für richtig halten, wie dieser Frau gegenüber, ganz klar vertreten.

Angst vor dem Tod

Die Menschen denken nicht gerne an den Tod. Er begegnet uns im Alltagsleben selten. Höchstens wenn ein Staatsmann gestorben ist, sieht man eine Beerdigung und einen Leichenzug. Daß die Menschen nicht gerne ans Sterben denken, zeigen auch die Traueranzeigen in den Zeitungen. Dort steht fast nie „gestorben", sondern meist etwas anderes:

Ein reiches, erfülltes Leben voller Liebe und Fürsorge für die Ihren ist zu Ende gegangen.

Wir trauern von Herzen um unsere liebe Mutter. Meine innigstgeliebte Frau, gute Mutter, Schwester, unsere Tante
hat uns heute für immer verlassen.

Nach kurzer, schwerer Krankheit ist mein lieber, herzensguter Mann, unser treusorgender Vater, Schwiegervater, Opa, Uropa und Ururopa, Bruder, Schwager und Onkel
im Alter von 72 Jahren für immer von uns gegangen.

Am 22. Oktober 1971 verschied mein lieber Mann, unser guter Vater, Schwiegervater, Opa, Schwager und Onkel

So einfach war Dein Leben.
Du dachtest nie an Dich,
nur für die Deinen streben,
galt Dir als höchste Pflicht.

Nach schwerer Krankheit ist heute
unser treusorgender Vater,
Schwiegervater, Schwager und Onkel
im 75. Lebensjahr sanft entschlafen.

Am 23. Oktober 1971 nahm der Herr meinen herzensguten Mann, meinen lieben Vater, Schwiegervater, Opi, Bruder, Schwager und Onkel
im Alter von 74 Jahren zu sich in die Ewigkeit

Schon immer haben die Menschen vor dem Tod Angst gehabt. Sie verglichen ihn mit einem Schlaf, aus dem man nicht mehr aufwacht.

Im Gilgamesch-Epos der Sumerer (sie lebten im Gebiet des heutigen Irak) ist uns ein 4000 Jahre altes Klagelied überliefert:

,,Ich weine über dich . . .
hört mich an, ihr Ältesten von Uruk, hört mich an!
Um Engidu weine ich, um meinen Freund,
Wie ein Klageweib bitterlich klagend! . . .
Ein böser Dämon stand auf und nahm ihn mir weg! . . .
Was ist das nun für ein Schlaf, der dich gepackt hat?
Du wurdest umdüstert und hörst mich nicht mehr . . .''

Allen Völkern ist der Tod unheimlich. Und überall wird die Frage gestellt: Warum kam der Tod in die Welt?

Mit einem Märchen beantworten die afrikanischen Hottentotten diese Frage:
,,Der Mond sagte es der Laus, die Laus dem Hasen und der Hase den Menschen. Doch verdrehte der Hase aus Dummheit oder Bosheit die Botschaft des Mondes in ihr Gegenteil. Statt den Menschen ewiges Leben zu verkünden, überbrachte er ihnen die Nachricht vom Tod ohne Wiederkehr. Der Mond schlug ihm dafür auf das Maul. Seitdem ist die Lippe des Hasen gespalten.''

Mit einer anderen Erzählung versucht die Bibel zu erklären, wie der Tod in die Welt gekommen ist:
Gegen Gottes Verbot haben die Menschen vom Baum der Erkenntnis eine Frucht gegessen. Nun weist sie Gott aus dem Paradiesgarten:
,,Weil du . . . von dem Baum gegessen hast, von dem ich dir gebot: Du sollst nicht davon essen, so ist um deinetwillen der Erdboden verflucht. Mit Mühsal sollst du dich von ihm nähren dein Leben lang. Dornen und Disteln soll er dir tragen, und das Kraut des Feldes sollst du essen. Im Schweiße deines Angesichts sollst du dein Brot essen, bis du wieder zur Erde kehrst, von der du genommen bist; denn Erde bist du, und zur Erde mußt du zurück.'' (1. Buch Mose, Kapitel 3, Vers 17–19)
Das Alte Testament sagt also: Durch *einen* Menschen, nämlich Adam, ist der Tod in die Welt gekommen.
Auf diese Darstellung des Alten Testaments bezieht sich das, was das Neue Testament über den Tod sagt: Durch den *einen* Menschen Jesus Christus ist der Tod überwunden.
Der Apostel Paulus meint (im 1. Korintherbrief, Kapitel 15):

Das ist unsere Botschaft: Gott hat Christus nach dem Tod wieder lebendig gemacht. Wie können dann einige von euch behaupten, daß die Toten nicht wieder leben werden? Wenn das stimmt, dann wurde auch Christus nicht wieder lebendig. Wenn Christus aber nicht lebendig wurde, haben wir nichts zu verkünden, und ihr habt nichts zu glauben. Noch mehr: Wir sind als Gottes falsche Zeugen aufgetreten. Wir haben von ihm gesagt, daß er Christus nach dem Tod lebendig gemacht hat. Stimmt es aber, daß die Toten nicht wieder leben werden, dann hat er auch Christus nicht lebendig gemacht. Wenn die Toten nicht lebendig werden, wurde Christus es auch nicht. Wenn aber Christus nicht lebt, ist euer Glaube bedeutungslos. Dann steckt ihr noch in euren Sünden. Wer im Glauben an Christus gestorben ist, ist dann verloren. Wenn wir nur in diesem Leben auf Christus hoffen, verdienen wir mehr Mitleid als irgend jemand sonst auf der Welt.

In Wahrheit erwachte Christus als erster von allen aus dem Todesschlaf. Der Tod kam durch einen einzigen Menschen. Ebenso kam das Leben nach dem Tod durch einen einzigen Menschen. Alle Menschen gehören zu Adam. Darum sterben sie. Aber durch die Verbindung mit Christus werden sie wieder lebendig. Jedoch alles in der richtigen Reihenfolge: Christus ist der erste. Wenn er wiederkommt, kommen die an die Reihe, die zu ihm gehören. Dann kommt der Rest, wenn Christus alle Herrscher, Gewalten und Mächte vernichtet hat und die Herrschaft Gott, dem Vater, übergibt. Christus muß so lange herrschen, bis er alle seine Feinde besiegt hat. Zum Schluß wird der Tod besiegt. In der Schrift steht: „Alles tritt er unter seine Füße."

Himmel und Hölle

Zu allen Zeiten brachte die Angst vor dem Tod die Menschen dazu, zu hoffen, daß mit dem Sterben nicht alles zu Ende sei.
Der Glaube an ein „Weiterleben" nach dem Tode bietet den Menschen Trost und Zuversicht.
Die Menschen glaubten an Himmel und Hölle und malten die schönsten und schrecklichsten Erwartungen in glühenden Farben aus.
Bunt und lieblich sieht in der Phantasie der Menschen der Himmel aus.

Es scheint, daß man alles, was es im irdischen Leben nicht gibt, im jenseitigen Paradies zu finden hofft:
- keinen Krieg;
- keinen Streit;
- keine Arbeit;
- keine Sorgen;
- keine Tränen;
- keine unerfüllten Wünsche.

Die Freuden des Himmels gegenüber den Leiden der Erde bringt ein über 400 Jahre altes Kirchenlied zum Ausdruck:
„Also wird Gott erlösen / uns gar von aller Not / vom Teufel, allem Bösen / von Trübsal, Angst und Spott / von Trauern, Weh und Klagen / von Krankheit, Schmerz und Leid / von Schwermut, Sorg und Zagen / von aller bösen Zeit.
Er wird uns fröhlich leiten / ins ewig Paradeis / die Hochzeit zu bereiten / zu seinem Lob und Preis. / Da wird sein Freud und Wonne / in rechter Lieb und Treu / aus Gottes Schatz und Bronne / uns täglich werden neu.
Da wird man hören klingen / die rechten Saitenspiel / die Musikkunst wird bringen / in Gott der Freuden viel / die Engel werden singen / all Heilgen Gottes gleich / mit himmelischen Zungen / ewig in Gottes Reich."

Die Vorstellungen vom jenseitigen Himmel hängen auch davon ab, wo und in welchen Verhältnissen die Menschen leben. Wer in seinem Leben in einer Gegend wohnt, wo er Angst vor Raubtieren haben muß, wünscht sich:
Frieden zwischen Mensch und Tier.
Wer sich von der Jagd ernährt, wünscht sich im Paradies:
„Ewige Jagdgründe".

Düster und grausam stellt man sich die Hölle vor.
Einige Schüler wurden gefragt: „Glaubst du, daß es eine Hölle gibt?"
Sie antworteten und begründeten auch gleich:
„Es gibt keine Hölle, wo man gebraten usw. wird. Ich glaube vielmehr, daß die schwarze Seele irgendwo rumgeistert und niemals mehr Ruhe findet."
Und:
„Wenn es keine Hölle gäbe, würden ja die Bö-

sen nicht bestraft, dann hätte es ja gar keinen Zweck, gut zu sein."
Sie wurden auch gefragt, wie die Hölle aussieht und wo sie ist:
„Tief in der Erde. Ganz dunkel."
„Sie ist dunkel, dampft, und Teufel hupfen umeinander. Vielleicht sogar einen Kessel."
„Heiß wie in Afrika. Unter der Erde."
„Eine große schwarze Höhle mit unzählig vielen kleinen Teufelchen, welche mit Dreizacken in der Hand um das offene Feuer fetzen."
Eine Schülerin allerdings antwortete:
„Keiner kann einen richtigen Ort angeben, wo der Himmel ist, also kann ich auch nicht sagen, wo die Hölle ist."
Die Vorstellungen von Himmel und Hölle gehören in ein Bild, das die Welt in drei Stockwerke aufgegliedert darstellt: Über der Erde der Himmel mit dem Paradies, dann darunter die Erde, auf der die Menschen leben, und unter der Erde die Hölle. Dieses Weltbild stammt von den alten Völkern des Mittelmeerraumes, von Babyloniern, Ägyptern und Griechen.

Auch die Bibel benutzt diese Vorstellungen, wie die Geschichte vom reichen Mann und vom armen Lazarus zeigt:
Es war aber ein reicher Mann, der kleidete sich in Purpur und kostbare Leinwand und lebte alle Tage herrlich und in Freuden. Ein Armer aber mit Namen Lazarus lag vor seiner Türe; der war mit Geschwüren bedeckt und begehrte, sich von dem zu sättigen, was vom Tisch des Reichen abfiel; dagegen kamen die Hunde und beleckten seine Geschwüre.
Es begab sich aber, daß der Arme starb und daß er von den Engeln in Abrahams Schoß getragen wurde.
Aber auch der Reiche starb und wurde begraben. Und als er im Totenreich, von Qualen geplagt, seine Augen erhob, sah er Abraham von ferne und Lazarus in seinem Schoß. Und er rief mit lauter Stimme: Vater Abraham, er-

barme dich meiner und sende Lazarus, damit er die Spitze seines Fingers ins Wasser tauche und meine Zunge kühle; denn ich leide Pein in dieser Flamme. Abraham aber sprach: Kind, gedenke daran, daß du in deinem Leben dein Gutes empfangen hast und Lazarus gleichermaßen das Böse; jetzt dagegen wird er hier getröstet, du aber leidest Pein. Und bei alledem besteht zwischen uns und euch eine große Kluft, damit die, welche von hier zu euch hinübergehen wollen, es nicht vermögen, noch die, welche dort sind, zu uns herübergelangen können.
Da sagte er: So bitte ich dich denn, Vater, daß du ihn in das Haus meines Vaters sendest – denn ich habe fünf Brüder –, auf daß er ihnen sichere Kunde bringe, damit nicht auch sie an diesen Ort der Qual kommen.

Zu diesen Vorstellungen schreibt ein Kind der heutigen Zeit in einem Schulaufsatz:

„... Viele trösten sich damit, daß sie glauben, die Toten leben weiter. Ich persönlich glaube nicht daran. Ich kann mir gar nicht vorstellen, daß ich weiterleben sollte, oder wie es dort aussieht."

Alter

Die durchschnittliche Lebenserwartung ist vom Jahre 1900 (50 Jahre) bis heute (etwa 70 Jahre) erheblich gestiegen und steigt noch weiter. Das Lebensprogramm der Menschen aber hat sich wenig geändert:

- die Schule wird besucht;
- *ein* Beruf wird erlernt;
- eine Familie wird gegründet;
- der erlernte Beruf wird ausgeübt;
- dann hört man mit 65 oder 60 Jahren oder

noch früher auf zu arbeiten und setzt sich zur Ruhe.

Dieser Lebensablauf galt im Jahre 1900 als sinnvoll.
Wie ist es heute, wo die Menschen im Durchschnitt 20 Jahre länger leben?
Und wie wird es im Jahr 2000 sein, wenn die durchschnittliche Lebenserwartung bei 85 Jahren liegen wird?

Es wird in Zukunft immer mehr alte Menschen geben. Sie haben immer weniger zu tun. Sie gehen spazieren und scheinen sich überall da aufzuhalten, wo auch Kinder spielen.
Die Alten wollen ihre Ruhe haben.
Daher kommt es zwischen Kindern und alten Leuten häufig zu Mißverständnissen.
Kinder haben den Eindruck, daß alte Leute nur auf Bänken in der Sonne sitzen und nichts anderes zu tun haben, als sie auszuschimpfen, wenn sie Krach machen.
Oder sie sitzen am Fenster und beobachten die Kinder.
Dann erzählen sie den Eltern, was die Kinder alles angestellt haben, und beschweren sich.

Noch vor hundert Jahren lebten die meisten Menschen in großen Familien zusammen. Großeltern, Eltern und Kinder, dazu unverheiratete und verheiratete Onkel und Tanten und deren Kinder, vielleicht auch Urgroßeltern – sie alle wohnten unter einem Dach.
Die meisten Menschen wohnten auf dem Lande und arbeiteten in der Landwirtschaft.
Wenn den Alten die Last der Arbeit zuviel wurde, zogen sie sich auf das „Altenteil" zurück. Sie hatten das Recht, auf dem Bauernhof weiterhin wohnen zu bleiben, ihre Kinder mußten für ihren Lebensunterhalt sorgen.

Ein alter Bauer erzählt, was den Alten nach dem „Auszug" aufs Altenteil zustand:

„Zum Auszug gehören in der Regel eine Stube oder eine Kammer, die Mitfütterung jährlich einer Kuh im Stall, ein Schwein, 1/4 Teil der Kartoffel und des Obstes, ein Pfund Butter in der Woche, ein Hafen Sauermilch wöchentlich, ebenso einen Anteil von allem, was im Garten gepflanzt wird an Bohnen und Erbsen. Zum Schluß noch ein Teil Frucht und Brot."
Doch wenn der alte Bauer und die Bäuerin auf dem Altenteil saßen, halfen sie bei der Arbeit mit, soweit sie es noch konnten.

Ganz ähnlich war es auch beim Handwerk.

Heute leben die Menschen in kleinen Familien. Eltern und Kinder – selten wohnen Großvater und Großmutter im gleichen Haus.
Im Jahr 1950 wohnte erst die Hälfte der alten Menschen allein. Heute sind es schon zwei Drittel.
Früher konnten die Alten noch mithelfen, heute scheiden sie aus ihrem Beruf aus und wissen oft nicht, was sie machen sollen.

Deshalb haben sie viel Zeit, sich über Kinder zu ärgern.

Je mehr es gelingt, das menschliche Leben zu verlängern, desto dringender wird es, zu überlegen, was ältere Menschen machen können:
– einen zweiten Beruf erlernen;
– ein Hobby entdecken;
– sich mit anderen zusammentun.

Man hat versucht, für alte Menschen neue Möglichkeiten in Beruf und Freizeit zu schaffen.
Eine Idee sind die Altenwerkstätten.
Eine andere Idee war, mitten in einem Kinderdorf ein Altenheim zu bauen. In Kinderdörfern leben Kinder aus verschiedenen Ländern der Welt.

Für diese Kinder, die alle keine Eltern mehr haben, sind die alten Menschen, die dort wohnen, dann „Ersatz-Omis“ und „Ersatz-Opas“. Die Jungen können den Alten helfen, und die Alten geben acht auf die Kleinen.

Wer jung ist, denkt nicht daran, daß er einmal alt werden wird und was er dann machen könnte.

Einige junge Erwachsene wurden gefragt: „Womit wollen Sie sich im Alter beschäftigen?“

Sie antworteten:

„Die Frage habe ich mir überhaupt noch nicht gestellt.“

„Darüber habe ich noch nicht nachgedacht.“

„Och, das ist noch so weit entfernt.“

„Es wird sich schon was ergeben.“

„In der Sonne liegen, faul sein, essen und trinken.“

„Ich werde Pflanzen fotografieren. Mein Hobby ist Botanik.“

Lebensrecht für alle

Während du diesen Satz liest, werden auf der Erde 11 Kinder geboren.
In der gleichen Zeit sind 5 Menschen gestorben.
Das bedeutet: In 3 Sekunden nimmt die Bevölkerung der Erde um 6 Menschen zu, jede Sekunde um zwei Menschen.

Die „Allgemeine Erklärung der Menschenrechte", die 1948 von der UNO, den Vereinten Nationen, verkündet wurde, sagt: „Alle Menschen sind frei und gleich an Würde und Rechten geboren . . ."

Gegenüber dem Tod sind alle Menschen gleich, sterben müssen irgendwann einmal alle.

Aber bis dahin gibt es einige Unterschiede:

● Nicht alle z. B. haben bis dahin gleich lange gelebt.
In Indien sterben von 1000 Neugeborenen im ersten Lebensjahr 80 Kinder. In Brasilien sterben von 1000 Neugeborenen im ersten Lebensjahr 63 Kinder. In der Bundesrepublik Deutschland sterben von 1000 Neugeborenen im ersten Lebensjahr 27 Kinder.
In Deutschland liegt die durchschnittliche Lebenserwartung bei etwa 70 Jahren, in Brasilien liegt sie bei etwa 40 Jahren.

● Nicht alle sterben aus den gleichen Gründen.
27000 Menschen sterben jeden Tag an Unterernährung;
22000 Menschen sterben jeden Tag an Seuchen.
Andere Menschen sterben bei Naturkatastrophen, andere bei Kriegen und Bürgerkriegen.

Geht uns das nichts an?

Im Kampf gegen den Tod stehen alle Menschen auf einer Seite.

Nur wissen das nicht alle.
In der „Erklärung der Menschenrechte" heißt es:
„Jeder Mensch hat Anspruch auf die in dieser Erklärung verkündeten Rechte und Freiheiten ohne irgendeine Unterscheidung, wie etwa nach Rasse, Farbe, Geschlecht, Sprache, Religion, politischer oder sonstiger Überzeugung, nationaler oder sozialer Herkunft, nach Eigentum, Geburt oder sonstigen Umständen . . ."
Doch Unterschiede gibt es nach
– Rasse;
– Farbe;
– Land;
– Stand;
– Eigentum.

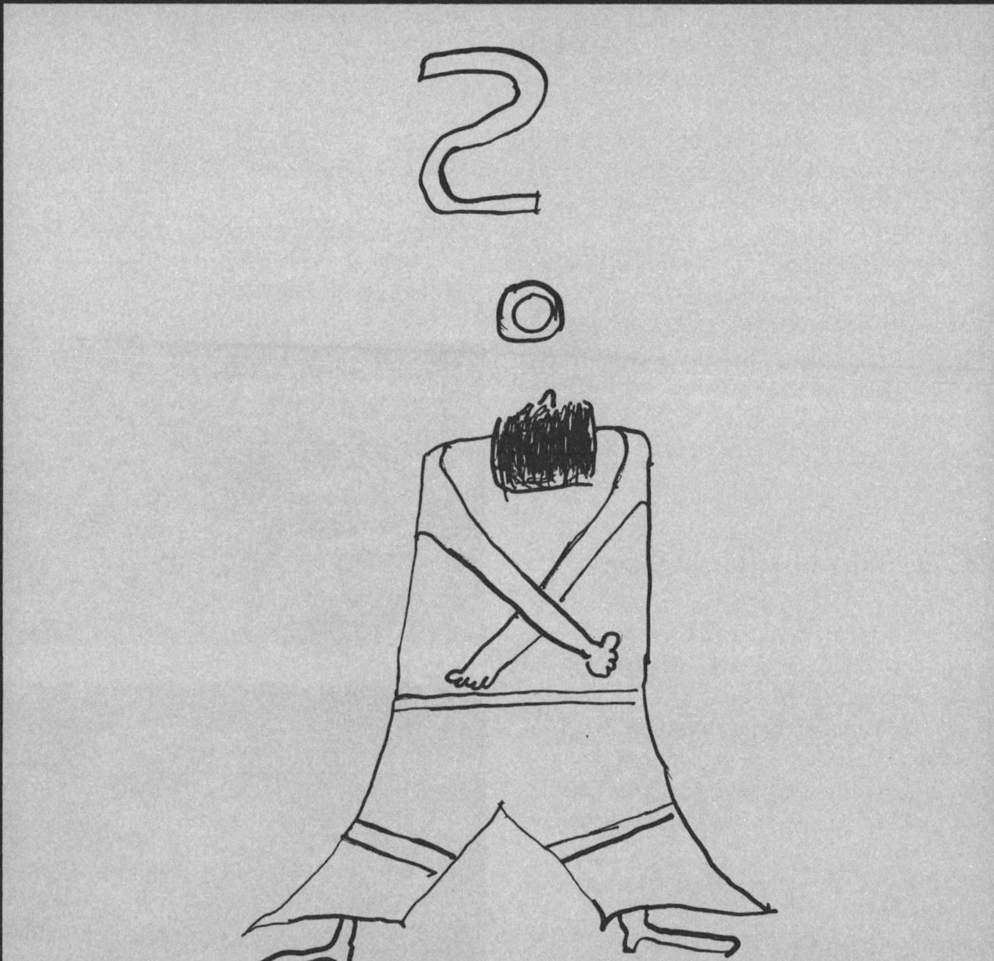

Was denken eigentlich Katholiken und Protestanten übereinander?
Was reden sie übereinander?

Katholiken denken viel freundlicher über Evangelische als die Evangelischen über Katholiken.

Katholiken über Evangelische

Monika ist Schülerin in einem fünften Schuljahr. Sie haben gerade Religionsunterricht; Monika ist katholisch.
Der Lehrer hat einen Fragebogen ausgeteilt. Auf dem Bogen steht nur eine Frage:
„Was hältst du von den Evangelischen?"
Monika schreibt:
Sie gehen nicht jeden Sonntag in die Kirche – manche gehen überhaupt nicht.
Evangelische Kinder sind frecher als katholische.
Die Evangelischen müssen nicht zur Beichte.
Sie haben keinen Papst.
Evangelische Pfarrer haben eine Frau.

Evangelische über Katholiken

„Na, was hast du deinem Pfarrer denn heute erzählt? Daß du Geld geklaut oder in der Schule abgeschrieben hast?"
Kurt und Walter stehen feixend an der Straßenecke. Alfons kommt gerade von der Kirche. Er ist katholisch und war zur Beichte. Kurt und Walter wissen das – sie sind evangelisch.
Kurt macht sich lustig: „Hast du auch alles schön erzählt?"
Walter spottet: „Gleich wächst dir ein Heiligenschein."
Wieder Kurt: „Ein Scheinheiligen-Schein."
Walter: „Hat dich der Pfarrer auch mit Wasser angespritzt? Mit Weihwasser?"
Kurt: „Ihr Katholiken seid doch alle abergläubisch. Du glaubst wohl auch noch an den Weihnachtsmann?"

Alfons weiß gar nicht, was er sagen soll. Er ist verblüfft. Sonst versteht er sich mit Kurt und Walter ganz gut.
Jetzt brüllt er nur noch: „Ihr blöden Heinis habt ja keinen Schimmer!" Dreht sich um und geht.

Eine Umfrage

In einer großen Umfrage wurden viele Menschen befragt, was sie über Evangelische und was sie über Katholiken denken.

Die meisten Menschen denken,
die *Katholiken* seien:

– scheinheilig	– rückständig
– falsch	– engstirnig
– selbstbewußt	– demütig
– abergläubisch	– keusch

Die meisten Menschen denken,
die *Evangelischen* seien:

– modern	– hilfsbereit
– aufgeschlossen	– oberflächlich
– fröhlich	– spießbürgerlich
– ausgeglichen	– streitbar

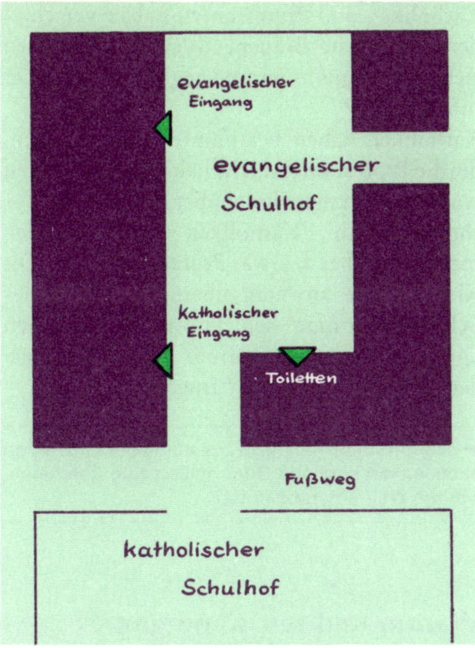

Konfessionsschulen

Im Jahre 1969 konnte man in einer Zeitschrift noch folgende Geschichte lesen:

Gemeinsam gehen jeden Morgen 743 katholische und evangelische Kinder zur Schule in die Düsseldorfer Ehrenstraße. Doch gemeinsam kommen sie nicht ins Schulhaus hinein, denn die katholischen Schüler haben eine eigene Haustür und die evangelischen auch.
Die evangelischen und katholischen Jungen und Mädchen benutzen verschiedene Treppen und getrennte Schulhöfe.
Eines jedoch haben sie gemeinsam: die Toiletten. Doch auch hier ist eine Trennung vorgesehen. Die katholischen Kinder sollen gleich zu Anfang der Pause und dann auch in großer Eile ihre kleinen und großen Geschäfte erledigen und dann in ihren Schulhof zurückkehren.

Heute gibt es immer weniger solcher Konfessionsschulen. Die meisten Schulen in Deutschland sind „Gemeinschaftsschulen", das heißt, katholische und evangelische Schüler gehen in eine Klasse.

In manchen Ländern heißen die „Gemeinschaftsschulen" auch „christliche Gemeinschaftsschulen".

Gibt es einen evangelischen oder einen katholischen Turnunterricht? Gibt es eine katholische oder eine evangelische Heimatkunde? Biologie? Physik? Geschichte? Deutsch?

Manche Leute meinen, das gibt es.

Sie sagen: Katholiken und Protestanten denken anders über die Entstehung der Erde, über den Menschen, über bestimmte Ereignisse aus der Geschichte usw.

Das stimmt auch zum Teil. Aber wäre es nicht besser, man würde darüber zwischen den Evangelischen und den Katholiken diskutieren? Man würde sich gegenseitig informieren über das, was man selbst für richtig hält.
Vielleicht kommt man sich näher oder einigt sich sogar. Das ist ausgeschlossen, wenn jeder in einer eigenen „katholischen" oder „evangelischen" Schule unter sich bleibt.

Wie ist das eigentlich mit dem Religionsunterricht?
Hier glauben noch mehr Leute, daß es unbedingt katholischen und evangelischen Religionsunterricht geben muß. In diesem Fach geht es auf keinen Fall gemeinsam!
Stimmt das?

Katholiken und Protestanten haben verschiedene Kirchen. Man kann sie gemeinsam besuchen.

Katholiken und Protestanten haben verschiedene kirchliche Bräuche. Warum sollte man sich nicht gemeinsam und gegenseitig darüber informieren?
Katholiken haben bestimmte Einrichtungen, die die Protestanten nicht haben. Protestanten wundern sich manchmal über das, was die Katholiken tun; Katholiken wundern sich manchmal über das, was Protestanten tun. Oft wissen beide zuwenig übereinander. In der Schule kann man sich die unterschiedlichen Dinge gegenseitig erklären. Man kann auch den Lehrer oder Pfarrer fragen.

▶ Warum sollte man nicht zusammen über den Tod nachdenken können? Oder gemeinsam überlegen, wie die Welt entstanden ist?

Warum und seit wann gibt es eigentlich eine katholische und eine evangelische Kirche?

Im Laufe der Geschichte der Kirche gab es viele Spaltungen, bei denen sich Gruppen von der Kirche trennten. Vor etwa 450 Jahren entstand durch die Trennung von der katholischen Kirche die evangelische.

Ein Mönch, Martin Luther, hatte gegen die zahlreichen Mißstände, die damals in der Kirche herrschten, protestiert. Doch der Papst und die Bischöfe wollten die Reform der Kirche nicht, die Luther gefordert hatte. Luther wurde sogar aus der Kirche ausgeschlossen.
In einigen Gebieten Deutschlands und Europas setzten sich die Gedanken Martin Luthers und seiner Anhänger durch, andere Länder hielten an der katholischen Kirche fest. Die Kirchen, die aus dieser „Reformation" hervorgingen, nennen sich evangelisch oder reformatorisch.

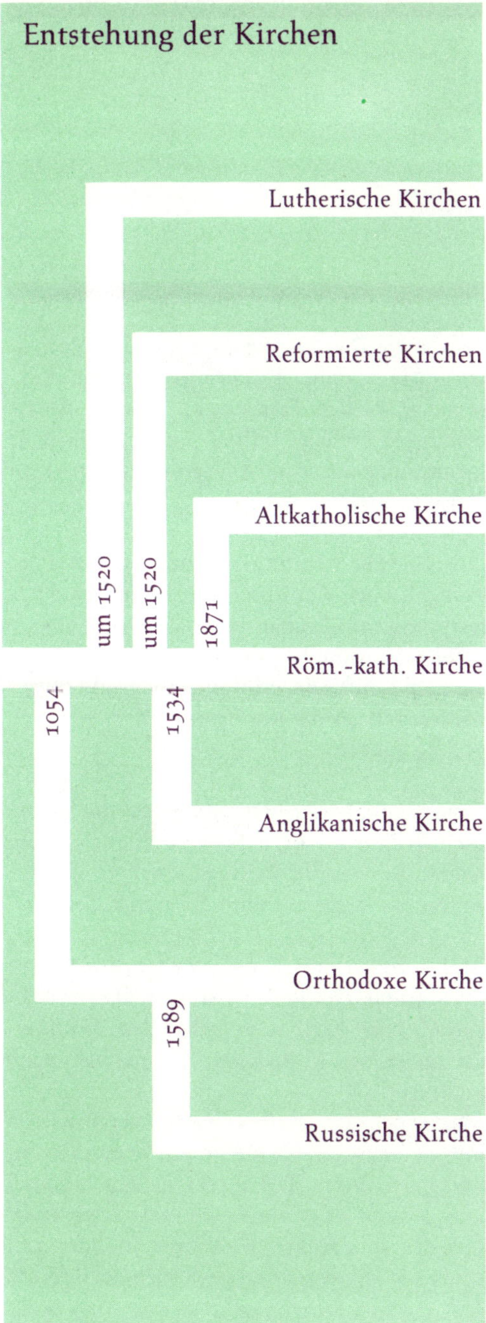

Unter diesen Kirchen gibt es Unterschiede, es gibt z.B.: lutherische und reformierte Kirchen.
Die „reformierten" Kirchen wurden von den Schweizern Ulrich Zwingli und Johannes Calvin begründet.
In den Hauptfragen des Glaubens sind sich Lutheraner und Reformierte weitgehend einig.

Kleines katholisch-evangelisches Lexikon

Wenn ein Evangelischer eine katholische Kirche betritt, weiß er nicht immer, was die Einrichtungen bedeuten, die er dort vorfindet. Was sind zum Beispiel: Heiligenfiguren, Beichtstühle, Weihwassergefäße oder ein Marienaltar? Welche Bedeutung haben sie?
Manchmal besuchen Evangelische einen katholischen Gottesdienst, oder sie sehen eine Gottesdienstübertragung im Fernsehen. Auch dann gibt es Fragen: Was ist eine Messe? Was macht der Meßdiener? Was bedeutet der Weihrauch? Was ist ein Pontifikalamt?
Manchmal hört man auch von anderen katholischen Besonderheiten: von Prozessionen, Dogmen, von Priestern, die nicht heiraten dürfen, vom Papst.
Evangelische Mädchen und Jungen haben Freunde und Klassenkameraden, die Dinge tun, die sie selbst nicht tun – weil die anderen katholisch sind: Sie fasten; sie gehen zur Beichte; sie sind Meßdiener; sie werden gefirmt, nicht konfirmiert; sie beten mit dem Rosenkranz.
Über einige dieser Unterschiede und Besonderheiten informiert das *kleine katholisch-evangelische Lexikon*. Andere kann man in einem großen Lexikon nachschlagen, oder man fragt jemanden, der sich auskennt.

Katholiken haben zum Beispiel:	*Beichte*	*Papst*
	Dogmen	*Priester*
	Fasten	*Prozession*
	Firmung	*Rosenkranz*
	Heilige	*Weihe*
	Maria	*Weihrauch*
	Messe	*Weihwasser*

Beichte. Die evangelische Kirche kennt (mit wenigen Ausnahmen) nur die allgemeine Beichte: das gemeinsame Sündenbekenntnis. Die Privat- oder Ohrenbeichte in einem Beichtstuhl in der Kirche ist eine Besonderheit der katholischen Kirche. In der Beichte werden dem Priester, der die Kirche vertritt, die begangenen *Verfehlungen* („Sünden") erzählt („gebeichtet"). Der Priester spricht dann die Absolution (Lossprechung von der Sündenschuld) aus. Bei der Beichte wird eine Buße, meist ein Bußgebet, auferlegt, das im Anschluß an die Beichte zu verrichten ist.

Dogmen sind von einem Papst oder einem *Konzil* verkündete Lehrsätze der katholischen Kirche. In den Dogmen legt die katholische Kirche die in der Heiligen Schrift oder in der Überlieferung geoffenbarten Grundwahrheiten fest. Inhaltlich ändert sich an den Dogmen der Kirche nie etwas – so meint die katholische Kirche –, aber sie können so gesagt werden, daß sie die Menschen zu verschiedenen Zeiten und in verschiedenen Ländern verstehen und glauben können.

Fasten bedeutet: enthaltsam sein. Man ißt entweder gar nichts oder nur das Notwendigste. Das Fastengebot der katholischen Kirche fordert die Gläubigen auf, sich von der Sorge um das leibliche Wohlergehen freizumachen und sich auf Gott auszurichten.

Fastentage sind besondere Tage: die Wochen vor Ostern, von Aschermittwoch bis Karsamstag. Neben Fastentagen gibt es Abstinenztage: Freitags sollten die Katholiken in Erinnerung an den Todestag Christi kein Fleisch essen.

Firmung. Die Firmung ist vergleichbar mit der evangelischen Konfirmation; sie soll eine Befestigung im Glauben sein.
Bei der Firmung legt der Bischof den Kindern die Hand auf. Die Firmung findet allerdings früher statt als die Konfirmation: zwischen 8 und 14 Jahren.

Heilige sind Menschen, von denen die katholische Kirche meint, daß sie vorbildlich gelebt haben. Sie werden heiliggesprochen, das bedeutet: sie dürfen öffentlich verehrt werden.

Maria. In katholischen Gegenden findet man oft Marienbilder und -figuren an Häusern. In katholischen Kirchen ist neben dem Hauptaltar meist ein Marienaltar (manchmal auch mehrere).
Maria wird als *„Mutter Gottes"* verehrt. Von ihr wird gesagt, daß sie ohne Sünde geboren und nach ihrem Tod direkt in den Himmel aufgefahren ist. Eine Reihe von Orten (z.B. Lourdes in Frankreich, Fatima in Portugal) sind zu Wallfahrtsorten geworden, weil Maria dort erschienen sein soll.

Messe. Die Messe ist ein katholischer Gottesdienst mit Abendmahlsfeier. Priester und Meßdiener tragen weiße und bunte Gewänder. Die *Meßdiener* gehen dem Priester bei der Messe zur Hand. Sie bringen Wein und Wasser herbei, tragen das Weihrauchfaß und bedienen die Meßklingeln.
Die katholischen Gläubigen sind verpflichtet, an Sonn- und Feiertagen die Messe zu besuchen.

Ein *Pontifikalamt* ist eine besonders feierliche Messe, die von einem Bischof zelebriert (das heißt: gehalten) wird.

Papst. Die katholische Kirche hat ein Oberhaupt, den Papst, der sich „Stellvertreter Christi auf Erden" nennt. Die evangelische Kirche hat zahlreiche Leiter der verschiedenen Kirchen: Bischöfe, Kirchenpräsidenten, auch Erzbischöfe in Schweden und England.

Der Papst ist der oberste Richter der Kirche. Er ist – nach Überzeugung der Katholiken –, wenn er sein Lehramt ausübt, unfehlbar in Glaubens- und Sittenlehren.

Priester. Das Amt des Priesters ist, so meint die katholische Kirche, von Jesus eingesetzt worden. Der Priester wird durch den Bischof für sein Amt geweiht (siehe *Weihen*). Mit der Priesterweihe übernimmt der katholische Priester die Verpflichtung zum *Zölibat* (Unverheiratetsein).

Prozession. Eine Prozession ist ein Umzug durch Straßen oder über Felder; sie fängt meist in einer Kirche an. In der Prozession wird in der Regel ein Kreuz vorangetragen. Die wichtigste Prozession ist die Fronleichnamsprozession; hier wird in einem Gefäß die *Hostie* (das ist das Abendmahlsbrot, also der „Leib des Herrn") mitgeführt.

Es gibt auch Bitt- und Dankprozessionen („Wallfahrten"), etwa, wenn man um Regen betet oder für eine gute Ernte danken will.

Rosenkranz. Ein Rosenkranz ist eine Schnur, an der 6 größere und 53 kleinere Perlen aufgereiht sind. Die Perlen bezeichnen Gebete: die größeren das *Vater unser*, die kleineren das *Ave Maria*. Wenn ein Gebet gesprochen ist, wird eine Perle weitergeschoben.

Weihen bedeutet nach katholischer Auffassung „heiligen", den Segen Gottes auf jemanden oder auf einen Gegenstand herabrufen. Wenn der Priester segnet, macht er das Kreuzzeichen und sprengt *Weihwasser* auf den Gegenstand. Bei der *Priesterweihe* legt der Bischof den jungen Priestern die Hände auf den Kopf und weiht sie auf diese Weise.

Weihrauch ist ein stark riechendes Baumharz. Wenn es in das Weihrauchfaß auf glühende Kohlen gestreut wird, entwickelt es einen weißen Rauch und starken Duft.
Weihrauch wird manchmal in der katholischen *Messe* verwendet.

Weihwasser. In katholischen Kirchen ist neben dem Eingang ein kleines Gefäß. Es enthält Wasser, dem etwas Salz beigegeben ist. Der Katholik, der die Kirche betritt, taucht seine Fingerspitzen ein und bekreuzigt sich.

Protestanten haben Einrichtungen, die Katholiken nicht haben:

Abendmahl
Konfirmation
Landesbischof
Landeskirche
Ökumenischer Rat der Kirchen
Pfarrerin

Abendmahl. Während die katholische Kirche sieben Sakramente hat: Taufe, Firmung, Meßfeier, Buße, Letzte Ölung, Priesterweihe, Ehe, erkennt die evangelische Kirche nur zwei an: Taufe und Abendmahl.
Im Verständnis des Abendmahls gibt es einen wesentlichen Unterschied zwischen der reformierten und der lutherischen Kirche:
Die Reformierten feiern das Abendmahl als Erinnerung an das Mahl Jesu mit seinen Jüngern,
die Lutheraner meinen, daß im Brot und Wein des Abendmahls Christus gegenwärtig sei.
In den evangelischen Kirchen werden beim Abendmahl Brot und Wein ausgeteilt.
In der katholischen Meßfeier wird den Gläubigen in der Regel nur das Brot gereicht.

Konfirmation. Wie die katholische Firmung ist auch die evangelische Konfirmation eine Einsegnung.

Der Konfirmand verspricht Treue zu seinem evangelischen Glauben und wird in die Gemeinde aufgenommen. Meist ist die Konfirmation gleichzeitig Zulassung zum Abendmahl und Voraussetzung, daß man Pate werden darf.

Landesbischöfe. An der Spitze der meisten Landeskirchen steht ein Landesbischof. Er wird von der Synode der Landeskirche (das ist das Parlament) gewählt.
Die Landeskirchen der Pfalz und Hessen-Nassaus haben statt eines Landesbischofs einen Kirchenpräsidenten; der Leiter der Evangelischen Kirche im Rheinland nennt sich Präses.

Landeskirchen. Die evangelische Kirche in der Bundesrepublik Deutschland und in der Deutschen Demokratischen Republik ist in viele kleine Landeskirchen aufgegliedert. Diese Landeskirchen haben zum Teil noch die Grenzen der ehemaligen Fürstentümer vor dem Jahr 1918, deshalb gibt es mehr Landeskirchen, als es heute Bundesländer gibt.
Die Landeskirchen sind selbständig. Sie haben meist ein bestimmtes Bekenntnis: lutherisch oder reformiert oder uniert. (In den unierten Landeskirchen haben Lutheraner und Reformierte ein gemeinsames Bekenntnis.)
Die Landeskirchen in der BRD sind in der „Evangelischen Kirche in der Bundesrepublik Deutschland" zusammengeschlossen; die

Landeskirchen in der DDR sind im „Bund evangelischer Kirchen in der Deutschen Demokratischen Republik" vereint.

Ökumenischer Rat der Kirchen. Ihm gehören alle großen Kirchengemeinschaften außer der römisch-katholischen Kirche an. Er wurde 1948 gegründet.
Die „ökumenische" (d.h. die bewohnte Erde umfassende) Organisation will die Christen der Erde zusammenführen und die Spaltung in viele einzelne Kirchen überwinden.

Pfarrerin. Erst in den letzten zwanzig Jahren haben sich auch Frauen in der evangelischen Kirche Gleichberechtigung erkämpft und können Pfarrerinnen werden. Zunächst durften sie nur Vikarin werden; dann bekamen sie besondere Aufgaben, z.B. in der Schule oder in der Jugendarbeit. Seit einigen Jahren sind Pfarrerinnen, auch verheiratete, zu allen Ämtern zugelassen, auch in den Kirchengemeinden.

Manche Einrichtungen haben Katholiken und Protestanten gemeinsam. Andere Dinge scheinen auf den ersten Blick in beiden Konfessionen gleich zu sein, haben aber hier und dort einen anderen Sinn.

Versuche, dies herauszufinden (im Lexikon, oder frage deinen Lehrer) und schreibe eine Erklärung wie die, die du zu den Stichworten im Lexikon gefunden hast; z.B. für:

Altar;	*Liturgie;*
Bischof;	*Predigt;*
Kloster;	*Kirchentag.*

Textquellennachweis

Weltentstehung

Seite 14: Mond und Sonne müssen dienen . . . von Ruth Schaumann
Seite 19: Willy Kühn, Im Jahre 1492 wollte Christoph Kolumbus beweisen, aus: Willy Kühn, Erzählungen aus der Geschichte, Ernst Klett Verlag, Stuttgart o. J.

Alte Schriften

Seite 25: Theon an Theon seinen Vater, aus: A. Deißmann, Licht vom Osten, Verlag J. C. B. Mohr, Tübingen 1908
Seite 27: Walter Jens, Der Sänger, aus: Homer, Ilias und Odyssee, Otto Maier Verlag, Ravensburg 1964
Seite 29: Walter Jens, Achills Klage, aus: Homer, Ilias und Odyssee, Otto Maier Verlag, Ravensburg 1964
Seite 30: Walter Jens, Odysseus bei Eumaios, aus: Homer, Ilias und Odyssee, Otto Maier Verlag, Ravensburg 1964

Jeder spielt seine Rollen

Seite 55: Peter Handke, Veränderungen im Lauf des Tages, aus: Peter Handke, Die Innenwelt der Außenwelt der Innenwelt, Suhrkamp Verlag, Frankfurt 1969

Hat in der Schule jeder die gleichen Chancen?

Seite 74: C. H. Evers, Herbert, aus: C. H. Evers, Versäumen unsere Schulen die Zukunft?, Econ Verlag, Düsseldorf/Wien 1971

Ferien ohne Technik?

Seite 104: Rüdiger Breuer, Rettung kam durch die Luft, aus: Abendpost-Nachtausgabe 88/1971

Wie sollen die Menschen bauen?

Seite 117: Haus für Eltern mit 3 Kindern und Haus für 3 Kinder mit Eltern, aus: Bauwelt 19/1970

Der letzte Amerikaner

Seite 131: R. Stewart, Henry, aus: R. Stewart, Leben ohne Ende, Heyne Verlag, München 1966
Seite 139: A. S. Neill, Die grüne Wolke, aus: A. S. Neill, Die grüne Wolke, Rowohlt Verlag, Reinbek 1971

Birne spricht mit Jesus

Seite 142: Günter Herburger: Birne spricht mit Jesus, aus: Günter Herburger, Birne kann alles. 26 Kindergeschichten, Luchterhand Verlag, Neuwied ^{2}1972

Die Menschen sterben – früher oder später

Seite 149: Der schwarze Tod, aus: R. Winck, Gefahr: schützen – helfen, Tellus-Verlag, Essen o. J.
Seite 150: Vierzehnjährige Jungen über das Sterben, aus: Th. Thun, Die religiöse Entscheidung der Jugend, Ernst Klett Verlag, Stuttgart 1963
Seite 156: Bernd Michels / Felizitas Körner, Dürfen Kinder auf dem Friedhof spielen?, aus: Bernd Mi-

chels / Felizitas Körner, Genosse gesucht, 3 Jahre, Konkret 14/1971
Seite 158: Ich weine über dich, aus: Das Gilgamesch-Epos, hrsg. v. A. Schott / W. v. Soden, Reclam Verlag, Stuttgart 1966
Seite 158: Der Mond sagte es der Laus, aus: J. Choron, Der Tod im abendländischen Denken, übersetzt und bearbeitet von Klaus Birkenhauer, Ernst Klett Verlag, Stuttgart 1963
Seite 158: 1. Buch Mose 3, 17–19 (Zürcher Bibel)
Seite 158: 1. Korintherbrief 15, 12–25 (Gute Nachricht für Sie. NT 68, Stuttgart 1967)
Seite 159: Lied Nr. 311 aus dem Evangelischen Kirchengesangbuch 4. bis 6. Strophe, 16. Jh.
Seite 159: Schüler über die Hölle, aus: Th. und G. Sartory, In der Hölle brennt kein Feuer, Kindler Verlag, München 1970
Seite 161: Lukas 16, 19–28 (Zürcher Bibel)
Seite 162: Viele trösten sich damit ..., aus: Th. Thun, Die religiöse Entscheidung der Jugend, Ernst Klett Verlag, Stuttgart 1963

Katholiken und Protestanten

Seite 168: Evangelische/Katholiken, aus: Was glauben die Deutschen. Die Emnid-Umfrage, hrsg. v. Werner Harenberg, Verlagsgemeinschaft Kaiser/Grünewald, München 1968
Seite 169: Konfessionsschulen, aus: Stern 42/1969

Bildquellennachweis

(in Klammern die Seite)

Fotos

Arbeitskreis Soziale Marktwirtschaft, München (88)
Associated Press, Hamburg (152 links)
Erich Baeumer, Hüttenthal (43)
Willy Bern, Paris (152 rechts)
Werner Büdeler, Thalham (12)
dpa, Frankfurt (42 links, 94, 95, 102, 103 links und rechts, 109, 114, 120/121, 121 oben, 173 rechts)
Hans Joachim Dörger, Frankfurt (155 links)
foto-present, Essen/Heinemann (82, 90) Silvester (84)
Robert Göllner, Frankfurt (120 oben)
Kai Greiser, Hamburg (162)
Karlheinz Th. Hartung, Düsseldorf (60, 115, 118, 151)
Haugg Bildverlag, München (26 rechts oben)
Katholische Nachrichtenagentur, Frankfurt (174 links und rechts, 176)
Keystone, München (173 links)
Rolf Koehler, Berlin (120 links)
Kyrkogardsförvaltningens Malmö, Schweden (155 rechts)
Hans Lachmann, Düsseldorf (175)
Friedrich Lezius, Göttingen (164 links und rechts)
Okapia, Frankfurt (42 rechts, 148 links unten, 148 rechts unten und oben)
Hans Pfletschinger, Ebersbach (148 links oben)
Pixfeatures, Barnet G. B. (58)
Rapho, Paris/Denis Brihat (26 links)
Hanns Reich Verlag, Düsseldorf
aus: Himmel voller Wunder (10 unten, 13)
aus: Kinder aus aller Welt/Yvan Delain (41 rechts, 85)
aus: Mexiko/Silvester (92)
Tibor Pásztory, Düsseldorf (121 rechts unten)

stern, Hamburg/Bokelberg (39)
Meffert (62, 63, 64)/Scheler (147)
Süddeutscher Verlag, München
(26 rechts unten, 93)
Harald Thierlein, Waltrop (111)
Ullstein, Berlin (23, 89, 153, 154)

Zeichnungen

Archiv für Kunst und Geschichte, Berlin
Hieronymus Bosch: Das Jüngste Gericht (160)
Bärmeier und Nikel Verlag, Frankfurt
aus: Quino, Mafalda schlägt zurück (11 oben)
Bauwelt, Berlin. Heft 19/1970 (117)
Christlicher Buch- und Kunstverlag, Konstanz
aus: Schnorr von Carolsfeld, Die Bibel
in Bildern (34)
Deutsche Lufthansa, Köln (100)
Deutsches Museum, München (97)
Diakonisches Werk der Rheinischen Kirche,
Düsseldorf (165)
Dümmler Verlag, Bonn
aus: Mann Heft, Von Himmel und Erde
(11 Mitte und unten)
Irenäus Eibl-Eibesfeldt, Söcking
Zeichnung H. Kacher (41 links)
Elsevier, Amsterdam
aus: Grollenberg, Bildatlas zur Bibel (24)
S. Fischer Verlag, Frankfurt
aus: George Maclay, Adam im Hühnerhof
(52 unten)
Daniel Herburger, München (141, 143)
Life, Amsterdam
aus: Die Welt in der wir leben (14 oben)
Diemut Nabersberg, Düsseldorf (49, 59, 70)
Dirk Nabersberg, Düsseldorf (77, 167)
Rowohlt Verlag, Reinbek
aus: Effel, Heitere Schöpfungsgeschichte für
fröhliche Erdenbürger (21)

Staatsbibliothek, Berlin (98, 99)
stern, Hamburg (122)
P. A. Weber, Schredstaken: Die Herren der
Schöpfung (22)
Zeitbild-Archiv Maiwald, Garmisch-Partenkirchen
(17)

Originalgrafiken
Hammer Presse, Buchenbach (14 unten, 15, 16,
20, 50, 52 oben, 81, 82, 83, 86, 90, 93)
HÜGEMO Morgenstern-Hübner, Essen (10 oben, 31,
41 oben, 44, 45, 66, 67, 107, 112 links und
rechts, 114/115, 119, 127, 135, 137, 169)